W0000745

Chitra Banerjee DIVAKARUNI

L'Histoire la plus incroyable de votre vie

Traduit de l'anglais (Inde)
par Mélanie Basnel

Éditions
Philippe Picquier

DU MÊME AUTEUR
AUX ÉDITIONS PHILIPPE PICQUIER

Le Palais des illusions
La Reine des rêves
Les Erreurs inconnues de nos vies
Mariage arrangé
La Maîtresse des épices

En Picquier jeunesse :
La Confrérie de la Conque
1. Le Porteur de Conque
2. Le Miroir du feu et des rêves
3. Le Pays des ombres

Titre original : *One Amazing Thing*

Mas de Vert
B.P. 20150
13631 Arles cedex

www.editions-picquier.fr

En couverture : © Debasish Dutta

Conception graphique : Picquier & Protière

Mise en page : M.-C. Raguin, www.adlitteram-corrections.fr

ISBN : 978-2-8097-0918-6
ISSN : 1251-6007

Nous créons des histoires et les histoires nous créent. C'est un cycle.

Chinua ACHEBE

Si personne ne vous connaît, alors vous n'êtes personne.

Dan CHAON

1

Quand le premier tremblement secoua la salle d'attente du bureau de délivrance des visas, au sous-sol du consulat indien, personne n'eut la moindre réaction. Submergées par les regrets, l'espoir ou l'excitation (comme tous ceux qui se préparent à un grand voyage), la majorité des personnes présentes mirent ça sur le dos du métro aérien. Les autres pensèrent que, sur le trottoir extérieur barré de tous côtés par des bandeaux orange fluorescents – au point qu'entrer dans le bâtiment était un véritable exploit physique –, l'équipe d'ouvriers avait dû remettre les marteaux-piqueurs en marche. Uma Sinha regarda une écaille de plâtre tomber lentement du plafond, en une danse paresseuse, jusqu'à ce qu'elle disparaisse dans le feuillage d'un vert presque irréel de la plante qui occupait le coin de la pièce. Elle la regardait, mais en réalité elle ne la voyait même pas, trop occupée qu'elle était à réfléchir à la question qui la taraudait depuis déjà plusieurs semaines : est-ce que son petit ami Ramon (qui ne savait même pas où elle se trouvait en ce moment) l'aimait plus qu'elle ne l'aimait, et (si ses soupçons se révélaient fondés) est-ce que c'était une bonne chose ?

D'un geste brusque, Uma referma son exemplaire de Chaucer, qu'elle avait apporté avec elle pour compenser le cours de littérature médiévale qu'elle était en train de rater. Ces dernières heures, elle n'avait avancé que d'une page et demie dans sa lecture du *Conte de la Bourgeoise de Bath*. La joyeuse bourgeoise à la cuisse légère était pourtant un de ses personnages préférés. Elle revint à la réalité : la salle d'attente du bureau de délivrance des visas, avec ses allées et venues, ses appels lancés aux gens plus chanceux qu'elle pour qu'ils aillent au guichet, non, ce n'était vraiment pas le lieu idéal pour étudier. Uma capitula de mauvaise grâce – selon elle, l'être humain devait toujours tenter de relever les défis lancés par les contingences – et fixa la jeune femme postée derrière l'hygiaphone du guichet. L'employée portait un sari bleu électrique, ses cheveux étaient rassemblés en un petit chignon serré haut sur la nuque et un gros point rouge tracé avec soin trônait fièrement au milieu de son front. Elle ignorait superbement Uma, comme le font souvent les gens face à ceux dont ils contrôlent le pitoyable destin.

Uma n'avait aucune confiance en cette femme. Quand elle était arrivée ce matin, persuadée d'avoir rendez-vous à neuf heures précises avec le fonctionnaire chargé des visas, elle avait trouvé plusieurs personnes dans la salle d'attente, toutes convaincues d'avoir rendez-vous à la même heure. Et quand elle avait interrogé la jeune femme du guichet, cette dernière s'était contentée de hausser les épaules et de pointer du doigt la pile de dossiers sur laquelle Uma devait poser sa demande de visa. « Les clients sont appelés dans l'ordre d'arrivée pour un entretien avec la personne chargée des visas », avait-elle dit à Uma d'un ton méprisant. Elle avait ensuite désigné du menton le bureau qui jouxtait la salle d'attente. Sur le verre opaque de la porte, on pouvait lire *M. V. K. S. Mangalam* marqué au pochoir en lettres arrondies. En tendant le cou, Uma avait vu que le bureau ouvrait également, par une deuxième porte en bois simple, sur la zone réservée aux employés : le guichet et, juste derrière, des bureaux devant lesquels deux femmes triaient des piles de documents d'apparence officielle pour en faire d'autres piles et parfois y apposer un tampon. La jeune femme du guichet avait pincé les lèvres – elle devait trouver Uma trop curieuse – et lui avait froidement conseillé de s'asseoir tant qu'il y avait encore des chaises disponibles.

Uma s'était assise. Elle n'avait pas vraiment le choix. Mais elle était bien décidée à garder un œil sur la femme du guichet, qui semblait tout à fait capable de mélanger les demandes de visa quand personne ne la regardait, dans le seul but de tromper son ennui profond.

Il était maintenant trois heures de l'après-midi. Quelques minutes plus tôt, les femmes qui travaillaient derrière les bureaux étaient parties en pause. Elles avaient proposé à la jeune femme en sari bleu de les accompagner, mais celle-ci avait refusé, disant qu'elle prendrait sa pause plus tard, et elles avaient disparu dans un nuage de chuchotements et de rires que leur collègue avait totalement ignorés. Il restait quatre groupes de personnes dans la salle d'attente, en dehors d'Uma. Dans le coin le plus éloigné, une vieille femme asiatique vêtue d'une tunique traditionnelle était assise à côté d'une adolescente agitée et renfrognée qui devait avoir dans les treize ou quatorze ans et aurait sûrement dû être en cours. Elle avait les cheveux coiffés en crête, portait du rouge à lèvres noir et des vêtements de la même couleur. Est-ce que, de nos jours, ils autorisaient les élèves à aller en cours dans ce genre de tenue ? se demanda Uma. Elle se sentit soudain vieux jeu. De temps à autre, la grand-mère et sa petite-fille se disputaient avec des chuchotements nerveux qu'Uma aurait bien aimé comprendre. Elle était curieuse des secrets des autres, et ce depuis sa plus tendre enfance. Quand elle prenait l'avion, elle choisissait toujours le siège côté hublot, pour pouvoir, pendant le décollage et l'atterrissage, observer les minuscules maisons tout en bas et imaginer les vies de ceux qui les habitaient. Et voilà qu'elle imaginait maintenant ce dialogue qu'elle ne comprenait pas.

— *J'ai manqué un contrôle important aujourd'hui à cause de ton stupide rendez-vous. Si je foire mon algèbre cette année, ce sera ta faute – tout ça parce que tu avais la frousse de prendre le bus toute seule pour venir ici.*

— *C'est de ma faute peut-être, si tu ne t'es pas levée à l'heure six fois dans le mois et si tu as raté tes cours du matin, jeune demoiselle ? Et tes pauvres parents qui s'épuisent au travail pour toi et qui pensent que tu travailles dur, toi aussi ! Peut-être que je devrais leur dire ce qui se passe à la maison pendant qu'ils se tuent à la tâche...*

A côté d'elles était installé un couple qui devait avoir une dizaine d'années de plus que les parents d'Uma et dont les vêtements laissaient deviner un niveau social élevé : Monsieur portait une veste en laine sombre et des chaussures italiennes, Madame un pull en cachemire et une jupe plissée bleu marine qui lui arrivait aux chevilles. Il feuilletait le *Wall Street Journal*, pendant qu'elle tricotait une chose marron indéfinissable. Il était déjà sorti de la pièce à deux reprises – sûrement pour fumer une cigarette, s'était dit Uma. Et lorsque, de temps à autre, elle levait le nez de son livre pour jeter un œil autour d'elle, elle le voyait toujours qui regardait fixement son épouse. Elle était incapable de déchiffrer l'expression de son visage.

Etait-ce de l'anxiété ? de l'agacement ? Elle crut même une fois y lire de la peur. Ou peut-être de l'espoir, l'envers de la peur. La seule fois où elle les avait entendus discuter entre eux, c'est quand il lui avait demandé ce qu'elle voulait qu'il lui achète chez le traiteur du coin de la rue.

— Je n'ai pas faim, avait-elle répondu du ton qu'elle aurait employé pour dire « laisse-moi tranquille ».

— Il faut que tu manges. Tu dois prendre des forces, pour le long voyage qui nous attend.

Elle avait tricoté un rang de plus avant de répondre :

— Prends ce que tu veux, alors.

Après son départ, elle avait posé son tricot et fixé intensément ses mains.

A la gauche d'Uma était assis un jeune homme qui devait avoir dans les vingt-cinq ans, il avait l'air d'un Indien mais sa peau était aussi claire que dans les tribus des montagnes. Il arborait des lunettes noires, un air revêche et ce genre de barbe qui, ces dernières années, vous valait d'être tiré hors de la file à l'aéroport et fouillé de près. De l'autre côté, un Afro-Américain dégingandé était installé sur un fauteuil. Il semblait avoir la cinquantaine, mais Uma n'était pas très sûre. Sa tête rasée, ses pommettes saillantes et l'aspect ascétique de son visage lui donnaient un air de moine sans âge, même si l'effet était quelque peu gâché par les petits diamants qui brillaient à ses oreilles. Quand l'estomac d'Uma avait émis un grognement embarrassant quelques heures plus tôt (persuadée d'avoir rendez-vous à neuf heures, elle n'avait rien apporté de plus nourrissant qu'un petit pain et une pomme), il avait fouillé dans son grand sac à dos et lui avait proposé une barre de céréales d'un air très solennel.

Il n'était pas rare, dans cette ville, de trouver des gens d'origines différentes réunis en un même lieu. Pourtant, Uma avait l'impression d'assister à un mini-sommet des Nations unies. Qu'est-ce que tous ces gens avaient prévu d'aller faire en Inde ?

Uma allait en Inde parce que ses parents étaient devenus fous. Ils étaient venus s'installer aux Etats-Unis vingt ans plus tôt, alors tout jeunes diplômés. Uma n'était encore qu'une enfant. Ses parents adoraient leur travail et s'y plongeaient avec délices pendant la semaine. Ils fêtaient les week-ends avec tout autant d'enthousiasme ; ils en profitaient pour se rassembler (entre les matchs de football, les réunions de scouts et les cours de *bharata natyam*[1] d'Uma) avec d'autres familles indiennes de la banlieue. Ils concoctaient des repas sophistiqués et schizophréniques (du poisson à la moutarde et des gourdes amères frites pour les parents ; des spaghettis aux boulettes de viande

1. Forme de danse classique indienne.

et de la tarte aux pêches pour les enfants) et déploraient la corruption des politiciens indiens. Ces dernières années, ils avaient parlé de déménager à San Diego pour passer leur retraite au bord de l'océan (le temps y est si agréable, ce serait parfait pour nos vieux os). Puis, dans une brutale volte-face, qu'Uma avait trouvée des plus imprudentes, sa mère était partie en préretraite et son père avait démissionné de son poste d'administrateur en chef dans une entreprise d'informatique pour accepter un poste de consultant en Inde. Tous deux, sans le moindre scrupule, avaient décidé de mettre leur maison en location (celle où Uma avait grandi !) et étaient repartis s'installer dans leur ville natale, Calcutta.

— Mais pendant toutes ces années, vous n'avez cessé de dire que Calcutta était une ville horrible ! s'était exclamée Uma, abasourdie, quand ils l'avaient appelée pour l'informer de leur décision.

Au-delà de son inquiétude pour leur bien-être, elle se sentait vexée de n'avoir pas été consultée.

— La chaleur, la saleté, le bruit, les bus bondés, les mendiants, la corruption, la diarrhée, l'hypocrisie, les rues pleines d'ordures qui ne sont jamais ramassées. Comment est-ce que vous allez supporter tout ça ?

Ce à quoi sa mère avait répondu, d'un ton trop allègre pour être honnête :

— Mais ma chérie, tout ça a changé. L'Inde est différente aujourd'hui, l'Inde rayonne !

Et c'était peut-être vrai, puisque ses parents s'étaient coulés sans effort dans leur nouvelle vie, dans leur nouvel appartement climatisé avec toit-terrasse, entourés de leur armée de domestiques qui s'occupaient de toutes les tâches possibles et imaginables. (Je n'ai pas lavé une seule assiette depuis que je suis ici ! s'était extasiée sa mère au téléphone.) Un chauffeur conduisait son père au travail tous les matins. (Je ne travaille que de dix à seize heures, avait-il ajouté fièrement depuis le deuxième téléphone de l'appartement). Le chauffeur retournait ensuite chercher sa mère pour l'emmener faire les magasins, rendre visite à ses amies d'enfance, se faire faire une pédicure ou (avant qu'Uma ne l'accuse d'être totalement frivole) œuvrer comme bénévole dans une association qui s'occupait d'instruire les enfants des bidonvilles. Le soir, ils assistaient à des concerts de *Rabindra sangeet*[1], regardaient des films sur des écrans gigantesques, dans des cinémas aussi majestueux que des palais, se promenaient main dans la main (ce genre de privauté était désormais accepté dans la nouvelle Inde rayonnante) au bord du lac où ils se retrouvaient en secret à l'époque où ils étaient étudiants, ou se rendaient au club de leur quartier pour boire un verre et jouer au bridge. Ils étaient de sortie tous les week-ends et parfois même en

---

1. Style musical inventé par Rabindranath Tagore, mélange de musiques indiennes traditionnelle et classique.

semaine. Ils passaient leurs vacances d'hiver à Kulu Manali, et celles d'été à Goa.

Uma était heureuse pour ses parents, même si elle ne pouvait s'empêcher de désapprouver leur nouveau mode de vie hédoniste. (Mais comment aurait-elle pu s'y opposer, alors que c'était beaucoup mieux que tout ce qu'elle voyait autour d'elle : des couples qui se désintéressaient l'un de l'autre, s'engluaient dans une routine inexorable ou finissaient par se séparer ?) Etait-ce parce qu'elle se sentait exclue de leur vie ? Ou bien parce que sa vie d'étudiante dont elle était si fière – entre les festivals de films d'horreur, les cafés où les discussions intellectuelles s'étiraient jusqu'au bout de la nuit, les librairies caverneuses où l'on pouvait à tout moment croiser un prix Nobel – lui apparaissait soudain, par comparaison, plus terne que la leur ? Elle préféra ne rien dire et attendre, rongée par l'inquiétude et l'impatience, que cette lune de miel en Inde touche à sa fin, que la désillusion et la discorde s'installent. Une année passa. Sa mère était toujours aussi enthousiaste, malgré les problèmes qu'elle devait forcément rencontrer. Qui n'en a pas ? (Mais pourquoi les cachait-elle à Uma ?) De temps à autre, elle demandait à sa fille de venir les voir en Inde.

— Nous irons à Agra voir le Taj Mahal tous les trois, disait-elle. Nous attendons que tu sois là pour y aller.

Ou encore :

— Je connais le meilleur spa ayurvédique de la ville. Ils font des massages à l'huile de sésame absolument incroyables.

Dans une de leurs dernières conversations, elle lui avait répété deux fois de suite :

— Tu nous manques. Pourquoi ne viendrais-tu pas nous voir ? Nous t'enverrons un billet d'avion.

Il y avait quelque chose de plaintif dans sa voix, quelque chose qui frappa Uma au niveau de la poitrine, juste en dessous des côtes. Ses parents lui manquaient aussi. Elle qui avait toujours détesté faire du tourisme fut prise d'une envie soudaine d'aller voir le Taj Mahal.

— Je viendrai pour les vacances d'hiver, promit-elle sans réfléchir.

— Combien de temps ?

— Six semaines.

— Six semaines ! Formidable ! répondit sa mère, qui avait retrouvé son enthousiasme. Ça devrait nous laisser assez de temps... N'oublie pas qu'il va te falloir un nouveau visa – ça fait des années que tu n'es pas venue en Inde. Ne leur envoie pas ton passeport par la poste, ça va prendre un temps fou. Va chercher ton visa directement au consulat. Tu devras sûrement attendre un peu, mais au moins tu l'auras le jour même.

Ce n'est qu'après avoir raccroché qu'Uma s'aperçut qu'elle avait oublié de demander à sa mère ce qu'elle voulait dire par *Ça devrait nous laisser assez de temps...* Elle s'aperçut également que Ramon, son petit ami que ses parents connaissaient bien et avaient toujours traité avec bienveillance (son père lui avait même attribué un surnom indien, Ramu), n'avait pas été invité.

Elle aurait pu laisser tomber – après tout, les billets pour l'Inde étaient chers – s'il n'y avait eu cette autre conversation, au cours de laquelle Uma avait dit :

— Vous avez bien fait de ne pas vendre la maison. Comme ça, si jamais les choses ne se passent pas comme prévu, vous pourrez toujours revenir.

Ce à quoi sa mère avait répondu :

— Oh non, ma chérie. Nous sommes très bien en Inde… Nous savions que nous y serions bien. La maison est pour toi, au cas où…

Mais elle s'était interrompue en plein milieu de sa phrase et avait changé de sujet, comme si elle avait été sur le point d'annoncer quelque chose puis s'était rétractée, sentant que sa fille n'était pas prête à l'entendre.

Quelques minutes avant le deuxième tremblement, Uma fut prise d'une envie subite de voir le soleil. Le léger brouillard qui drapait encore le haut des gratte-ciel de la ville quand elle était arrivée ce matin s'était-il enfin levé ? Si oui, le ciel devait être aussi limpide qu'un torrent de montagne ; si non, il devait scintiller comme les écailles d'un poisson. Brusquement, Uma ressentit le besoin irrépressible de savoir. Elle se demanderait plus tard d'où lui était venue cette envie qui l'avait fait se lever de sa chaise et bondir sur ses pieds. Etait-ce l'instinct, le même que celui qui fait grogner et gémir les animaux d'un zoo pendant des heures avant que les catastrophes naturelles se produisent ? Elle mit son sac à l'épaule et se dirigea vers la porte. Quelques secondes de plus et elle l'aurait poussée, aurait couru dans le couloir et grimpé les escaliers quatre à quatre pour satisfaire le désir qui gonflait en elle. Elle aurait été dehors, les yeux levés vers le léger crachin qui commençait à tomber, et l'histoire aurait été différente.

Mais à l'instant où elle se tournait pour partir, la porte du bureau de M. Mangalam s'ouvrit. Un homme en sortit précipitamment, brandissant son passeport d'un air victorieux, et passa à côté d'Uma. La jeune femme en sari bleu s'empara du tas de demandes de visa et disparut dans le bureau de M. Mangalam par la porte qui donnait derrière le guichet. Elle faisait ça à peu près toutes les heures. Pourquoi ? se demanda Uma, agacée. Tout ce que cette femme avait à faire, c'était appeler le nom suivant dans la pile de demandes. Uma avait peu d'espoir que ce soit le sien, mais elle attendit quand même, au cas où.

C'était le moment idéal pour appeler Ramon. Avec un peu de chance, elle réussirait à le joindre pendant qu'il traversait la place de l'Union des Etudiants, après son cours, et se frayait un chemin parmi les joueurs de *djembé*, les vendeurs de *dim sum* [1] et les annonciateurs de fin du monde. Une fois arrivé au laboratoire de recherche, il éteindrait son téléphone pour ne pas être dérangé. Ramon était passionné par son travail. De temps à autre, quand il se rendait dans son laboratoire en pleine nuit pour suivre l'évolution d'une expérience, il arrivait qu'Uma l'accompagne, dans le seul but de le regarder et d'apprécier la quiétude qui s'emparait de tout son corps pendant qu'il faisait des tests, prenait des notes et des mesures. Parfois, Ramon oubliait même qu'elle était là. C'était dans ces moments-là qu'elle l'aimait le plus. Si elle parvenait à le joindre, là, tout de suite, c'est exactement ce qu'elle lui dirait.

Mais le téléphone refusait de coopérer. *Pas de réseau* s'affichait en lettres lumineuses sur le petit écran carré.

L'homme qui portait des diamants aux oreilles jeta un œil par-dessus son épaule et lui adressa une grimace de sympathie.

— Mon téléphone ne marche pas non plus, lui dit-il. C'est le même problème dans tous les bâtiments du centre-ville. Peut-être qu'en déambulant dans la pièce, vous trouverez un coin où ça fonctionne.

Le téléphone collé à l'oreille, Uma fit quelques pas en avant, sans grand espoir.

---

1. Raviolis à la vapeur salés ou sucrés, consommés à tout moment de la journée.

Mais se dégourdir un peu les jambes lui fit du bien. Elle regarda la femme du guichet sortir du bureau de M. Mangalam en secouant les plis de son sari, le visage déformé par une sorte de rictus, comme si elle venait de mordre dans un fruit amer. Uma, peu charitable, espérait que M. Mangalam lui avait vertement reproché d'imposer cette attente interminable à tous ces pauvres gens. Le téléphone émit un léger grésillement contre son oreille. Avant qu'elle n'ait pu vérifier s'il fonctionnait, un nouveau tremblement remonta du ventre de la terre. Cette fois-ci, personne ne se méprit sur son origine. C'était comme si un géant avait collé sa bouche contre les fondations du bâtiment et poussé un énorme rugissement. Le plancher se déforma et Uma perdit l'équilibre et tomba. Le géant prit le bâtiment entre ses deux mains et le secoua. Une chaise traversa la pièce jusqu'à Uma. Elle leva le bras pour se protéger. La chaise heurta brutalement son poignet et une douleur pire que tout ce qu'elle avait connu irradia dans tout son bras. Des gens hurlaient. Uma vit des pieds courir à toute vitesse, puis revenir dans l'autre sens. Elle essaya de se glisser sous une chaise, comme on lui avait appris à le faire des années plus tôt à l'école primaire, mais seules sa tête et ses épaules rentraient. Elle avait toujours son portable vissé à l'oreille. Est-ce qu'elle entendait vraiment la voix de Ramon lui dire de laisser un message, ou bien n'était-ce que son besoin de l'entendre ?

Au-dessus d'elle, le plafond s'effondra en répandant un nuage de plâtre. Les poutres se brisèrent dans un bruit d'os géants qui se cassaient net. Un néon vola en éclats. Pendant une seconde, avant que l'électricité ne soit coupée, elle vit les filaments de l'ampoule nue continuer à briller. Les décombres tombèrent, dans le noir, et lui recouvrirent les jambes. Son bras la faisait terriblement souffrir. Elle le blottit contre sa poitrine. (Un geste inutile, puisqu'elle allait sûrement mourir dans les minutes à venir). Est-ce que c'était bien un bruit d'eau qu'elle entendait ? Est-ce que le sous-sol où ils se trouvaient allait être inondé ? Elle crut entendre un bip, le répondeur attendait son message. *Ramon*, cria-t-elle, la bouche pleine de poussière. Elle pensa à ses longs doigts méticuleux, qui pouvaient réparer tout ce qu'elle cassait. Elle pensa aux petits grains de beauté sur son torse, juste au-dessus de son téton gauche. Elle voulait dire quelque chose d'important, de réconfortant, quelque chose de beau pour qu'il se souvienne d'elle. Mais rien ne lui vint, et son téléphone s'éteignit.

2

Des voix de femmes résonnaient dans l'obscurité, elles chantaient dans une langue qu'il ne connaissait pas, et il crut d'abord être à la guerre. Cette pensée vida tout l'air de ses poumons et il suffoqua. Sa langue était couverte de poussière, ses ongles pleins d'échardes. Une odeur de brûlé lui effleura les narines. Il se passa la main sur le visage, sur les os irréguliers de son crâne, ses cheveux qui repoussaient déjà, la cicatrice sur son sourcil, dont il ne se souvenait pas. Mais quand il toucha les petites pierres aux angles pointus qu'il avait aux oreilles, il se rappela qui il était.

Je suis Cameron, se dit-il à lui-même. A ces mots, le monde réel reprit forme autour de lui : des tas de gravats, des formes, probablement des meubles brisés. Certaines de ces formes gémissaient. Les voix – non, il n'y en avait qu'une. La voix qui chantait adopta un rythme régulier, entêtant, elle répétait le même nom encore et encore. Quelques minutes plus tard, malgré le bourdonnement, il reprit ses esprits. Il plongea les mains dans ses poches pour en vérifier le contenu. Dans celle de droite se trouvait son inhalateur. Il le sortit et le secoua prudemment. Il devait rester cinq doses. Il pensa au petit placard parfaitement en ordre de sa salle de bains, au flacon neuf posé sur la deuxième étagère. Il repoussa le regret et la colère, qui pour lui avaient toujours été liés, et se concentra sur le positif, comme l'aurait fait le saint homme s'il avait été dans sa situation. Si Cameron se montrait prudent, cinq doses pouvaient lui durer plusieurs jours. Ils seraient sortis de là bien avant ça.

Ses clés étaient dans sa poche gauche. Une mini-lampe de poche était accrochée au porte-clés. Il se leva et balaya la pièce du petit rayon de lumière. Une autre partie de son cerveau se réveilla, celle qui évaluait les situations et décidait quoi faire. Il l'accueillit avec soulagement.

La moitié du plafond s'était effondrée. Il fallait éloigner les gens de cette zone, au cas où il en tomberait encore. Certains étaient recroquevillés sous les meubles, le long des murs. Ils pouvaient rester là pour l'instant. Il vérifia qu'il n'y avait pas de flammes. Rien. L'odeur de brûlé ne devait être qu'une hallucination olfactive due à ses souvenirs. Il renifla pour essayer de détecter l'odeur âcre qu'une fuite de gaz n'aurait pas manqué de répandre et fut soulagé de ne rien sentir. Il entendait de l'eau couler à un rythme irrégulier, quelque part, mais le sol était sec. Deux silhouettes d'hommes s'agitaient devant la porte qui menait au couloir, essayant visiblement de l'ouvrir.

Il se jeta en avant et poussa un hurlement. La pleureuse, surprise, se tut.

— Hé ! cria-t-il. Arrêtez ! N'ouvrez pas ça ! C'est dangereux !

Il courut aussi vite qu'il put à travers les gravats et les attrapa par les épaules. Le plus âgé se laissa faire, mais le plus jeune le repoussa en l'injuriant et tira de toutes ses forces sur la poignée.

Une bouffée de rage envahit la poitrine de Cameron, mais il fit de son mieux pour la contenir.

— La porte est peut-être la dernière chose qui tient cette partie de la pièce. Si vous l'ouvrez d'un seul coup, vous risquez de tout faire s'écrouler. Il y a peut-être aussi un empilement de gravats de l'autre côté de la porte. Qui sait ce qui arrivera si on la fait s'effondrer. Nous allons essayer de l'ouvrir, mais nous devons d'abord réfléchir au meilleur moyen de le faire sans risque.

Quelque chose scintilla sur la joue du jeune homme. Dans la lumière vacillante, Cameron ne put distinguer si c'était du sang ou des larmes. Mais le tremblement de ses épaules et de ses bras et l'inclinaison de sa tête ne laissaient aucun doute sur la fureur qui l'agitait. Il s'avança vers Cameron, propulsé par un concentré de peur. Cameron avait déjà vu des hommes dans cet état. Ils pouvaient être très dangereux. Il fit un pas de côté et frappa le jeune homme à la base du crâne, du tranchant de la main, d'un geste précis mais retenu. Un coup de ce genre pouvait vous briser les vertèbres. Les hommes qu'il avait rencontrés dans d'autres circonstances auraient su comment bloquer cette prise d'un simple coup de coude. Mais ce jeune garçon – car c'est ainsi que Cameron le vit tout à coup, comme un garçon plus jeune que ne l'aurait été son fils s'il avait vécu – reçut le coup sans la moindre résistance, tomba face contre terre et n'en bougea plus. Quelqu'un poussa un gémissement dans l'obscurité, puis s'arrêta net, comme si on lui avait posé une main sur la bouche. Cameron se massa le poignet. Il n'était plus en aussi bonne forme qu'autrefois. Il s'était volontairement laissé aller, dans l'espoir de n'avoir plus jamais à faire ce qu'il venait justement de faire.

— Je suis désolé d'avoir dû le frapper, cria-t-il dans la pièce plongée dans le noir. Mais il refusait de m'écouter.

Il réprima son envie d'ajouter : *Je ne suis pas un homme violent*. Une phrase de ce genre ne ferait que les effrayer encore plus. Il leva les mains pour montrer qu'il ne tenait rien d'autre qu'une minuscule lampe de poche.

— N'ayez pas peur de moi, je vous en prie, dit-il d'un ton plus posé.

Il voulait leur raconter ce qu'il avait vu au Mexique, où il s'était porté volontaire après un tremblement de terre, dans une de ses nombreuses tentatives d'expiation de ses fautes. Les gens qui s'étaient montrés trop impatients et avaient tenté de sortir des décombres sans attendre les secours étaient souvent morts écrasés par d'autres débris, alors que ceux qui n'avaient pas bougé – privés d'eau et de nourriture pendant parfois des semaines, ou plus encore – avaient été miraculeusement sauvés. Mais c'était trop long à expliquer, et les souvenirs qui lui revenaient en mémoire – tous ces corps enchevêtrés de victimes qu'il n'avait pas pu secourir – étaient trop douloureux. Alors il se contenta de dire :

— S'il avait ouvert cette porte, comme il avait l'intention de le faire, il aurait pu tous nous tuer.

Le silence qui suivit était pesant, soupçonneux, accusateur. Enfin, de sous une chaise, une voix de femme demanda :

— Alors vous avez préféré le tuer ?

Cameron expira l'air qu'il avait retenu dans ses poumons sans même s'en rendre compte et répondit :

— Pas du tout ! Il est seulement un peu sonné. Regardez vous-même. Vous pouvez sortir de sous cette chaise. Ça m'a l'air à peu près sûr.

— Je ne peux pas bouger, lui dit la jeune femme. Je crois que j'ai le poignet cassé. Vous pouvez m'aider ?

Il sentit ses épaules se détendre et les commissures de ses lèvres se relever en entendant ces derniers mots. Qui aurait pu croire qu'il trouverait une raison de sourire dans des circonstances comme celles-ci ? Il s'avança vers la jeune femme.

— Je vais au moins essayer, dit-il.

De la main gauche, Malathi s'agrippa au guichet en évitant soigneusement les débris de verre qui le recouvraient et se releva juste assez pour voir ce que l'Afro-Américain était en train de faire. Elle aurait voulu remettre son sari en place, car il avait glissé de son épaule, mais sa main droite était appuyée de toutes ses forces sur sa bouche, écrasant ses lèvres contre ses dents, et elle n'osait pas la retirer, de peur de ne pouvoir se retenir de psalmodier *Krishna Krishna Krishna*. C'était une prière, une supplication et un appel au pardon, parce que ce tremblement de terre avait eu lieu par sa faute. Et si jamais l'Afro-Américain l'entendait, il allait peut-être se retourner et venir vers elle. Qui sait ce qu'il était capable de lui faire ?

Le jour où les femmes de sa famille – ses tantes, ses grands-mères, ses cousines restées vieilles filles – avaient appris qu'elle allait quitter l'Inde pour vivre en Amérique, elles avaient toutes été parcourues de frissons (d'horreur ou d'envie, Malathi n'aurait su dire) et l'avaient mise en garde contre les hommes noirs, qu'elles considéraient comme dangereux. (Et elles avaient eu bien raison ! Il n'y avait qu'à voir la façon dont il s'était jeté sur ce jeune Indien beaucoup plus petit que lui. En cet instant, Malathi oubliait que la brigade des tantes et des cousines, équitables dans leur mépris pour les hommes en général, lui avaient aussi dit de se méfier des Blancs, tous des créatures lubriques, et des Indo-Américains, bien trop sournois.)

En revanche, personne n'avait pensé à la mettre en garde contre les tremblements de terre. Dans le pays d'où elle venait, bien des images surgissaient à l'esprit des gens quand ils entendaient le mot « Amérique », mais les tremblements de terre n'en faisaient pas partie.

Malathi avait suivi le conseil des femmes de sa famille en ce qui concernait les hommes ; en partie parce qu'elle n'avait pas vraiment eu le choix, mais aussi parce qu'elle avait d'autres projets. Elle partageait un minuscule appartement avec trois employées du consulat qu'on avait fait venir d'Inde en même temps qu'elle. Elles passaient tout leur temps libre ensemble, prenaient le même bus et ne se séparaient qu'une fois arrivées devant l'ascenseur (les autres travaillaient à l'étage, au service Tourisme), allaient chez les Frères Patel acheter de la poudre de *sambar*[1] et des légumes marinés, regardaient des films de Bollywood sur leur lecteur DVD d'occasion et s'huilaient mutuellement les cheveux le soir, en se confiant leurs espoirs et leurs rêves. Les autres femmes voulaient se marier. Elles épargnaient sur leurs salaires – qui leur avaient semblé astronomiques convertis en roupies, mais se révélaient bien maigres quand il vous fallait tout payer en dollars – et se constituaient lentement une

1. Mélange d'épices.

dot, car, même si les dots avaient officiellement été supprimées en Inde, tout le monde savait que sans dot vous n'aviez aucune chance de trouver un mari un tant soit peu correct.

Mais Malathi, qui avait bien vu comment ses deux sœurs se laissaient dominer par leurs époux, n'avait pas la moindre intention de suivre leurs traces. Elle nourrissait un autre projet. Quand elle aurait économisé suffisamment d'argent, elle retournerait vivre en Inde et y ouvrirait un salon de beauté, mais pas à Coimbatore, sa ville natale. La nuit, elle serrait contre elle son oreiller bosselé, fermait les yeux et se laissait aller à rêver : les clochettes en cuivre au-dessus de la porte d'entrée (voilée de rideaux, pour préserver l'intimité) qui tinteraient joyeusement quand les clientes entreraient, la magnifique pièce climatisée aux murs couverts de grands miroirs étincelants, les employées en tablier qui l'accueilleraient les mains jointes, avec le sourire, les grands fauteuils pivotants dans lesquels les clientes pourraient se faire épiler les sourcils, coiffer en chignons élaborés et laqués pour les mariages, ou se détendre en se faisant masser le visage avec du yaourt et de la pâte de santal.

Puis M. Mangalam était arrivé dans le service de délivrance des visas et Malathi avait complètement perdu pied.

Les colocataires de Malathi s'accordaient toutes à dire que M. Mangalam était l'homme le plus séduisant du consulat. Avec sa moustache fanfaronne, ses lunettes de marque et son sourire désarmant, il faisait beaucoup plus jeune que son âge (il avait quarante-cinq ans, d'après ce que Malathi avait lu en fouillant dans son dossier). De tous les hommes de cet âge qu'elle connaissait, il était le seul à ne pas avoir de bedaine ni de poils dans les oreilles. Mais, hélas, ces dons que Dame Nature avait octroyés à M. Mangalam ne lui étaient d'aucune utilité, car il existait déjà une Mme Mangalam, qui souriait avec élégance sur la photo posée sur son bureau. (Des cadres avaient été distribués par le consulat à ses employés, avec la consigne formelle d'y mettre des photos de famille et de les poser bien en vue. C'était une manière d'aider les Américains à se sentir plus à l'aise quand ils entraient dans les bureaux, leur avait-on dit, car la présence d'une photo de famille sur le bureau d'un homme était pour eux la preuve de sa stabilité morale.)

Malathi, en jeune femme pragmatique, avait donc décidé de faire une croix sur M. Mangalam. Mais cela se révélait plus difficile qu'elle ne l'avait imaginé, car il semblait s'intéresser de plus en plus à elle. Malathi, qui ne nourrissait aucune illusion sur son physique (peau foncée, joues rondes, nez retroussé), restait perplexe face à cette évolution des choses. Mais les faits étaient là. Il lui souriait en passant devant la vitre du guichet chaque matin. Les jours où elle était chargée de faire le thé pour le service, il complimentait sa façon de le préparer et en redemandait une tasse. Quand, pour célébrer la nouvelle année tamoule, il avait apporté une boîte de Maisoorpak, c'est à elle qu'il avait offert le premier bonbon en forme de diamant. Si elle entrait dans son bureau pour lui poser des questions sur les demandes de visa, il lui proposait de s'asseoir, aussi poliment que si elle avait été une cliente. Il lui demandait parfois comment elle comptait occuper le week-end à venir. Quand elle disait n'avoir rien de prévu, il prenait un air rêveur, comme s'il avait souhaité l'emmener quelque part – le cinéma *Naz*, par exemple, où l'on projetait le dernier film à succès de Shah Rukh Khan, ou le restaurant *Madras Mahal*, où l'on servait d'excellents *dosas*[1], mais qui était bien au-dessus des moyens de Malathi.

Pouvait-on la blâmer, étant donné la situation, d'aller dans son bureau un peu plus souvent que nécessaire ? D'accepter, de temps à autre, une cuillère de ces noix de bétel argentées qu'il conservait dans son tiroir du haut ? De l'écouter d'une oreille attentive quand il lui disait à quel point il se sentait seul, loin de chez lui, tout comme elle ? De le laisser lui prendre la main quand elle lui tendait un document ?

1. Galettes à base de farine de lentilles ou de pois chiches, typiques du Sud de l'Inde.

Elle avait pour habitude de griffonner sur des bouts de papier pour passer le temps. Un jour, elle s'était surprise à écrire, au milieu des gribouillages de fleurs et de branchages, *Malathi Mangalam*. C'était puéril, et dangereux. Symptomatique d'une agitation intérieure qui la déconcertait. Elle avait déchiré la feuille en mille morceaux et l'avait jetée. Pourtant, elle ne pouvait s'empêcher de penser que les syllabes sonnaient bien et parfois, le soir, au lieu d'imaginer son salon de beauté tant aimé, elle les chuchotait, le visage enfoui dans son oreiller.

Aujourd'hui, M. Mangalam l'avait prise dans ses bras et embrassée.

Malathi devait admettre que ce geste, même s'il l'avait surprise, n'était pas totalement inattendu. N'avait-il pas, hier à peine, posé une petite boîte en carton doré dans sa main ? Elle l'avait ouverte et avait découvert quatre chocolats blancs en forme de coquillages, disposés avec soin. « Goûtez-en un », lui avait-il murmuré. Malathi avait pudiquement secoué la tête, alors il en avait pris un et l'avait fait glisser sur ses lèvres avant de le fourrer dans sa bouche. Le dessus était croustillant, mais à l'intérieur… c'était la chose la plus douce et la plus capiteuse qu'elle ait jamais goûtée. La culpabilité et l'allégresse l'avaient envahie au moment même où elle l'avait avalé.

Cette même allégresse coupable lui avait picoté le cuir chevelu quand il avait appuyé ses lèvres sur les siennes. S'il avait essayé de la peloter, elle l'aurait repoussé. Mais il était tendre ; il lui avait murmuré des mots doux tout en frottant son nez contre son oreille (oh, comme sa moustache lui avait délicieusement chatouillé la joue !). Malathi n'avait jamais été embrassée avant ce jour, mais elle avait vu des centaines de films romantiques et savait quoi faire. Elle avait timidement baissé les yeux et s'était appuyée contre son torse, laissant ses lèvres caresser sa mâchoire malgré la pensée qui lui traversait l'esprit : en flirtant avec un homme marié, elle allait s'attirer un mauvais karma. A l'instant précis où il avait soupiré, parcouru d'un léger frisson, et où Malathi s'était sentie gagnée par un étrange pouvoir, ses yeux s'étaient posés sur la photo de Mme Mangalam, juste à côté de la statuette de Ganesh en bois de santal. Pour la première fois, elle s'était aperçue que Mme Mangalam était coiffée à la perfection, sûrement l'œuvre d'un salon de beauté de grand standing. Sur sa main droite (habilement posée sous son menton), on pouvait voir trois magnifiques bagues ornées de diamants. Lui avaient-elles été offertes par l'homme qui, en ce moment même, enfouissait son visage dans le cou de Malathi ? Mme Mangalam adressait un sourire confiant à Malathi... confiant et teinté de pitié. Ce sourire indiquait deux choses : d'abord, que Mme Mangalam était le genre de femme que Malathi pouvait rêver de devenir mais qu'elle ne serait jamais ; et ensuite, que peu importait les folies auxquelles son époux s'adonnait, il finirait toujours par revenir vers elle.

Ce sourire avait poussé Malathi à se dégager de l'étreinte de M. Mangalam. Quand il s'était penché au-dessus de sa main pour déposer un baiser à l'intérieur de son poignet, elle avait retiré son bras d'un geste brusque. Ignorant ses questions, elle avait réajusté son sari, rassemblé ses esprits, et s'était précipitée hors du bureau.

Elle n'avait pas fait dix pas que la roue du karma s'était mise en branle, et le châtiment s'était abattu sur eux sous la forme d'un tremblement de terre.

Dans la lueur vacillante de la lampe de poche, Malathi vit l'Afro-Américain soutenir quelqu'un par le coude et l'amener au centre de la pièce. Il s'agissait de la jeune Indienne… enfin, si on pouvait encore appeler ainsi quelqu'un qui baignait depuis sa plus tendre enfance dans la décadence du monde occidental. Malathi l'avait tout de suite trouvée antipathique, avec son jean moulant, ce gros livre d'université qu'elle trimbalait comme pour faire étalage de son intelligence, et son impatience typiquement américaine. Mais lorsqu'elle vit l'homme attraper la jeune fille par le bras et qu'elle l'entendit pousser un cri de douleur, Malathi ne put s'empêcher de crier elle aussi. Elle le regretta immédiatement, car l'homme lâcha la jeune fille et s'avança dans sa direction. Elle plongea sous le guichet, sans grand espoir. La paroi de verre qui d'habitude l'isolait des gens qui se présentaient au guichet avait été réduite en poussière par le séisme. Il n'aurait aucun mal à se pencher par-dessus le comptoir et à s'emparer d'elle.

Effectivement, l'homme se pencha au-dessus du comptoir, mais ce n'était pas pour l'attraper. Il était en train de lui dire quelque chose. Elle ne comprenait pas, la panique lui avait fait oublier tout son anglais. Il répéta les mots plus lentement. Les syllabes ricochaient dans la tête de Malathi, inintelligibles. Elle ferma les yeux et essaya d'imaginer le salon de beauté et de se visualiser, elle, au centre du salon. Mais le sol se souleva, les miroirs se fendirent et s'écrasèrent sur le sol, il y avait des débris partout, comme ceux qu'elle avait sous les mains en ce moment même.

Derrière elle, Malathi entendit la porte du bureau de M. Mangalam s'ouvrir. Le verre craquait sous les pas incertains du fonctionnaire tandis qu'il se dirigeait vers l'Afro-Américain. Sans avoir rien prémédité, Malathi se jeta sur lui et, martelant sa poitrine de coups de poing, elle s'écria en tamoul :

— C'est de notre faute ! C'est de notre faute ! C'est arrivé à cause de nous !

Au moment où la terre s'était mise à trembler, M. Mangalam s'était réfugié sous son bureau. Mais le meuble avait glissé jusqu'à l'autre bout de la pièce et l'avait coincé contre le mur. Il s'était démené pendant plusieurs minutes avant de parvenir à s'en extraire. Quand il s'était redressé, désemparé, les mains tremblantes, ses yeux s'étaient posés sur ce qu'il avait de plus cher – non, pas la photo de son épouse au sourire narquois et triomphant, mais le Ganesh en bois de santal que sa mère lui avait offert le jour où il avait quitté la maison pour aller à l'université, « pour repousser tous les obstacles que tu croiseras sur ton chemin ». Lorsque le bureau avait glissé jusqu'à l'autre bout de la pièce, la statuette avait été projetée contre le mur et s'y était écrasée. Il s'était soudain senti vidé, comme si quelqu'un lui avait arraché les entrailles. Mangalam avait lui aussi été élevé dans la croyance au karma. Des accusations identiques à celles que Malathi sanglotait contre sa poitrine s'étaient bousculées dans sa tête. Il avait beau repousser ces superstitions de toutes ses forces, elles ne cessaient de revenir, par bribes, et l'affectaient profondément.

M. Mangalam n'avait encore jamais vécu de tremblement de terre. Mais il avait déjà affronté une femme en pleine crise d'hystérie. Il attrapa Malathi par les épaules et la secoua jusqu'à ce qu'elle se taise.

— Ne soyez pas stupide, lui dit-il en tamoul, d'un ton glacial qui avait déjà fait ses preuves dans des situations similaires. C'était un tremblement de terre. Les tremblements de terre n'ont rien à voir avec les gens.

Il ajouta, en anglais :

— Reprenez vos esprits et écoutez ce que vous dit ce monsieur.

Cameron n'avait pas aimé la façon dont le fonctionnaire avait secoué la jeune femme, et il aurait voulu lui en dire un mot, mais il y avait des choses plus urgentes.

— Est-ce que vous avez un kit de premiers secours ? Une torche ? Des piles ? Du paracétamol ? Est-ce que le téléphone fonctionne ?

— J'ai essayé la ligne de mon bureau, répondit M. Mangalam. Il n'y a plus de tonalité.

Il répéta à Malathi tout ce qu'avait demandé Cameron, en remplaçant certains mots par d'autres qui lui seraient plus familiers – une lampe de poche, de l'aspirine, une boîte de pansements – jusqu'à ce qu'elle finisse par hocher la tête sans grande conviction et s'en aille fouiller dans les placards du bureau.

Sonnée comme elle l'était, Cameron ne s'attendait pas à ce qu'elle trouve quoi que ce soit. Pourtant, quelques minutes plus tard, il vit un cercle de lumière vacillant s'avancer vers lui. Elle posa la lampe torche sur le guichet, ainsi qu'un sac en plastique dans lequel il y avait deux piles et une boîte en métal blanc peinte d'une grosse croix rouge. A l'intérieur, il trouva deux flacons d'alcool, quelques pansements, une boîte d'aspirine, des médicaments contre le rhume, un tube de crème antiseptique et du fil dentaire. C'était mieux que rien, mais ça restait insuffisant.

Il essaya de remettre en ordre, dans sa tête, la liste des choses à faire. Il fallait vérifier tous les coins de la pièce pour voir s'il n'y avait pas d'autre sortie. S'assurer que personne n'était blessé en dehors de la jeune étudiante. Demander aux autres s'ils avaient de l'eau ou de la nourriture, et les convaincre de les mettre en commun pour les partager. Y avait-il des toilettes ? Sinon, il faudrait trouver une solution alternative. Il devait arpenter la pièce pour essayer de trouver un endroit où les portables fonctionnaient. Il devait demander aux autres de faire de même. Tôt ou tard, ils allaient devoir essayer d'ouvrir la porte, au risque de finir enterrés vivants.

Cameron commençait à ressentir une douleur à la poitrine. La poussière n'arrangeait rien. Bientôt, il n'aurait pas d'autre choix que d'utiliser son inhalateur.

C'est trop, Seva. Je ne peux pas gérer tout ça.

Derrière lui, il entendit un frottement. Il fit volte-face, la lampe braquée devant lui comme une arme. Malathi avait trouvé un balai et elle rassemblait les débris en petits tas. Il ne pouvait pas voir son regard, mais elle avait l'air moins terrifiée que tout à l'heure. Tant mieux, car dans peu de temps, il allait devoir lui faire une demande très désagréable.

Il laissa son esprit errer loin du présent, se laissant hypnotiser par la cadence du balai sur le sol, qui réveilla en lui une image que sa grand-mère – qui avait grandi comme domestique dans une demeure du Sud des Etats-Unis – lui avait décrite : une femme descendant les escaliers, en longue robe de soie.

3

Uma regarda sa main, tellement enflée maintenant qu'elle ne voyait même plus les os du poignet. Cameron lui avait donné trois cachets d'aspirine qu'elle s'était forcée à avaler sans eau ; elle avait presque failli s'étouffer. Le médicament n'avait eu aucun effet sur la douleur qui battait dans tout son bras, jusqu'à son épaule, et qui était intimement liée à sa peur. Sous sa peau, quelque chose saillait et lui lacérait les muscles. Elle imaginait un os, plusieurs os, cassés en centaines de morceaux acérés qui lui tranchaient la chair de l'intérieur. Elle voulait s'échapper de cette pièce oppressante – penser à l'océan, à ses parents, aux nouilles thaïes qu'elle avait prévu de cuisiner pour le repas du soir, à Ramon qui lui apportait son thé au jasmin tous les matins – mais elle ne parvenait pas à surmonter la panique. Est-ce qu'elle risquait de mourir d'une hémorragie interne ? Faudrait-il lui amputer le bras si les secours arrivaient trop tard ? Elle avait toujours cru faire partie des gens qui savent affronter les crises dans le calme. Elle était stupéfaite de la vitesse avec laquelle la douleur la privait de ses ressources.

A la demande de Cameron, tout le monde s'était rassemblé au centre de la pièce. Tout le monde sauf le jeune homme barbu, qui était resté allongé à l'endroit où il était tombé, alors qu'il avait repris connaissance depuis un certain temps. Il s'était tourné sur le côté pour regarder Cameron. Ses yeux perçants brillaient comme deux billes en verre noir à la lumière de la lampe torche. Sa tête était inclinée à un angle peu confortable. Entre deux vagues de douleur, Uma se dit qu'elle pourrait peut-être lui donner quelque chose à se mettre sous la tête, son sac à dos par exemple. Puis une nouvelle vague de douleur la traversa, et elle devint incapable de réfléchir à quoi que ce soit.

Cameron allait voir les gens un à un, pour leur demander s'ils étaient blessés. Ils étaient assis sur des chaises, l'air stoïques, et se redressaient comme des enfants obéissants quand il pointait sa mini-lampe de poche sur eux. Presque tout le monde avait des coupures ou des bleus. La grand-mère avait une mauvaise entaille sur l'avant-bras qui saignait beaucoup. Il donna des compresses, des pansements et de la crème antiseptique au couple, M. et Mme Pritchett, et leur demanda de faire de leur mieux pour soulager ceux qui n'avaient que des blessures superficielles. Entre-temps, toutes les personnes présentes avaient donné leur nom, sauf le jeune homme barbu. Mais ils savaient tous comment il s'appelait car, quand il était encore inconscient, Cameron l'avait demandé à M. Mangalam. Il s'appelait Tariq. Un nom musulman. Uma se demanda si cela avait un lien avec sa violente sortie de tout à l'heure ; puis elle eut terriblement honte d'avoir pensé une telle chose.

Cameron appela l'adolescente, Lily, pour qu'elle lui tienne la lampe pendant qu'il nettoyait la blessure de sa grand-mère et l'entourait de gaze. Uma vit Lily se mordre la lèvre lorsque la gaze se teinta de sang, mais l'adolescente ne détourna pas le regard. Cameron œuvrait les sourcils froncés. Il avait dû utiliser tout le rouleau de gaze pour que l'hémorragie cesse. (*Qui aurait pu croire que la vieille dame avait autant de sang en elle ?* Uma mourait d'envie de dire cette phrase à quelqu'un qui aurait pu reconnaître l'allusion à Shakespeare.) Finalement, il déchira le bas de son tee-shirt et s'en servit pour bander le bras de la grand-mère. Il lui recommanda de s'allonger et de ne pas bouger. Puis il se laissa tomber sur le sol. Uma fut prise de panique quand elle le vit appuyer la tête contre le guichet et fermer les yeux. Il fouilla dans sa poche, en sortit un objet qu'il mit devant sa bouche et sur lequel il appuya. Est-ce qu'il était malade ? *Il faut être fort, fort*, cria-t-elle dans sa tête entre les vagues de douleur qui palpitaient jusque dans les os de son visage.

Au bout de quelques minutes, Cameron avait repris des forces et il entreprit d'explorer l'espace situé derrière le guichet dans l'espoir d'y trouver une porte ou une fenêtre par laquelle ils pourraient éventuellement sortir. Peut-être une échelle, qu'ils pourraient utiliser pour atteindre la grosse bouche d'aération près du plafond ? N'ayant rien trouvé, il demanda à ceux qui possédaient un téléphone portable d'arpenter la pièce de long en large – en faisant bien attention aux décombres – pour voir s'ils recevaient du réseau. Mangalam fut chargé de vérifier les lignes téléphoniques du bureau à intervalles réguliers. Mais elles ne fonctionnaient pas non plus. Cameron attendait que la vérité s'insinue en eux : ils étaient coincés là jusqu'à ce qu'une équipe de secours arrive, ou jusqu'à ce qu'ils se décident à prendre le risque d'ouvrir la porte de devant. Puis il demanda aux gens de réunir tout ce qu'ils avaient comme nourriture et eau, pour organiser leur rationnement.

A contrecœur, ils déposèrent sur le guichet les encas et les bouteilles d'eau qu'ils avaient. Uma, qui n'avait aucune contribution à apporter, se sentit un peu dépourvue, comme la cigale de La Fontaine. (Mais elle était aussi un peu méfiante. Qui sait si les gens ne dissimulaient pas des choses au fond de leurs sacs, de leurs poches de manteaux, ou dans leurs chaussures ? C'est en tout cas ce qu'elle aurait fait à leur place.) L'espace d'une seconde, elle entendit la voix de sa mère lui raconter cette vieille fable et prendre un accent indigné au moment où la fourmi refusait son hospitalité à la cigale. Au même instant, dans le monde réel, sa mère dormait paisiblement, allongée sur son matelas Dunlopillo de qualité supérieure, ignorant tout de la situation dans laquelle se trouvait sa fille. Mais sa mère n'avait-elle pas toujours été ainsi, ignorant superbement les problèmes, même s'ils s'allongeaient à côté d'elle, dans son lit, et posaient la tête sur son oreiller ?

— Est-ce que quelqu'un a un médicament contre la douleur ? demanda Cameron à la cantonade. Quelque chose de fort ? Cette jeune femme, Mlle Uma, a le poignet cassé. J'aimerais lui donner quelque chose avant d'essayer de le lui remettre en place. Peu importe que ce soient des médicaments ou des produits moins légaux.

Mais personne ne réagit.

Cameron se tourna vers Mangalam.

— J'ai besoin de longues bandes de tissu pour faire un bandage et d'un élastique. Nous allons devoir utiliser son sari, dit-il en faisant un signe du menton en direction de Malathi. Vous allez devoir lui expliquer.

Mais quand Mangalam s'adressa à Malathi, dans une volée de syllabes en staccato qu'Uma ne comprit pas, la jeune femme se réfugia derrière le guichet et croisa les bras contre sa poitrine.

— *Illay, illay !* s'écria-t-elle, d'un ton qui ne laissait aucun doute sur sa réponse.

Elle se mit ensuite à gémir et à marmonner des paroles incompréhensibles.

— Elle dit que cela porterait atteinte à sa pudeur féminine, traduisit Mangalam.

Le fonctionnaire avait l'air agité. Uma le soupçonna de ne pas avoir traduit tout ce qu'avait dit Malathi. Puis une autre vague de douleur la traversa, et elle perdit complètement le fil de sa pensée.

— Madame, vous devez coopérer, insista Cameron. Nous sommes dans une situation où les règles habituelles ne s'appliquent plus. Je ne peux pas soigner Mlle Uma si je n'ai pas assez de tissu.

Malathi s'était réfugiée dans un petit coin entre deux placards, à l'autre bout de la pièce.

De sa main valide, Uma fourragea dans son sac à dos et en sortit un pull. La douleur lui montait maintenant jusque dans la tête et elle était prise de vertiges. Elle marcha d'un pas chancelant jusqu'au placard à dossiers et fit un gros effort pour lever son bras enflé, afin que Malathi puisse le voir. Sa peau avait pris une teinte violacée qui se voyait même dans la faible lumière de la lampe torche. Malathi resta immobile pendant plusieurs minutes. Puis elle jeta un regard haineux à Uma, lui arracha le pull des mains et se réfugia dans le bureau de Mangalam. Quelques secondes plus tard, elle jeta le sari bleu par l'entrebâillement de la porte et la referma aussitôt. Uma entendit le cliquetis d'un verrou.

Quand Cameron lui remit l'os en place, Uma eut tellement mal qu'elle faillit s'évanouir, mais une fois son bras stabilisé et retenu en écharpe

– Cameron, ingénieux, avait utilisé deux règles en plastique pour lui faire une attelle –, elle se sentit un peu mieux. Elle prit dans sa main les deux cachets d'aspirine que Cameron lui donna, ramassa son sac à dos et se dirigea vers Tariq. Le jeune garçon accepta les cachets qu'elle lui tendit et hocha la tête en signe de remerciement. Puis il fit une grimace et se massa la nuque.

— Vous avez mal ? lui demanda-t-elle.

Il laissa échapper un rire amer.

— Qu'est-ce que vous croyez ?

— Je suis désolée de ce qui s'est passé.

Il haussa les épaules.

— Je vais le tuer.

Son ton surprit Uma. Il était si détendu, si confiant.

— Ne dites pas des choses comme ça, lui répondit-elle sèchement.

Elle voulait continuer, mais Mme Pritchett les avait rejoints. La vieille dame se plaça de façon à ce que les autres dans la pièce ne puissent pas voir ce qu'elle était en train de faire. Elle sortit d'un flacon deux petites pilules ovales qui brillaient comme deux minuscules lunes.

— Du Xanax, chuchota-t-elle. Ça peut aider.

Tariq posa un regard dédaigneux sur les cachets. Uma, en revanche, s'en empara sans le moindre scrupule. Elle ne savait pas vraiment quels étaient les effets du Xanax, mais dans sa situation, tout était bon à prendre. Elle remercia

Mme Pritchett, qui lui adressa un sourire complice et prit elle-même un cachet. Les Xanax glissèrent sans difficulté sur la langue d'Uma. Elle devenait de plus en plus douée pour ça. Elle aurait aimé boire une gorgée d'eau pour faire passer l'amertume qui lui restait dans la bouche, mais Cameron avait déclaré qu'ils devaient attendre une heure ou deux avant de manger ou de boire, et elle ne voulait pas lui compliquer la tâche.

— Je vais m'allonger, annonça-t-elle sans s'adresser à quelqu'un en particulier.

Cameron avait pris des chaises pour bloquer l'accès au côté droit du guichet vitré, là où le plafond était maintenant béant comme la gueule d'un animal. Uma se dirigea vers l'autre côté de la pièce, à l'endroit où la vieille dame asiatique était étendue sur le sol. Partout ailleurs, le plancher était fissuré et la moquette déchirée, mais dans ce coin-là, il n'y avait pas de bris de verre et le sol semblait lisse. Uma s'allongea sur le ventre, son sac à dos posé sous sa tête en guise d'oreiller. Après ce que lui avait dit le musulman, elle ne risquait pas de partager quoi que ce soit avec lui. Elle aurait aimé parler à Cameron de la menace, même si le jeune homme ne pensait sûrement pas ce qu'il disait. Sous le coup de la colère et de la peur, les gens pouvaient dire toutes sortes de choses qu'ils regrettaient ensuite.

Quoi qu'il en soit, elle se sentait incapable de rassembler l'énergie nécessaire pour se relever.

Les cachets se dissolvaient en elle, ils dispersaient des petits tentacules de bien-être dans tout son corps, ramollissaient ses muscles. Bénie soit Mme Pritchett, cet ange inattendu !

Cameron quadrillait lentement la pièce, brandissant son téléphone comme une baguette de sourcier. Uma tourna la tête pour le garder dans son champ de vision. Une sorte de sérénité émanait de lui. Mais un vaste lac brumeux s'était ouvert tout autour d'Uma. Il l'attirait avec une puissance irrésistible. Elle se laissa entraîner dans ses profondeurs, en se promettant de prévenir Cameron dès qu'elle se réveillerait. D'ici là, les secours seraient sûrement arrivés, et cela n'aurait plus d'importance.

Tariq Husein fit une grimace en lisant l'heure sur sa montre à affichage digital. Il était dix-neuf heures, l'heure de la prière du soir était passée. Il avait déjà raté la prière du midi et celle de l'après-midi. La deuxième fois, c'était parce que l'Afro-Américain l'avait attaqué par-derrière, cette espèce de lâche, et qu'il l'avait mis KO. A ce souvenir, il sentit la colère lui remuer l'estomac. La colère et la frustration, parce que si ce salaud ne l'avait pas stoppé dans son élan, ils seraient peut-être tous dehors en ce moment. Mais s'il avait raté la prière de Dhuhr, c'était entièrement de sa faute ; Tariq était assez honnête pour le reconnaître. Il n'avait pas osé sortir son tapis et son chapeau de prière noir, ni s'agenouiller dans un coin de la pièce, de peur d'attirer l'attention. Il ferait pénitence plus tard.

Sa barbe le démangeait de nouveau. Il se retint de la gratter à pleines mains. Sa peau était très sensible, un rien l'irritait, et il ne voulait pas avoir à s'occuper de problèmes de ce genre maintenant. Ammi, qui n'aimait pas sa barbe, lui demandait tout le temps de la raser. L'ironie de la situation le fit sourire. Pendant des années, Ammi l'avait supplié de s'intéresser plus sérieusement à la religion, elle avait pleuré et tempêté pour qu'il soit plus attentif à l'école – il ne faisait que boire, se battre, et se faire exclure du lycée. Mais quand il avait changé, sa mère était devenue beaucoup trop angoissée pour s'en réjouir, car l'Amérique avait changé elle aussi : les gens comme eux étaient suivis d'un œil suspicieux dans les grands magasins et les cinémas ; la police se présentait à votre travail ou à votre domicile pour vous poser des questions ; et Ammi soupirait de soulagement et disait à ses amies venues prendre le thé chez elle qu'elle n'était finalement pas mécontente que son fils se soit autant occidentalisé.

Le premier signe de changement chez Tariq, ce furent les disputes avec ses amis (à l'époque, la plupart d'entre eux étaient blancs) au sujet de l'attaque des tours jumelles, des bombardements de représailles en Afghanistan et des croyances des musulmans. Pour mieux argumenter, il s'était mis à lire des livres sur ces sujets. Il surfait sur des sites Internet aux noms étranges et aux points de vue déconcertants, et restait éveillé jusqu'aux premières heures du jour à essayer de les déchiffrer. Il commença à échanger des mails avec des gens aux opinions tranchées qui appuyaient leur pensée par des faits. Plus pour en faire l'expérience qu'autre chose, il arrêta de boire de l'alcool. Un jour, il récupéra dans ses vieilles affaires une tenue traditionnelle, un *salwar kameez*[1] que sa mère lui avait acheté en Inde (et qu'il s'était alors empressé de jeter au fond de son placard), et la porta pour aller à la mosquée. Et comme le regard que les jeunes filles posaient sur lui lui plut, surtout celui d'une jeune fille en particulier, il remit cette tenue les fois suivantes. Oui, il valait mieux l'admettre : les femmes étaient tout autant responsables de son changement que ses idées politiques.

Quand les amies d'Ammi lui conseillèrent d'ôter son *hijab*, Tariq fit asseoir sa mère sur le canapé et prit ses mains entre les siennes. Il lui dit qu'elle devait faire ce en quoi elle croyait, et non ce qu'attendaient d'elle les gens de son entourage. Surtout, elle ne devait pas se laisser guider par la peur. Sa tirade n'eut pas l'effet escompté. Elle plia soigneusement ses voiles et les rangea au fond d'un tiroir. Pourtant, de temps à autre, il la surprenait en train de l'observer pendant qu'il ajustait son chapeau de prière noir devant le miroir,

1. Ensemble composé d'un pantalon et d'une tunique.

avant de partir pour la mosquée le vendredi soir. Sur son visage se mêlaient la fierté et la stupéfaction. Et parfois, de façon tout aussi inattendue, il était lui aussi frappé par la même stupéfaction. Qu'est-ce qui l'avait fait changer ? Est-ce que c'était le 11-Septembre… ou Farah ?

Farah. Penser à elle aida Tariq à se lever. Il essaya de se tenir debout, mais la douleur lui traversa le cou, et il cracha une insulte à l'intention de l'Afro-Américain. Il rangea sa colère dans un petit tiroir sombre, au fond de sa tête. Ce n'était pas le moment. Il devait purifier son cœur, louer Allah, lui demander son aide, sa bénédiction, surtout pour Abba et Ammi, que les anges les enveloppent de leurs ailes protectrices. Il tendit la main dans l'obscurité, jusqu'à ce qu'il atteigne son attaché-case, toujours posé bien droit à l'endroit où il l'avait mis tout à l'heure en s'asseyant sur la chaise, mais la chaise avait disparu. Un petit miracle sur lequel il devrait méditer plus tard. Il déroula son tapis de prière, mit son petit chapeau. Il essaya de définir de quel côté devait se trouver La Mecque, mais l'obscurité et la peur l'embrouillaient complètement. (Délesté de sa fierté pour se présenter devant Dieu, il admit que la peur gonflait un peu plus à chaque minute dans sa poitrine, lui coupant presque la respiration.) Il décida finalement de se tourner face à la porte qu'on l'avait empêché d'ouvrir.

— *Allahu Akbar*, murmura-t-il. *Subhaaana ala humma wa bihamdika*.

Il essayait de sentir sur sa langue la douceur des mots qui avaient traversé les siècles et les continents pour arriver jusqu'à lui. Contre l'écran rougeâtre de ses paupières, il tenta de visualiser la Kaaba où un jour, *inch'Allah*, il se rendrait enfin. (Parfois, l'image était très nette, bordée d'argent, comme un nuage de tempête : un millier de personnes agenouillées à l'unisson, le front appuyé sur le sol devant la pierre noire, une symbiose qu'il mourait d'envie de connaître.) Aujourd'hui, tout ce qu'il parvenait à voir, c'était le visage de Farah, illuminé d'un sourire narquois qui, autrefois, l'avait rendu furieux.

Farah. Elle était entrée dans la vie de Tariq de façon tout à fait inoffensive, comme un coupe-papier se glisse dans le pli d'une enveloppe, la descelle et en répand le contenu secret. Son nom était le soupir d'un poète ardent de désir, mais même Tariq reconnaissait qu'il ne correspondait pas vraiment au reste de sa personne. Trop mince et trop grande pour satisfaire aux critères esthétiques indiens, elle était intelligente et discrète, mais possédait l'habitude déconcertante de fixer ses interlocuteurs de ses yeux perçants, soulignés de khôl, de telle façon qu'elle donnait l'impression de ne pas vraiment croire à ce qu'on lui disait.

Farah, la fille de la meilleure amie d'enfance d'Ammi, était arrivée en Amérique deux ans plus tôt, dans le cadre d'un échange avec une prestigieuse université de Delhi. (Tariq, qui avait jusque-là suivi une scolarité en pointillés, était alors en dernière année de lycée et repassait les matières qu'il avait délaissées au semestre précédent.) Farah était brillante, mais elle avait bien failli ne pas venir en Amérique. Sa mère, une veuve totalement ignorante de ce qui se passait réellement sur les campus de sa ville, était terrifiée de voir sa fille partir pour un de ces dortoirs américains dirigés par la trinité maléfique de l'alcool, de la drogue et du sexe. Ce n'est qu'à l'issue d'une très longue discussion trempée de larmes avec Ammi que la mère de Farah avait autorisé sa fille à venir. Mais il y avait des conditions : Farah vivrait chez Ammi pendant toute la durée de son séjour, elle se rendrait à la mosquée deux fois par semaine, elle n'aurait de contacts qu'avec des Indiens musulmans et elle serait escortée en permanence par un membre de la famille Husein, où qu'elle aille. Comme Abba était très occupé par son entreprise de nettoyage – qui se développait à une telle vitesse qu'il avait récemment embauché plusieurs personnes – et que les journées d'Ammi étaient remplies par de mystérieuses activités féminines, cette tâche fut souvent confiée à un Tariq plus que récalcitrant.

Dès le début, Farah l'irrita au plus haut point. Elle avait beau se montrer polie, il émanait d'elle une sorte de désapprobation constante qui le poussait à remettre en cause son mode de vie, qu'il avait toujours cru branché et cool. Il ne parvenait pas à la cerner, et il détestait ça. Contrairement à toutes les autres Indiennes qu'ils avaient reçues chez eux, Farah ne s'intéressait pas aux dernières chansons en vogue, aux films ou aux magazines. Les vêtements de marque et le maquillage ne l'attiraient pas. Un jour, d'humeur magnanime, il lui avait proposé de l'emmener au centre commercial, et peut-être en boîte de nuit ensuite, si elle promettait de ne rien dire aux parents. Il fallait qu'elle voie ce qui faisait que l'Amérique était l'*Amérique*. Mais elle avait refusé, préférant aller au musée d'Art moderne. Elle lui avait gâché son après-midi. Il s'était traîné à sa suite pendant qu'elle examinait, avec un intérêt insupportable, des toiles couvertes de traits de couleur et de gens nus et laids.

Sur le chemin du retour, elle s'était montrée d'une exubérance inhabituelle. Elle n'avait cessé de parler de l'innovation dans l'art moderne indien, avec des artistes musulmans comme Raza et Husain en chefs de file. Tariq s'était senti idiot, il n'avait jamais entendu parler de ces soi-disant artistes, pas même de celui qui portait presque le même nom que lui. Pour se venger, il avait énuméré toutes ces choses qu'il avait détestées en Inde, au cours de tous les séjours qu'il y avait faits, contraint et forcé par ses parents. Elle avait été furieuse ; il l'avait vu au frémissement de ses narines. Elle lui avait rétorqué :

— C'est facile de voir les problèmes de l'Inde. Mais sais-tu au moins quels sont les problèmes ici, en Amérique ?

Il s'était laissé aller à une repartie classique dans ce genre de situation : s'il y avait tant de problèmes en Amérique, elle n'avait qu'à rentrer chez elle. Tout de suite. Elle avait détourné le visage du côté de la vitre. Après quelques minutes, elle avait essuyé une larme sur sa joue. Ses doigts en avaient été tachés de khôl. Cela faisait longtemps qu'il ne s'était pas senti aussi stupide, alors qu'il lui était déjà arrivé de dire des choses bien plus dures aux filles avec lesquelles il était sorti. C'était peut-être parce que Farah n'avait pas de mouchoirs sur elle, et qu'il avait traduit ça comme le signe qu'elle ne s'attendait pas à ce qu'il la blesse. Il avait arrêté la voiture sur le bord de la route et lui avait présenté ses excuses. Elle n'avait pas répondu, mais avait hoché très légèrement la tête. Sans qu'il sache pourquoi, l'os de sa clavicule, fin et délicat, lui avait fait penser à un oisillon fragile. C'est à cet instant précis qu'il avait commencé à tomber amoureux.

Un jour où il se remettait difficilement d'une grippe, Farah était venue dans sa chambre lui apporter un verre d'eau sucrée qu'Ammi avait fait chauffer pour lui. Elle avait posé la main sur son front pour voir s'il avait encore de la fièvre, puis caressé sa barbe de deux jours.

— Ça te va bien, lui avait-elle dit.

Toutes ses défenses étaient tombées à cause de la fièvre et il avait été touché par l'inflexion de sa voix. Quelque chose dans son ton l'attirait vers elle. Il avait cessé de se raser à partir de ce jour-là. Quand le soir, à table, ses parents le harcelaient de questions, lui demandaient pourquoi il avait pris cette décision maintenant, au pire moment possible, Farah baissait les yeux d'un air sage. La barbe était devenue une sorte de code entre eux. Aujourd'hui encore, un an après que Farah était repartie vivre en Inde (où elle attendait qu'il vienne la rejoindre), il n'avait qu'à fermer les yeux pour sentir la douceur de ses doigts approbateurs le long de sa mâchoire.

— Votre attention, s'il vous plaît !

La voix de Cameron vibra contre les tympans de Tariq et le ramena brutalement à la réalité. Il se rendit compte qu'il s'était agenouillé, le front posé sur le sol. Il avait fait sa prière du soir sans porter la moindre attention aux paroles sacrées. Cette frustration, ajoutée au fait qu'il avait de nouveau perdu l'image de Farah, ne fit qu'aggraver sa colère contre l'Afro-Américain.

— Nous devons boire et manger un peu, expliquait Cameron. Cela nous évitera de ressentir trop la faim et la soif plus tard. Si vous voulez bien former une queue devant le guichet, je vais vous donner à chacun une ration. Ce sera un peu réduit, j'en ai bien peur…

Tariq se leva d'un bond de son tapis de prière et se cogna le genou contre un meuble, encore à cause de l'Afro-Américain, qui avait éteint la grosse lampe torche. La seule lumière qui restait était celle de la petite lampe de poche – une autre facette de sa stratégie pour les contrôler tous, se dit Tariq.

— Pourquoi est-ce que ce serait à vous de décider ce que nous devons faire ? s'écria-t-il. De quel droit nous donnez-vous des ordres ?

Sa voix résonnait contre les murs, trop forte, même à ses propres oreilles. Il vit les visages se tourner vers lui, consternés. Il se mordit la langue pour se forcer à se taire. Il fallait qu'ils se rendent compte qu'il avait raison et qu'ils se rangent de son côté.

— C'est un bureau indien, ici. Si quelqu'un doit donner des ordres, c'est le directeur de ce service.

Mais Mangalam, les cheveux dans les yeux, secoua la tête. Dans la faible lumière de la lampe de poche, il avait l'air hagard. Il avait vérifié les lignes téléphoniques toutes les cinq minutes et avait fini par accepter le fait que la liaison était bel et bien coupée et qu'elle ne serait sûrement pas restaurée avant un bon moment. Il ne voulait pas porter la responsabilité de toutes ces vies. Dans sa jeunesse, avant que le mariage et le service diplomatique ne l'aient pris au piège avec leurs fausses promesses de glamour et d'argent facile, il avait étudié la chimie. Chacune des personnes dans la pièce était pour lui une éprouvette dont le mélange risquait d'exploser si on y ajoutait la plus petite goutte du mauvais ingrédient. Et le jeune musulman en était d'ailleurs le meilleur exemple. Mais Mangalam ne voulait pas être en première ligne au moment de l'explosion. Il ne se sentait pas l'âme d'un héros. N'était-ce pas la raison pour laquelle il avait accepté un poste à l'étranger, plutôt que d'affronter Mme Mangalam ?

— M. Cameron Grant ici présent a servi dans l'armée américaine, dit-il. Il est habitué aux situations d'urgence. Il sait quoi faire, bien mieux que moi. Je suis d'avis que l'on suive ses instructions et que l'on coopère.

D'autres voix se joignirent à la sienne, laissant Tariq en plan.

Le jeune homme sentit dans sa bouche un goût de rouille. Crétin, pensa-t-il, le regard fixé sur Mangalam. Cet homme était l'exemple parfait du mauvais Indien. Il suffisait qu'un étranger apparaisse, même un Afro-Américain, et voilà qu'il faisait des courbettes et se soumettait. Tariq soupesa l'opportunité de désobéir à Cameron. Mais avant tout il lui fallait des alliés.

Patience, se dit-il. Après avoir mangé et demandé à la fille au poignet cassé de lui apporter de l'aspirine, il se chargerait de faire entendre son point de vue. *Inch'Allah*, il trouverait peut-être un passage que l'autre n'avait pas vu, ou une solution pour s'en sortir. Avec l'aide de Dieu, ce serait peut-être lui, Tariq, qui les sauverait tous.

4

Cameron divisa en petites portions leurs maigres réserves de nourriture : un sandwich à la dinde, trois œufs durs avec du sel emballés dans un carré de papier aluminium et les restes d'une salade que Mme Pritchett avait à peine entamée. Il sortit neuf serviettes en papier (qui annonçaient cruellement BON VOYAGE en lettres colorées) et posa quelques feuilles de laitue sur chaque. Il découpa les œufs en neuf morceaux à l'aide d'un couteau à beurre, faisant de son mieux pour que les morceaux aient tous la même taille, les posa sur les feuilles de laitue et les saupoudra de sel. Il découpa aussi le sandwich, mais le mit de côté car il n'était pas sûr que tout le monde mange de la viande. Ses gestes étaient méticuleux et précis, comme si cela pouvait faire une différence.

Malathi avait fini par sortir du bureau de Mangalam après que Lily, à la demande de Cameron, eut frappé à la porte – très doucement pour ne pas risquer de secouer la fragile structure de la pièce.

— Arrêtez de bouder et venez manger ! lui avait lancé Lily d'un ton sec.

Peut-être que de se faire houspiller ainsi par une adolescente avait aidé Malathi à repenser son comportement. Ou peut-être qu'elle ne faisait pas confiance à Cameron, et craignait de n'avoir pas sa part de nourriture. Quoi qu'il en soit, elle était sortie mais ne se départait pas de son air maussade, les bras croisés sur le GO BEARS ! imprimé sur le pull qu'elle portait. Cameron qui, pour préparer son voyage, avait lu de nombreux ouvrages sur l'Inde, comprenait très bien sa gêne. L'ironie, c'est que le pull couvrait beaucoup plus son corps que le fin sari et la brassière qu'elle portait tout à l'heure. Mais les us et coutumes de chaque pays restaient un mystère pour ceux qui n'y étaient pas habitués.

Le jupon de Malathi, bleu ciel et bordé de volants, avait l'air plutôt élégant. Elle avait perdu son *bindi*[1] rouge – ce devait être un autocollant – et une mèche de cheveux échappée de son chignon barrait son visage ; elle avait l'air plus jeune tout à coup. Elle refusait toujours d'adresser la parole à Cameron, mais lui avait tendu les serviettes en papier et le couteau sans qu'il lui ait rien demandé.

Cameron chargea Lily de distribuer la nourriture. C'était un moyen de l'occuper. Elle s'était pour l'instant montrée étonnamment calme dans

1. Bijou en forme de goutte porté sur le front, signe d'appartenance à une caste ou une religion.

des circonstances qui auraient terrifié n'importe quel adolescent. Sa main n'avait pas du tout tremblé quand elle lui avait tenu la lampe de poche, le temps qu'il bande la plaie de sa grand-mère et remette l'os cassé d'Uma en place. Elle avait seulement demandé si sa grand-mère irait bien. Malgré tout, il sentait une sorte d'impatience bouillonner sous la peau de l'adolescente. Certains jeunes soldats se comportaient comme ça. Les occuper était impératif ; il fallait qu'ils se sentent utiles, voire essentiels au bon déroulement des opérations, sans quoi ils risquaient de craquer.

Il avait confié ces tâches à Lily à cause des accusations de Tariq. Un rire amer était lentement monté en lui quand le garçon s'était adressé à l'assistance. Alors comme ça, ce gamin pensait que lui, Cameron, se prenait pour l'autorité suprême et essayait de prendre le contrôle ? Il aurait voulu mettre son bras à côté de celui de Tariq, lui montrer à quel point sa peau était plus foncée que la sienne. Lui expliquer ce qu'avait signifié grandir à Los Angeles sans argent et avec la peau noire. Mais ces accusations l'avaient quand même touché.

Pourquoi ce sentiment de culpabilité ? Etait-ce d'avoir frappé Tariq ? D'avoir dû utiliser la violence quand il aurait pu trouver ce que le saint homme appelait une « meilleure méthode » ? Le mot *ahimsa*[1] lui vint à l'esprit, il l'avait lu dans

1. Terme sanskrit qui signifie « non-violence ».

les écrits de Gandhi. Il repoussa cette idée, un peu honteux. Ce n'était pas le moment de philosopher. Tariq aurait pu tous les tuer s'il avait réussi à ouvrir la porte. Mais son esprit, sournois, lui rappela qu'il avait tué beaucoup plus de gens dans sa vie que Tariq n'en tuerait jamais.

Pour tenir ces souvenirs à distance, Cameron entreprit d'évaluer leurs ressources en eau potable : quatre petites bouteilles d'eau, dont aucune n'était pleine. S'il donnait un demi-gobelet à chacun, il ne resterait plus rien, mais il ne se voyait pas leur donner moins que ça.

M. Mangalam mangeait son œuf par toutes petites bouchées, il le savourait les yeux fermés. Cameron lui demanda s'il y avait autre chose à boire. Peut-être des bouteilles qu'ils auraient oubliées ? Une bonbonne stockée dans la réserve ? Un reste de thé ? M. Mangalam ouvrit les yeux à contrecœur et fit non de la tête.

Puis Malathi dit :

— Il y a la salle de bains.

Dans la lumière de la lampe torche, ses yeux brillaient, froids, tandis qu'elle montrait Mangalam du doigt.

— Sa salle de bains.

Tout le monde soupçonna immédiatement Mangalam d'avoir volontairement caché l'existence de cette salle de bains, mais ce n'était pourtant pas le cas. Le tremblement de terre et ses conséquences lui avaient fait tout oublier, jusqu'à sa salle de bains. Sans doute que, quelques heures plus tard, poussé par une envie pressante, il s'en serait souvenu et en aurait révélé l'existence à Cameron. Mais cet oubli avait peut-être quelque chose de freudien, car cette salle de bains avait toujours été son domaine bien gardé.

Cette petite pièce, une anomalie de construction à laquelle on ne pouvait accéder que par le bureau de M. Mangalam, était un sujet de conversation récurrent entre Malathi et ses collègues de travail, surtout pendant leurs trajets jusqu'aux toilettes des femmes, au bout du long couloir délabré qui sentait le moisi. Comme aucune d'entre elles n'avait jamais vu la fameuse salle de bains, elle prenait dans leurs têtes des proportions démesurées. Elles l'imaginaient remplie de ces objets qu'elles voyaient dans leurs magazines de décoration achetés d'occasion au kiosque à journaux à la sortie de la station de métro. Des miroirs aussi hauts que le mur, des serviettes moelleuses, du savon liquide parfumé dans des flacons en cristal, un ficus aussi grand qu'elles, un jacuzzi... et même un bidet. Elles parlaient de tout ça avec envie, mais sans amertume ; dans l'univers qui était le leur, il était tout à fait normal que le chef possède sa propre salle de bains, tandis que les subalternes devaient traverser tout le bâtiment pour atteindre des toilettes partagées par les employés de plusieurs services.

Malathi s'était elle aussi soumise à cette vision des choses, jusqu'à ce que Mangalam commence à s'intéresser à elle. Plus ses petites attentions se faisaient nombreuses, plus l'espoir gonflait dans sa poitrine. Elle se surprit à penser : si je lui plais vraiment… Elle modifia ses heures de pause pour qu'elles concordent avec celles de Mangalam, non sans savoir que cela ferait jaser ses collègues. Plusieurs fois par jour, elle allait dans son bureau pour lui demander quoi faire avec certaines demandes, alors qu'elle savait très bien comment les traiter. Elle attendait ses réponses, appuyée contre la porte de la salle de bains, dans une pose décontractée qui mettait ses courbes en valeur. Ces stratégies avaient abouti à la boîte de chocolats et au baiser d'aujourd'hui, mais pas aux paroles qu'elle brûlait d'entendre : une invitation à utiliser sa salle de bains, qui aurait balayé le sourire suffisant de l'épouse de Mangalam et prouvé à Malathi qu'il ne la considérait pas comme une simple conquête de passage.

Aujourd'hui, barricadée dans le bureau de Mangalam, Malathi s'était vite rendu compte que c'était là sa seule chance d'explorer la fameuse salle de bains. Dès que ses yeux s'étaient un peu habitués à l'obscurité, elle en avait inspecté tous les recoins. Elle avait découvert que la pièce n'avait rien à voir avec ce qu'elle et ses collègues avaient imaginé. C'était un minuscule rectangle où se serraient des toilettes et un lavabo. Comme le reste du bâtiment, la pièce était délabrée et sans âme. Les bords du miroir semblaient usés et irréguliers sous ses doigts, le dérouleur de papier toilette était mal fixé. Les seuls objets personnels qu'elle contenait étaient un désodorisant au parfum chimique et une bouteille de bain de bouche. Malathi s'était rincé la bouche avec, à grandes goulées. Mangalam et le reste de l'univers lui devaient bien ça. Le bain de bouche avait un goût mentholé et amer. Comme l'amour, se dit-elle. Puis elle avait fait claquer sa langue, agacée qu'un tel cliché lui soit venu à l'esprit. Enfin, elle était retournée dans le bureau, pour fouiller dans les tiroirs à dossiers, sans vraiment s'attendre à trouver quoi que ce soit. Mais ses mains étaient tombées sur quelque chose et elle avait souri dans le noir. Pour l'instant, elle ne dirait rien de sa découverte.

Quand Malathi le fit entrer dans cette pièce étroite, Cameron fut aussi heureux que si on lui avait ouvert les portes de la suite royale d'un hôtel de luxe. Il fit couler un peu d'eau au robinet pour s'assurer qu'elle était propre et demanda à Malathi s'il y avait des contenants qu'ils pouvaient remplir. Il y en avait. Les fournitures pour les soirées du consulat étaient, en dépit des nombreux mémos de protestation envoyés par Mangalam aux gens des étages, stockées dans la réserve au fond du bureau derrière le guichet. En fouillant, ils trouvèrent deux saladiers en plastique imitation cristal, des louches, une grosse casserole pour faire bouillir l'eau du thé et une autre pour le café (il ne fallait surtout pas mélanger les deux !), et une centaine de bols marqués BON VOYAGE qui avaient été achetés pour le pot d'adieu du prédécesseur de Mangalam. Il y avait également plusieurs boîtes d'allumettes du *Madras Mahal* et seize boîtes de bougies d'anniversaire bleues, dont la découverte excita tout le monde, jusqu'à ce que Cameron leur fasse remarquer qu'il était hors de question de les allumer, puisqu'il pouvait y avoir une conduite de gaz rompue quelque part dans le bâtiment.

Malgré tout, ils se sentirent tous un peu mieux et discutèrent en faisant la queue devant la salle de bains. Le guichet fut bientôt couvert de bols remplis d'eau. Ils scintillèrent comme des flaques argentées lorsque Cameron braqua sa lampe torche dessus, donnant à la pièce un air festif inattendu. Cameron leur donna à tous un bol BON VOYAGE qu'ils pourraient remplir au lavabo de la salle de bains chaque fois qu'ils auraient soif. Comme ça, leur dit-il, l'eau des bouteilles pourrait être gardée pour plus tard, mais ils seraient certainement tirés d'affaire avant d'en avoir besoin.

Uma se rendit compte que Cameron était heureux de pouvoir enfin dire quelque chose que tout le monde voulait entendre. Pourtant, il avait d'autres pensées en tête, mais il préférait les garder pour lui. Uma les entendit faiblement dans sa tête. *Il pourrait bientôt ne plus y avoir d'eau au robinet. Avec ce qu'il reste de nourriture, nous ne pourrons pas faire plus d'un repas*. Elle était soulagée qu'il ne dise pas tout ça et laisse tout le monde profiter de cet instant.

Quand ce fut son tour d'utiliser la salle de bains, Uma jeta un œil à son reflet dans le miroir, à la lumière de la lampe de poche que Cameron lui avait prêtée. (La lampe torche était réservée aux activités communes, comme la distribution de nourriture, ou en cas de danger). Sous cet étroit rayon de lumière crue, son visage était blafard et, aussi étrange que cela puisse paraître, plus intéressant qu'il ne l'avait jamais été. Elle caressa ses pommettes qui lui semblèrent plus pointues, plus tragiques que d'habitude, et se demanda ce qui avait bien pu passer par la tête des autres quand ils avaient regardé leur propre reflet. Elle but trois bols d'eau et se mouilla le cou, surprise par l'impression de normalité qui émana de ce geste. La douleur était toujours bien présente dans son poignet, mais elle s'y était habituée, comme on s'habitue à une vieille tante radoteuse. A mesure que la douleur faiblissait, sa curiosité naturelle refaisait surface ; elle se mit à imaginer la vie de ses compagnons d'infortune, leurs raisons secrètes d'aller en Inde.

Cameron conseilla à tout le monde de se reposer. Si les lignes téléphoniques étaient toujours coupées à leur réveil, il faudrait qu'ils essaient d'ouvrir la porte. Un murmure parcourut le groupe. Uma sentit un frisson lui glisser le long de la nuque, un mélange de hâte et d'appréhension. Puis son esprit divagua de nouveau vers les histoires qui l'entouraient, hors de sa portée. Aurait-elle la chance d'en entendre certaines avant qu'ils ne sortent ? Cette idée lui donna un regain d'énergie.

Quand Cameron expliqua qu'il faudrait que deux d'entre eux montent la garde, elle se porta volontaire.

M. Pritchett, l'autre volontaire, s'assit bien droit sur sa chaise et fixa son regard sur le fond de la pièce. Ils avaient éteint les lampes et il fut surpris de constater qu'il voyait plutôt bien dans le noir. Ses yeux s'étaient-ils habitués à l'obscurité, comme ceux des créatures des abysses ? Ou était-ce son imagination qui lui faisait voir les corps endormis, épuisés par l'angoisse, et ceux qui s'agitaient, incapables de trouver le repos ? Ils s'étaient tous regroupés sous les tables et les chaises, blottis les uns contre les autres en petits amas compacts. Il y en avait qui cherchaient un semblant de réconfort dans la proximité, et d'autres qui s'appropriaient les coins, étendus de tout leur long. Ah, le langage du corps. Il était surprenant de voir à quel point il révélait ce qu'il y avait d'enfoui en chaque être.

M. Pritchett essayait de distinguer le corps de Mme Pritchett parmi tous les autres. Il avait fait bien attention à regarder où elle s'asseyait quand Cameron avait éteint les lampes, mais il ne la retrouvait pas. Il balaya du regard la pièce plongée dans le noir. Avait-elle changé de place ? Il l'imagina en train de se déplacer en crabe au milieu des débris pour rejoindre un renfoncement de bureau où elle disparaîtrait. Puis il fut déconcerté par cette étrange image qui lui était venue. Mais depuis le jour où elle avait atterri aux urgences, c'était toujours comme ça : quand il ignorait ce qu'elle était en train de faire, son cerveau d'habitude si ordonné et si rationnel s'emballait.

Il resserra ses doigts sur le briquet dans sa poche. Une cigarette l'aurait aidé à se calmer, rien qu'une ou deux bouffées. Il avait un paquet neuf de Dunhill dans l'autre poche de sa veste, mais fumer était impossible. Le soldat afro-américain avait raison, c'était trop dangereux, il pouvait y avoir du gaz dans l'air.

— Monsieur Pritchett, chuchota la jeune femme au poignet cassé.

Elle était assise par terre, à un mètre de lui, appuyée contre le bas du guichet. Son bras était solidement maintenu en écharpe par un tissu couleur du lac Tahoe un jour de beau temps. Il avait vu ce lac quand il était enfant, c'étaient les seules vacances que sa mère et lui avaient jamais prises.

— Vous allez bien ? demanda la jeune femme à voix basse.

Un frisson d'agacement le traversa. Quelle question idiote, bien sûr que non il n'allait pas bien !

— Monsieur Pritchett ?

Il se sentit désavantagé parce qu'elle connaissait son nom et que lui n'avait pas retenu le sien. Mais il dut admettre que c'était gentil de sa part de s'inquiéter pour lui, alors qu'elle devait souffrir le martyre. La douleur rendait la plupart des gens égoïstes. N'était-ce pas ce qui s'était passé avec Mme Pritchett ?

— Ça va, répondit-il, et par courtoisie il ajouta : Appelez-moi Lance.

Si Mme Pritchett avait été près d'eux, elle aurait haussé un sourcil. Il n'était pas du genre à se faire appeler si vite par son prénom. Il aimait les formalités. C'est pour ça qu'il adorait son travail de comptable. Au début de leur mariage, Mme Pritchett s'était même moquée de lui en disant qu'il aurait sûrement voulu que les fleurs poussent alignées en rangs serrés dans leur jardin, comme les chiffres dans ses livres de comptes.

— Lance ? Comme une lance ?

— C'est le diminutif de Lancelot, se surprit-il à avouer.

Pendant toute son enfance, il avait insisté, en vain, pour que les gens l'appellent Lance. Quand il était entré à l'université, il s'était présenté sous le nom de Lance et dès qu'il avait atteint l'âge légal pour changer de nom, il l'avait fait.

— Lancelot, comme à la cour du roi Arthur ? s'enquit la jeune femme.

Elle éclata d'un rire joyeux. Il résonna dans le noir comme une clochette ou le chant d'un oiseau.

M. Pritchett se demanda comment on pouvait rire dans une situation comme la leur. Il était incapable d'une telle… comment dire ? Force ? Légèreté ?

— Ma mère adorait les histoires de Camelot, répondit-il, légèrement embarrassé et franchement surpris, parce que, en temps normal, il ne parlait jamais de sa mère.

— Moi aussi, dit la jeune femme, j'adore les vieux contes… J'en ai même un avec moi.

Elle tapota son sac à dos.

— Lancelot était mon chevalier préféré.

— Je ne suis pas comme lui, rétorqua M. Pritchett.

Il trouvait dérisoire les étalages de romantisme. Et il n'aimait pas les aventures.

— Il arrive que l'on change en fonction de son nom, dit la jeune femme. Vous pourriez vous surprendre vous-même, chevalier Lancelot.

Elle avait peut-être raison. Maintenant qu'il y réfléchissait, n'aimait-il pas le frisson qui montait en lui quand il manipulait les chiffres et se tenait en équilibre sur le fil du rasoir de la loi ?

— Ce nom a quand même été très gênant, s'entendit-il avouer.

Il voulait en dire plus. Lui raconter comment les autres garçons de l'école se moquaient de son nom, comment ils lui avaient un jour mis la tête dans les toilettes. D'où sortait ce vieux souvenir ? Il était stupéfait de tout ce qu'il avait soudain envie de déverser dans le giron réconfortant de l'obscurité !

Il remua les doigts, en manque d'une cigarette. Quelle merveille que le fonctionnement de l'esprit humain, se dit-il, sa tendance à désirer ardemment ce qu'il ne peut pas avoir ! Dans des circonstances normales, il ne fumait que deux cigarettes par jour, une après le déjeuner et une dans la voiture en rentrant du travail. Mme Pritchett n'aimait pas l'odeur de la fumée, alors le week-end il sortait fumer dans la cour.

Et elle… qu'avait-elle fait en échange ? Elle l'avait trahi en essayant de se suicider, voilà ce qu'elle avait fait.

— Je sais ce que c'est, souffla la jeune femme. Mes parents m'ont donné le nom d'une déesse. Je vais en Inde pour les voir. Et vous, pourquoi y allez-vous ?

Il ne pouvait pas se résoudre à utiliser le présent, trop optimiste à son goût.

— Mme Pritchett voulait voir l'Inde, répondit-il, même si ce n'était pas tout à fait la vérité. Nous allions passer des vacances dans un palais.

— C'est formidable ! s'exclama-t-elle. Je compte aussi visiter le Taj Mahal quand je serai là-bas. Je suis sûre que vous allez adorer ce pays.

M. Pritchett n'en était pas convaincu. Il se demanda ce que penserait la jeune femme s'il lui racontait comment cette idée de voyage lui était venue.

Après son retour de l'hôpital, Mme Pritchett passait ses journées assise sur le canapé, à regarder par la fenêtre. Elle avait toujours aimé la vue qu'ils avaient sur le pont et le soleil quand il se couchait derrière, le tout encadré par les camélias qu'elle avait elle-même plantés devant la fenêtre. Désormais, elle restait là, les yeux dans le vague, comme s'il n'y avait plus que du brouillard dehors. Les cachets que le psychiatre lui prescrivait dessinaient sur son visage un sourire absent qui était pire qu'une tristesse affichée. M. Pritchett craignait de la laisser seule, mais quand il n'allait pas travailler et restait toute la journée à la maison avec elle, cette question silencieuse – *pourquoi ?* – flottait entre eux telle une menace. L'odeur d'efficacité et d'antiseptique de son bureau, les chiffres obéissants qui succédaient sans regimber les uns aux autres, tout ça lui manquait.

Mme Pritchett avait toujours été une femme d'intérieur très méticuleuse qui s'enorgueillissait de s'occuper seule de cette grande maison. Maintenant, il y avait des assiettes sales empilées partout dans la cuisine, le sol était jonché de journaux qui n'avaient même pas été lus, dans tous les coins des amas moutonneux de poussière exhalaient le désespoir. La femme de ménage qui venait une fois par semaine se contentait de déplacer le désordre.

Un soir, en essayant de ranger un peu, M. Pritchett était tombé sur un vieux magazine de voyages que Mme Pritchett avait dû acheter. Il contenait un article sur les anciens palais de l'Inde transformés en hôtels. En double page, la photo d'une immense chambre au sol de marbre ; un lit à baldaquin avec des traversins rouges, un paon perché sur le bord de la fenêtre, le rideau soulevé par une douce brise. S'il avait vu cette photo un autre jour, il se serait seulement dit que c'était exotique. Mais à cet instant précis, une pulsion l'avait poussé à demander à Mme Pritchett si elle voulait aller là-bas.

Quelque chose avait brillé dans les yeux de sa femme, pour la première fois depuis son séjour à l'hôpital.

— L'Inde ? avait-elle demandé.

Elle avait tendu la main et pris le magazine. Et aujourd'hui ils étaient tous les deux piégés sous plusieurs étages de décombres.

Ce n'était pas la faute de Mme Pritchett, mais M. Pritchett ne pouvait pas s'empêcher de lui en vouloir. S'il n'avait pas fait tout ça pour elle, il serait en ce moment même dans son bureau, avec ses murs blancs, froids, son mobilier sommaire, sa vue sur le pont qui traversait la baie, ce pont aux poutres parfaitement proportionnées qu'il aimait contempler quand il butait sur un calcul compliqué.

Il ne dit rien de tout ça, mais il eut l'impression que la jeune fille sentait quelque chose. Elle fouilla dans une de ses poches et lui tendit un chewing-gum. Comment pouvait-elle accomplir des gestes aussi simples ? N'avait-elle pas compris qu'ils ne seraient peut-être pas secourus à temps ? Il garda le chewing-gum au creux de sa main. Dans le noir, quelqu'un sanglotait doucement. Ce devait être l'adolescente asiatique. Sa grand-mère lui adressa des paroles douces et apaisantes, jusqu'à ce qu'elle se calme.

M. Pritchett sentit une boule lui serrer la gorge – sûrement un effet secondaire du choc. Il voulait dire à la jeune femme qu'il avait peur de mourir de façon lente et douloureuse, de faim ou de suffocation. Mais il ne se sentait pas non plus très enthousiaste à l'idée d'une mort rapide. Une image de son propre corps écrasé sous un tas de décombres lui avait déjà traversé plusieurs fois l'esprit. Plutôt que de parler, il se leva de sa chaise pour s'asseoir en tailleur à côté de la jeune femme, sans parvenir à se souvenir de la dernière fois où il s'était assis par terre. Il fut gêné de voir à quel point les muscles de ses jambes étaient raides, il avait même de la peine à les plier. Lui qui était si fier de sa forme physique, qui pouvait courir pendant une heure sur le tapis de course de la salle de gym et tenir la dragée haute à des hommes plus jeunes. Il se rendit compte que tout ça n'avait plus d'importance. Il sortit le chewing-gum de son emballage et mordit dedans. Le goût fruité lui emplit la bouche jusqu'à ce que ses papilles lui fassent mal.

— Touchez, lui souffla la jeune femme.

De sa main valide, elle s'empara de sa main gauche. Il se méprit sur ses intentions et le choc et l'excitation lui firent palpiter le cœur. Mais elle guida sa main jusqu'à la moquette. Elle était humide. De l'eau s'infiltrait sous leurs pieds.

— Oh, mon Dieu ! s'exclama-t-il. Nous allons nous noyer !

Il se leva d'un bond pour prévenir les autres, mais la jeune fille le rattrapa par la cheville.

— Chut ! lui souffla-t-elle. L'eau ne monte pas si vite que ça. Je n'allais même pas vous le dire, mais c'était trop effrayant d'être la seule à le savoir.

D'effroi, il lui envoya un coup de pied dans la main. Idiote ! Elle allait tous les faire tuer.

— Arrêtez ! lui lança-t-elle sèchement. Laissez-les se reposer. Ce n'est pas comme si on pouvait faire quelque chose.

La vérité de ses paroles s'abattit lourdement sur lui. Quand les battements de son cœur se furent calmés, il entendit les bruits de sommeil autour de lui, les souffles qui inspiraient et expiraient, telles des vagues dans une crique. Il ressentit alors une étrange satisfaction, comme s'il montait la garde pour ses compagnons chevaliers épuisés par leur quête. Il était le gardien de leur repos.

5

A leur réveil, une odeur de chien mouillé flottait dans la pièce. La moquette était imbibée d'eau et le niveau montait. Même s'il montait lentement, le bruit de succion que faisaient leurs chaussures sur la moquette à chacun de leurs pas faisait tourbillonner en eux des vagues de panique. Les lignes téléphoniques étaient toujours coupées. Personne n'avait encore tenté de les secourir, ce qui signifiait sans doute que le séisme avait fait beaucoup de dégâts et que les autorités étaient débordées. Il était temps d'ouvrir la porte. Cameron eut soudain l'impression que ses poumons s'emplissaient de glace. Il n'était pas homme à prier, mais il ferma les yeux, prit une courte inspiration (il pouvait difficilement faire mieux) et essaya de sentir son centre, comme le saint homme le lui avait enseigné. Puis il le leur annonça.

Tariq, quand il entendit les paroles de l'Afro-Américain qui admettait ainsi qu'il avait eu raison depuis le début, se sentit gonflé de fierté. Mais il garda une retenue admirable, se contentant d'un petit reniflement dédaigneux avant de pousser les autres et de poser la main sur la poignée de la porte, comme si cette place lui revenait de droit. Le jeune homme avait exploré toute la pièce et n'avait pas trouvé d'autre sortie, mais ils allaient enfin revoir la lumière du jour, il en était convaincu. Il fit signe à M. Mangalam et M. Pritchett de le rejoindre en toute hâte. Les trois hommes tirèrent sur la poignée à tour de rôle, puis tous ensemble, en vain. La porte était coincée. Tariq donna un coup de pied dedans – ce qui n'allait rien arranger, fit remarquer M. Pritchett. Les deux hommes se défièrent du regard.

Cameron suivit M. Mangalam dans la réserve, où il espérait trouver des outils. Il savait pertinemment qu'il ne fallait pas traîner, mais une étrange léthargie s'était emparée de lui. Le bruit que faisaient ses chaussures sur la moquette détrempée lui rappelait un été qu'il avait passé avec ses cousins dans une ferme de l'Est du Texas, où sa tante l'avait envoyé pour l'éloigner de ses mauvaises fréquentations. Malheureusement, ç'avait été un échec. Il avait eu des problèmes là-bas aussi. Cameron était un aimant à problèmes, comme disait sa tante. Aujourd'hui, il n'arrivait même pas à se rappeler ce qui s'était exactement passé. En revanche, il se souvenait très bien de la pluie qui tombait sur le toit en tôle de la grange, des chênes rongés de mousse, de la boue rouge où l'on s'enfonçait jusqu'aux chevilles si on n'y prenait pas garde, et de l'étendue de ciel délavé que l'on voyait depuis le porche de la maison et qui vous faisait presque mal dans la poitrine. Il lui arrivait de rester des heures assis sous ce porche. Ses cousins se moquaient de lui. Ils l'appelaient le « citadin timbré ». Il s'en fichait. C'était la première fois de sa vie qu'il ressentait la force d'attraction de la nature.

Mais Cameron ne pouvait pas s'offrir le luxe de repenser à tous ces souvenirs. Il se concentra de nouveau sur sa tâche : fouiller les étagères pendant que Mangalam tenait la lampe torche. Le fonctionnaire empestait le bain de bouche. Il donnait l'impression de s'en être aspergé de la tête aux pieds. Bon. Et alors ? Les gens réagissaient parfois au stress de façon bizarre. Plus important était le fait qu'ils n'avaient pas trouvé d'outil digne de ce nom, seulement un autre couteau à beurre et une pelle à tarte.

Je donnerai n'importe quoi contre un pied-de-biche, pensa Cameron en retournant dans la salle d'attente. Et comme si cette pensée s'était soudain divisée en deux dans sa tête, il entendit une voix lui chuchoter : *Tu donnerais aussi Seva ?*

Il connaissait toutes les ruses de cette voix qui avait commencé à lui parler quand il était à la guerre.

Non, lui répondit-il.

Même si tu étais sur le point de mourir ? insista-t-elle. *Même si tout le monde devait mourir à cause de ta décision ?*

Il médita plus longtemps sur la deuxième question.

Non, finit-il par dire. Puis il ajouta : *Je ne répondrai plus à tes questions.*

Et ta vie ? continua la voix sans se démonter. *Est-ce que tu donnerais ta vie pour sauver celle de tous ces gens ?*

— Vous croyez que ça pourrait aider si on enlevait la poignée ? demanda Cameron à Mangalam.

Il était conscient d'avoir parlé trop fort.

— Nous pourrions enlever les vis avec le couteau à beurre. On aurait peut-être une meilleure prise avec le trou…

La voix sourit. *Plus tard*, siffla-t-elle avant de s'éteindre.

Mangalam eut l'air étonné qu'on lui demande son avis, mais après un moment de réflexion, il répondit :

— Non, je ne pense pas que ça serve à grand-chose.

Puis, d'un ton hésitant, il ajouta :

— Mais peut-être que… enfin, si tous ceux qui ne sont pas blessés s'accrochent les uns aux autres et que nous tirons tous en même temps, comme quand on joue au tir à la corde…

Et c'est ce qu'ils firent. A l'exception de Jiang, la grand-mère de Lily, et d'Uma, ils se mirent tous en ligne derrière Tariq, qui s'agrippa des deux mains à la poignée de la porte. Mme Pritchett proposa son aide, mais M. Pritchett lui demanda gentiment d'aller s'asseoir. Chacun attrapa par la taille celui qui se trouvait devant et, au signal de Cameron, ils se mirent tous à tirer le plus fort possible. A la troisième tentative, la poignée de la porte lâcha. Cameron enleva les vis avec le couteau à beurre et Tariq agrippa les deux côtés du trou ainsi formé. Au coup suivant, la porte s'ouvrit brusquement. Ils tombèrent tous les uns sur les autres. Un cri de joie prudent éclata dès qu'ils eurent repris leur souffle. Le bout de couloir en forme de L qu'ils pouvaient maintenant voir était en bon état et dégagé. Tariq poussa un hurlement de triomphe et s'engouffra dans le couloir.

— Attends ! cria Cameron en essayant d'attraper le garçon par le bras, mais Tariq était déjà dans le couloir.

Les autres étaient sur le point de le suivre, mais Cameron écarta les bras pour leur bloquer le passage.

— Attendez, il faut toujours laisser passer au moins quelques minutes pour vérifier que la porte ne soutenait pas quelque chose qui pourrait être en train de bouger en ce moment même et risquerait de nous tomber dessus, leur dit-il.

Ils le poussaient. Mangalam en tête, la lampe braquée sur Cameron. La lumière aveuglait le soldat. Il entendit des chuchotements de rébellion, des halètements, l'impatience qui montait en eux comme la vapeur dans une cocotte-minute. Ils ne tarderaient pas à faire fi de sa prudence et à le piétiner pour suivre Tariq. Il était prêt.

Puis ils entendirent un grondement au bout du couloir, et le cri de Tariq.

Il était clair pour tout le monde – y compris pour sa grand-mère qui était absolument contre et s'accrochait à elle de toutes ses forces pour bien montrer son opinion – que Lily était le seul choix possible. Elle était la plus petite et la plus légère de tous ; elle pourrait ramper sur l'entassement de gravats qui bloquait maintenant le couloir dans toute sa largeur, sans provoquer d'éboulement ou faire tomber d'autres morceaux de plafond. Elle pourrait jeter un œil par le petit espace d'une quarantaine de centimètres entre le haut des gravats et le plafond, et leur dire ce qu'il y avait derrière. Cameron espérait qu'elle verrait Tariq qui, selon lui, devait être coincé sous un morceau de plafond tombé un peu plus loin dans le couloir. Mais il n'en était pas sûr, parce que, quand il avait appelé doucement le garçon par son prénom, il n'avait reçu aucune réponse, si ce n'est un bruit de chute de plâtre, comme une inquiétante pluie. Lily retira gentiment la main de sa grand-mère de son épaule et l'embrassa, puis elle la poussa du coude pour qu'elle retourne dans le bureau où Cameron voulait que tout le monde attende, au cas où il y aurait d'autres problèmes. Elle fut surprise par la sensation de la peau de sa grand-mère contre sa bouche. La vieille dame était plus ridée que dans son souvenir, probablement parce qu'elle ne l'avait pas embrassée depuis longtemps. Elle s'aperçut avec une pointe d'inquiétude que le bras de sa grand-mère était brûlant autour de sa blessure. Elle devait le dire à Cameron dès qu'elle reviendrait. Elle prit la lampe de poche des mains du soldat, qui la rattrapa par le coude.

— Escalade assez haut pour voir au-dessus du tas, mais pas plus, chuchota-t-il.

Il avait expliqué à tout le monde qu'il fallait parler le plus bas possible dans le passage, voire ne pas parler du tout. Les sons risquaient de se multiplier par écho et de déclencher une avalanche de gravats.

— Si jamais tu ne le vois pas, reviens immédiatement. Tu es bien sûre de vouloir y aller ?

Lily hocha rapidement la tête, mais elle n'en était pas très sûre. Elle avait l'impression que son cœur était soudain trop gros pour tenir dans sa poitrine. Elle le sentait battre jusque dans sa gorge.

— Tu ne devrais peut-être pas, dit-il. C'est très...

Elle n'attendit pas qu'il ait terminé, sinon la peur prendrait le dessus et elle n'irait pas. Elle braqua le rayon de lumière tremblotante sur le tas de moellons, de fragments de placoplâtre et de rails en métal amassés devant elle, et avança de quelques petits pas décidés. Elle essayait de ne pas regarder le trou béant dans le plafond d'où étaient tombés tous ces débris – et d'où d'autres pouvaient encore tomber à tout moment – mais il attirait son regard comme un gigantesque aimant. Il y faisait plus sombre que n'importe où ailleurs, et il était énorme. Un trou noir qui aurait pu aspirer des systèmes solaires tout entiers. Et qu'étaient donc ces petites lumières rouges tout au fond, qui brillaient comme des yeux ?

Lily atteignit le tas de gravats. Elle entreprit de l'escalader en tâtonnant prudemment, comme le lui avait conseillé Cameron, pour éviter de se blesser avec les clous dont certains pourraient être rouillés. L'amas de débris bougea. Lily se raidit. S'arrêta. Puis reprit son ascension quand le tas lui sembla s'être stabilisé. Le temps d'arriver en haut, elle était déjà en sueur, mais elle avait aussi pris son rythme, elle commençait à comprendre la nature intrinsèque des gravats.

L'adolescente sentait l'angoisse et l'impatience du groupe lui brûler le dos comme un incendie. Jamais auparavant des adultes n'avaient dépendu d'elle pour quelque chose d'aussi important, quelque chose qu'elle seule pouvait faire. Elle se sentit plus grande tout à coup. Sans tourner la tête, elle chuchota qu'elle voyait un autre tas de gravats. Pas très loin, peut-être à un mètre, un mètre cinquante. Une forme sombre en dépassait. Ce devait être une chaussure. Elle allait devoir s'approcher encore un peu pour vérifier.

— Je vais descendre de l'autre côté, annonça-t-elle.

— Non ! souffla Cameron d'une voix paniquée. Reviens. Maintenant qu'on sait qu'il est là, on va dégager le passage.

Mais il comprit vite qu'elle n'obéirait pas.

— Alors, sois prudente. Ne lâche pas la lampe. Si tu te sens tomber, mets-toi en boule et ne bouge plus.

Lily resta un instant allongée sur le tas de gravats, la main gauche serrée autour de la lampe de poche. Il lui fallait d'abord passer les jambes par-dessus le tas avant de descendre de l'autre côté, et elle ne savait pas quelles conséquences cela aurait sur la pile de débris. *Je suis Gulliver*, se dit-elle. *Et je suis sur une montagne de Lilliput.* Imaginer une histoire lui rendait les choses plus faciles. Elle se tourna doucement et fit lentement pivoter ses jambes sur le dessus du tas, jusqu'à ce qu'elles pendent de l'autre côté. Presque immédiatement, elle se sentit glisser. Ses pieds ne rencontraient aucun obstacle. De sa main libre, elle agrippa un bout de bois, mais il glissa avec elle. Le tas entier oscillait sous son poids. Elle était entraînée dans une bruyante avalanche de mortier et de plâtre. *C'est une petite montagne*, se répétait-elle, *c'est une petite montagne*. Puis elle heurta le sol – ce bon vieux sol – avec un bruit sourd, un nuage de poussière s'éleva autour d'elle. Elle fut surprise que l'amas de décombres ne s'effondre pas sur elle. Elle plaqua une main sur sa bouche pour étouffer une quinte de toux et rampa jusque dans le petit espace dégagé entre les deux tas.

— Dites à ma grand-mère que je vais bien, chuchota-t-elle dès qu'elle put parler.

Elle entendit des chuchotements en chaîne de l'autre côté : les gens relayaient son message. Elle rampa jusqu'à la tache qu'elle avait vue – c'était bien une chaussure. Elle posa la main dessus. Avec précaution, elle avança les doigts sur le côté de la chaussure et retint son souffle quand elle sentit une cheville. Est-ce que, pour la première fois de sa vie, elle était en train de toucher un cadavre ? Cette idée lui fit retirer brusquement la main, alors qu'elle n'en avait pas l'intention.

— Il est là, chuchota-t-elle.

— Demande-lui de bouger le pied, répondit Cameron.

Ce qu'elle fit. Mais il n'y eut pas de réponse.

Et là, subitement, elle se rendit compte qu'elle était coincée dans ce couloir avec un cadavre et qu'elle avait fait tout ça pour rien. Elle fut secouée de sanglots. Réalisant à quel point c'était dangereux, elle sanglota de plus belle.

— Ça va aller, lui murmura Cameron. Tu t'es très bien débrouillée. Mieux que n'importe qui d'entre nous. Essaie encore une fois de l'appeler, puis reviens.

Elle se força à toucher le pied mort. Le secoua. Sentit la bile remonter le long de son œsophage. Au moment où elle était sur le point de vomir, le talon remua légèrement.

— Tariq ! cria-t-elle, oubliant les mises en garde de Cameron. Je suis là !

De nouveau, le talon bougea, comme s'il avait entendu Lily.

— Bravo ! s'exclama Cameron. Reviens maintenant, pour que nous puissions commencer à déblayer.

Lily s'imagina ensevelie sous ce tas de bouts de bois, de métal et de bris de verre écrasés contre sa colonne vertébrale, la bouche pleine de poussière. Elle s'imagina sentir une main autour de son pied, puis cette main qui s'en allait.

— Je vais attendre ici, annonça-t-elle à voix basse.

Ce n'était pas de l'héroïsme. A l'idée de devoir de nouveau escalader le tas de gravats, de sentir les planches et les plaques de plâtre se dérober sous ses pieds, Lily tremblait de tout son corps.

Cameron ne perdit pas de temps à essayer de la convaincre de revenir. Elle l'entendait chuchoter des instructions. Elle commença à enlever quelques débris sur le côté du tas qui recouvrait Tariq, mais cessa à l'instant où un morceau de plâtre glissa vers elle, menaçant de lui tomber dessus. Elle préféra penser à Beethoven. Quand la surdité l'avait peu à peu plongé dans le silence, le musicien avait dû se sentir enterré vivant. Mais il avait réussi à trouver une étincelle, à faire résonner la musique dans sa tête. En attendant que Cameron arrive, Lily tapota le rythme de la *Danse villageoise* sur le talon de Tariq.

Mangalam ne ressentait pas la moindre peur, tandis qu'il aidait Cameron et M. Pritchett à déblayer le couloir. Il ne leva pas une seule fois la tête vers le trou du plafond d'où des miettes de plâtre tombaient par intermittence. Il ne se demanda pas non plus ce qui se passerait si jamais ils tiraient le mauvais morceau de plâtre de la pile qui vacillait devant eux comme une tour de Jenga[1]. (Mangalam adorait les jeux de société américains et en avait acheté plusieurs depuis son arrivée aux Etats-Unis. S'il fallait plus d'un joueur, il jouait contre lui-même.) Pour l'instant, son cerveau était un meuble dont il avait fermé tous les tiroirs, sauf un. Dans le tiroir resté ouvert, il n'y avait qu'un seul dossier, intitulé *Ce que le soldat dit de faire*, et c'est là-dessus qu'il se concentrait.

Par le passé, ce talent particulier que possédait Mangalam lui avait permis de profiter d'instants délicieux et de plaisirs interdits sans se préoccuper des conséquences. Aujourd'hui, ce talent était largement soutenu par une bouteille de Wild Turkey qui avait miraculeusement échappé à la colère de mère nature et qu'il avait cachée dans son meuble de bureau. Au cours des dernières heures, il avait effectué plusieurs pèlerinages dans

1. Jeu de société qui consiste à empiler des pièces de bois pour former une tour sans la faire s'écrouler.

son bureau, suivis de passages à la salle de bains, pour se gargariser avec le bain de bouche aromatisé à la culpabilité. Cette culpabilité était à deux tranchants. Premièrement, il avait été élevé dans une famille hindouiste très stricte et très à cheval sur les Ecritures, qui affirmaient notamment que la consommation d'alcool était l'un des premiers symptômes de l'entrée dans l'âge sombre de Kali. Deuxièmement, même si ce n'était pas exactement de la nourriture, il aurait sûrement dû donner la bouteille au soldat avec le reste des provisions.

Dans des circonstances normales, Mangalam n'était pas un grand buveur. La seule raison pour laquelle cette bouteille se trouvait dans son bureau, c'était qu'il l'avait reçue en cadeau la semaine précédente d'un client reconnaissant qui avait obtenu son visa par le biais d'un raccourci pas tout à fait légal. Il avait prévu de la rapporter en Inde, où le Wild Turkey se négociait à des prix indécents. Il n'avait pas encore décidé s'il allait la vendre ou l'offrir à une personne haut placée qui pourrait prolonger son affectation à l'étranger. Mais pour le moment, l'Inde lui était complètement sortie de la tête, et tout ce qu'il pouvait espérer, c'était d'avoir la chance de terminer la bouteille avant qu'une réplique du séisme ne la réduise en miettes.

Mangalam retirait du tas de gravats des planches réduites en petits morceaux, pareilles aux branches de margousier que ses parents utilisaient en guise de brosses à dents ; il tirait d'un coup sec sur les rails de métal entortillés et crachait avec le stoïcisme d'un moine zen les miettes de plâtre qui s'étaient frayé un chemin jusque dans sa bouche. Il aurait bien aimé que Mme Mangalam – si prompte à critiquer sa capacité à compartimenter les préoccupations dans son cerveau, comme la preuve de sa lâcheté et de son manque de cœur – puisse le voir à l'œuvre aujourd'hui. Et comme c'était impossible, il n'était pas déraisonnable de sa part (ou du moins le pensait-il) d'espérer que Malathi remarquerait son attitude posée et altruiste. Mais quand il se mit à penser à elle, tous les tiroirs de son cerveau se ratatinèrent. Nul n'était assez grand pour qu'il puisse la mettre dedans. Il repensa au baiser qu'il lui avait donné, à ses lèvres douces s'entrouvrant sous les siennes, à sa langue encore parfumée par les graines de fenouil qu'elle avait dû mâcher après le déjeuner. Plus tard, il l'avait agrippée par les épaules et secouée brutalement. Il revoyait la tête de Malathi ballottée d'avant en arrière, cet air stupéfait sur son visage avant que la haine ne vienne alourdir ses traits. Il aurait aimé lui dire qu'il était désolé. Mais même si l'occasion idéale venait à se présenter, il ne le ferait pas. Excusez-vous auprès d'une femme, et elle en profitera pour prendre le pouvoir. Et ça, pour Mangalam, c'était hors de question.

Il leur fallut trois heures pour se frayer un chemin jusqu'à Tariq et le sortir de là. Lily resta là pendant toute la durée de l'opération. Quand Cameron lui dit qu'elle prenait un risque inutile et que sa grand-mère allait se faire du mauvais sang, elle lui adressa une moue d'adolescente têtue. Et quand ils eurent enfin déterré la main de Tariq, elle s'y accrocha comme à sa propre vie. Elle dut la lâcher pendant qu'ils ramenaient le jeune homme dans la pièce principale, en passant par le tunnel qu'ils avaient creusé dans la montagne de Lilliput, mais la reprit dès qu'ils furent de l'autre côté.

De retour dans la salle d'attente, Tariq ne dit pas un mot. Il était conscient, mais gardait les yeux fermés et refusait de répondre aux questions que Cameron lui posait pour s'assurer qu'il n'avait pas de traumatisme crânien. La moquette de la salle d'attente était beaucoup trop imbibée d'eau pour qu'ils le posent par terre, alors ils l'avaient assis sur une chaise. Lily lui tenait la main et la lui tapotait gentiment de temps à autre. Malathi l'aida à se redresser et Mme Pritchett le nettoya un peu avec un morceau de tissu humide, qui avait autrefois fait partie d'un sari bleu. Mais ni l'une ni l'autre n'étaient concentrées sur leur tâche.

— Pourquoi est-ce que personne n'essaie de nous sortir de là ? chuchota Malathi à Mme Pritchett. Vous croyez qu'ils nous ont oubliés ? Vous croyez que nous allons mourir ici ?

Mme Pritchett essuya le visage de Tariq sans grande conviction, oubliant sur sa joue une large trace de poussière, à l'endroit où sa peau avait été égratignée.

— Dieu ne nous a pas oubliés, dit-elle, les yeux dans le lointain, comme si elle essayait de déchiffrer un panneau d'affichage mal éclairé. Il connaît notre histoire à tous, notre passé, notre avenir, et nous donne seulement ce que nous méritons.

Si ces mots étaient censés apporter une forme quelconque de réconfort, ce fut un échec. Malathi laissa échapper un grognement et se retira. Tariq se laissa glisser sur sa chaise. Il serait tombé si Lily n'avait pas empoigné la manche de son tee-shirt. Elle gratifia les deux femmes de son regard le plus dur, mais elles ne s'en aperçurent même pas.

Ce mouvement brusque donna un regain d'énergie à Tariq. Quand Cameron s'approcha d'eux avec une crème cicatrisante, il se détourna et resta ainsi jusqu'à ce que le soldat jette le tube à ses pieds en crachant un juron. Lily se chargea donc de lui appliquer la crème sur le visage et les avant-bras avant de panser ses blessures du mieux qu'elle put, tout en lui reprochant son attitude. Après ça, elle fouilla dans son sac à dos et en sortit un peigne en plastique rose avec lequel elle le recoiffa. Sa propre coiffure, en crête punk, s'était affaissée et ses cheveux roses lui tombaient sur le front, lui donnant l'air abattu. Elle lui demanda s'il avait besoin de quelque chose d'autre et se pencha sur lui pour entendre la réponse. Les yeux toujours fermés, il chuchota quelques mots. Elle alla chercher son attaché-case et lui mit son Coran dans les mains. Elle lui fit boire un peu d'eau et lui conseilla d'ouvrir les yeux.

— Ne sois pas gêné, on aurait tous fait pareil, on aurait tous couru pour sortir de là.

Comme il ne répondait pas, elle s'exclama :

— Bon Dieu ! Mais arrête de te comporter comme un bébé ! Personne ne te regarde.

C'était vrai. Cameron venait d'informer le reste du groupe que, derrière le tas de gravats qui avait enseveli Tariq, la cage d'escalier était bouchée du sol au plafond par des décombres bien trop gros pour être enlevés sans l'aide de machines. Il leur avait également rappelé d'éviter de parler ou de se déplacer. Il n'était pas sûr de la qualité de l'air dans la pièce et l'oxygène pouvait venir à leur manquer. Tout le monde essayait de se faire à l'idée que leur seul espoir de rejoindre l'extérieur et de revoir la lumière du soleil s'était tout bonnement évaporé. Jusqu'à maintenant, la mort était restée un nuage sombre et menaçant à l'horizon, mais il était de taille raisonnable, encore loin d'eux. Brusquement, il se retrouvait juste au-dessus de leurs têtes, prêt à exploser. Ils se laissaient tous gagner par la panique, et les questions de Malathi – *Vous croyez qu'ils nous ont oubliés ? Vous croyez que nous allons mourir ici ?* – battaient dans leurs poitrines.

Tariq entendit ce que lui disait Lily, mais n'ouvrit pas les yeux. Le jeune homme était mortifié d'avoir causé tant de problèmes, d'avoir eu besoin de leur aide – surtout celle de l'Afro-Américain – alors qu'il espérait les libérer et les sauver tous. C'est pourquoi, même s'il en mourait d'envie, il était incapable de dire à Lily combien il lui était reconnaissant de tout ce qu'elle avait fait pour lui dans ce couloir, quand la peur l'avait submergé. L'adolescente s'était montrée très courageuse, beaucoup plus que lui, qui avait pleurniché et sangloté sous le poids de l'obscurité et des gravats. Même si personne d'autre ne l'apprenait, lui le savait.

Le Coran posé sur les genoux, Tariq essaya de prier. Dieu était le seul à qui il pouvait parler, parce que, au fil du temps, Dieu avait sûrement assisté à des comportements plus pitoyables que celui de Tariq et les avait pardonnés. Mais le jeune homme était incapable de se souvenir d'une seule prière. Il lui faudrait inventer la sienne. Il ne se souvenait pas de la dernière fois qu'il avait fait ça. Dépossédé de l'élégante chorégraphie des litanies sur lesquelles il se reposait d'habitude, Tariq était perplexe. Qu'est-ce que les fidèles pouvaient bien dire à leur Créateur ? Quel ton adoptaient-ils pour lui adresser leurs plaintes et leurs requêtes ? Comment le remerciaient-ils ? (Non qu'il ait la moindre envie de le remercier en cet instant.) Il essaya malgré tout. *Allah*... commença-t-il, mais même dans sa tête, sa voix sonnait comme une attaque, alors il se tut.

Lorsque Mme Pritchett entendit que le passage était bloqué, elle recula le plus loin possible du groupe, jusqu'à heurter le mur. Comment était-ce possible ? Elle *devait* aller en Inde. Elle en ressentait le besoin depuis que l'infirmière de nuit était entrée dans sa chambre d'hôpital. Et ce besoin s'était confirmé quand M. Pritchett – qui détestait les voyages qui n'étaient pour lui qu'une suite d'incertitudes et de désagréments – lui avait tendu ce magazine et proposé d'aller passer des vacances dans un palais indien. Pourtant, en cet instant, le doute s'insinua en elle, l'enveloppa de ses bras froids, et elle s'écroula sur une chaise. Sans autre possibilité d'évasion que son imagination, elle ferma les yeux et laissa sa mémoire la submerger. Elle était assise au comptoir en formica jaune de la cuisine de sa mère, en compagnie de sa meilleure amie Debbie. Elles avaient toutes les deux dix-huit ans ; elles venaient de recevoir leur diplôme de fin d'études et étaient attablées devant une part de tarte aux pêches que Mme Pritchett (qui n'était pas encore Mme Pritchett) avait préparée à partir d'une recette de son invention.

La tarte aux pêches était délicieuse, la pâte était légère et croustillante, et le goût était de ceux que seules des pêches mûres à point cumulées aux talents d'une excellente cuisinière peuvent procurer. Les filles n'y avaient pourtant presque pas touché. Elles étaient bien trop excitées. Chacune d'elles avait un secret et, en le dévoilant, elles allaient changer le cours de leur vie.

L'espoir était palpable dans cette cuisine, comme le goût d'un zeste de citron tout frais sur le bout de la langue. Tous les rêves que la future Mme Pritchett faisait à cette époque étaient possibles – non, ils étaient plus que possibles. Même les rêves qu'elle n'avait pas encore faits l'attendaient patiemment, pareils à des fruits mûrs sur leurs branches à portée de sa main. Alors, que s'était-il passé depuis cette époque bénie ? Comment en était-elle arrivée là où elle en était aujourd'hui, appuyée contre un mur comme une biche terrorisée par les phares d'une voiture ? Si un jour elle connaissait une nouvelle naissance (elle avait beaucoup pensé à la réincarnation depuis son séjour à l'hôpital), retrouverait-elle son enthousiasme d'antan ? Saurait-elle quoi faire pour qu'il ne lui glisse pas entre les doigts ?

Oui, je saurais, se dit Mme Pritchett. Elle visualisa, une fois encore, la chambre du palais indien, ses coussins moelleux dignes des dieux. Cette image lui redonna des forces, même si elle n'avait pas vraiment l'intention d'aller dans ce palais une fois arrivée en Inde. Elle avait d'autres projets. Pourtant, l'image lui rappelait que tout ce qu'elle avait à faire, c'était de rester calme et heureuse, et les secours finiraient par arriver.

Elle se fraya un chemin jusqu'au guichet, où l'eau scintillait dans les bols marqués BON VOYAGE, sous le faisceau de la lampe torche de Cameron. Elle choisit un bol et se dirigea vers la chaise la plus éloignée du groupe. Malgré la distance, elle sentait le désespoir émaner des autres tandis qu'ils se pressaient autour de Cameron pour lui demander ce qui allait arriver. Toute cette agitation. A quoi bon ? Toute cette énergie négative ne faisait qu'attirer le mauvais œil. Mais elle n'allait pas s'abaisser à le leur expliquer. Ils apprendraient d'eux-mêmes, quand ils auraient traversé le feu comme elle.

Elle posa le bol par terre, arrangea délicatement les plis de sa jupe, une vieille habitude, prit sa boîte de Xanax et fit tomber quelques cachets dans la paume de sa main. Il en tomba trois. Quatre. Elle ne les remit pas dans la boîte. L'univers voulait qu'elle les prenne. Ça l'aiderait à espérer. Et la force de cet espoir ferait venir les sauveteurs jusqu'à eux.

Elle remit la boîte dans sa poche et avala une gorgée d'eau. Elle était sur le point de mettre les cachets dans sa bouche quand une main agrippa son poignet et le poussa loin de son visage.

— Qu'est-ce que tu fais ? siffla M. Pritchett d'une voix furieuse.

— Laisse-moi, répondit-elle, tout aussi furieuse.

Il fallait toujours qu'il gâche tout.

— Pourquoi ? Tu trouves que nous n'avons pas assez de problèmes ? Il faudrait en plus qu'on s'occupe de toi ?

Elle le fixa dans le noir. Les gens que vous avez un jour aimés sont ceux qui savent le mieux comment vous blesser.

— Je n'ai pas besoin que tu t'occupes de moi. Je me débrouille très bien toute seule.

Il resta bouche bée, stupéfait par l'ingratitude de sa femme. Il repensa à toutes les précieuses heures de travail perdues pendant qu'il attendait dans la chambre d'hôpital où elle gisait, inconsciente. Et plus tard, les heures passées avec elle à la maison, à lui demander ce qu'elle voulait regarder à la télévision, à lui préparer des repas qu'elle ne terminait jamais, à lui proposer d'aller chercher des livres à la bibliothèque. Tout ce temps et tout cet argent dépensés pour préparer ce voyage en Inde, les billets qu'il avait achetés. Tout ça parce que ses yeux avaient brillé un quart de seconde quand elle avait vu cette maudite photo. Il avait les mots sur le bout de la langue. *Si je n'avais pas été obligé de m'occuper de toi, je ne serais pas coincé ici, sur le point de mourir. Tout ce pour quoi j'ai travaillé si dur s'est évanoui.* Mais dans un effort qu'on pourrait qualifier d'héroïque (même si personne d'autre que lui ne le saurait), il garda sa riposte pour lui. Si jamais elle faisait une bêtise, il ne voulait pas l'avoir sur la conscience. Il se contenta donc de lui dire :

— J'ai travaillé toute ma vie pour t'offrir tout ce que tu voulais, tout…

— Tu ne sais pas ce que c'est que de s'occuper de quelqu'un, l'interrompit-elle. Les relations entre les êtres humains n'ont rien à voir avec les entreprises, il ne suffit pas d'y investir de l'argent pour que tout aille bien. Oui, c'est vrai, j'ai bien profité de tout ça, mais ce n'est pas ce que je voulais. Ce que je voulais vraiment...

Elle secoua la tête comme pour dire qu'il était trop bête pour comprendre ce qu'elle essayait d'expliquer.

— Peu importe ce que je voulais, conclut-elle. Tout ce que je veux maintenant, c'est que tu me laisses tranquille.

Un tremblement avait commencé à naître en lui. Si seulement il pouvait fumer une cigarette, tout ça serait plus facile à supporter. Il tenta de lui faire lâcher les comprimés en lui tordant le poignet, mais elle gardait le poing bien serré.

— Arrête ! cria-t-elle comme dans un mauvais film. Arrête d'essayer de contrôler ma vie !

Tous les autres les regardaient. Cette scène de ménage les distrayait de leurs problèmes. Il lui en voulait d'avoir attiré l'attention sur eux. Il avait toujours détesté être au centre de l'intérêt, et elle le savait. Puis il vit quelque chose qui lui donna une idée brillante. Il lui lâcha le poignet et se saisit de l'objet qui faisait une bosse dans la poche du cardigan de son épouse. C'était bien sa boîte de cachets. Il la brandit comme un trophée.

— Rends-la-moi ! s'écria-t-elle ; cette fois-ci la panique perçait nettement dans sa voix.

Elle essaya de récupérer la boîte, mais il leva le bras pour qu'elle ne puisse pas l'atteindre.

— Tu n'as pas le droit de me confisquer mes médicaments !

— Je te les donnerai. Mais seulement la dose prescrite et seulement quand tu en auras besoin. Tu n'auras qu'à me demander.

Il s'éloigna. Il l'entendit sangloter derrière lui, cela faisait le même bruit qu'un tissu qu'on déchire. Il faillit presque tourner les talons et lui rendre la boîte. Mais son comportement venait de prouver qu'on ne pouvait pas lui faire confiance. Il devait lui confisquer ses cachets, c'était pour son bien.

Que disait-elle entre deux sanglots ? *Tu as tout gâché maintenant*. Bientôt elle l'accuserait d'être aussi responsable du tremblement de terre.

Préoccupé par tout ça, il ne remarqua pas Malathi, debout dans l'obscurité, jusqu'à ce qu'il se retrouve juste devant elle.

— Excusez-moi, dit-il en s'écartant.

Mais elle lui bloqua le passage en se déplaçant elle aussi sur le côté.

— Rendez-lui ses médicaments, ordonna-t-elle.

Il la fixa, surpris. En dehors des quelques instructions laconiques qu'elle lui avait données quand il s'était présenté au guichet la veille, c'étaient les premiers mots qu'elle lui adressait.

D'après ce qu'il avait vu, elle n'avait pas non plus échangé un seul mot avec Mme Pritchett. Et voilà qu'elle lui bloquait le passage, les mains sur les hanches, les cheveux ébouriffés autour de la tête, vêtue d'un jupon froissé et d'un pull bleu et or.

— Rendez-les-lui, répéta-t-elle. Ce n'est pas parce que vous êtes son mari que vous avez le droit de la traiter ainsi.

Dans des circonstances différentes, il ne se serait pas gêné pour l'envoyer paître et lui dire de se mêler de ses affaires, mais les pleurs continus de Mme Pritchett le rendaient plus vulnérable. Il se lança dans des explications sur la fragilité de Mme Pritchett, et le fait qu'elle pouvait être un danger pour elle-même, mais il fut interrompu par Mangalam.

Le fonctionnaire revenait d'un de ses pèlerinages à la salle de bains et avait entendu les paroles de Malathi ; il la tira par le bras.

— Mais vous êtes folle ? chuchota-t-il dans un tamoul furieux. Nous ne sommes pas en Inde. Vous ne pouvez pas intervenir ainsi dans la vie des gens. Laissez-les tranquilles.

Malathi se dégagea de son emprise.

— Vous, laissez-moi tranquille, rétorqua-t-elle en anglais.

Il essaya de lui attraper de nouveau le bras.

— Ne me touchez pas ! s'exclama-t-elle en élevant la voix. Ne me dites pas ce que je dois faire. Pour qui vous prenez-vous, vous, les hommes ?

Du coin de l'œil, Mangalam vit qu'on les observait. L'adolescente s'avançait vers eux. Sa grand-mère lui lança des paroles sèches et sévères en chinois, mais la jeune fille continua à s'approcher. Embarrassé par la situation, le fonctionnaire prit un ton plus officiel.

— Malathi Ramaswamy, dit-il du ton glacial qui avait si bien fonctionné un peu plus tôt. En tant que votre supérieur, je dois admettre que je suis très contrarié par votre comportement. (Il utilisait l'anglais, pour être sûr que Monsieur Pritchett comprenait ce qu'il était en train de dire.) Veuillez avoir l'amabilité de vous rafraîchir un peu le visage et de reprendre vos esprits avant de vous adresser de nouveau à un de nos clients. M. Pritchett, veuillez excuser la conduite peu professionnelle de mon employée.

Malathi inclina la tête. Mangalam se dit qu'elle devait s'être calmée. Puis, comme il se détournait, elle lui lança :

— Vous voulez seulement que je me lave le visage, monsieur ? demanda-t-elle en anglais, avant d'ajouter en tamoul : Je devrais peut-être aussi boire un peu de whisky, comme vous, vous ne croyez pas ? Et que penseraient nos clients s'ils savaient à quel point votre comportement est peu *professionnel* derrière les portes closes ?

Il fut choqué de s'apercevoir qu'elle savait tout pour la bouteille de Wild Turkey. Elle avait dû fouiner dans son bureau quand elle s'y était réfugiée. Il se sentit pris de vertiges et d'une inquiétude grandissante : il avait de plus en plus de mal à respirer. Mais il fut vite distrait par la colère. Malathi avait l'intention de le mettre à nu devant tous ces gens dont l'opinion comptait beaucoup pour lui, parce qu'il s'agissait des dernières personnes qu'il verrait avant de mourir. Elle allait leur dire qu'il buvait, qu'il lui avait fait des avances. Elle allait parler de leur baiser qui, en dépit de sa nature douteuse d'un point de vue éthique, avait été une belle chose, le premier baiser échangé entre un homme et une femme, et elle allait en faire une histoire sordide. C'était ce qui le contrariait le plus. Sa main, qui bougeait plus vite que son cerveau, se leva et s'abattit sur son visage. Il sentit la chair s'abandonner sous l'impact de sa paume. Malathi poussa un cri et leva le bras, bien trop tard, pour se protéger. Envahi par la nausée et la culpabilité, il s'avança vers elle pour examiner les dégâts que son geste avait causés et, comme en écho, il entendit deux autres cris.

L'un d'eux avait été poussé par Mme Pritchett, assise sur une chaise, quelque part derrière lui. L'autre venait de Lily, devant lui, dans le noir. L'adolescente se jeta sur lui, en lui crachant des injures au visage. Le langage utilisé par les jeunes d'aujourd'hui est vraiment honteux, se dit-il. Avant qu'il ne puisse se retourner pour l'éviter, elle lui griffa la joue, y laissant une marque brûlante. Il posa la main dessus. Garderait-il une cicatrice ?

Il avait toujours pris tellement soin de son visage. C'était tout ce qu'il avait, et c'était ce qui lui avait permis d'arriver là où il était. Sa vie s'effilochait de tous les côtés. Son dieu, sa carrière, sa réputation, son apparence… tout partait en miettes. Il repoussa Lily loin de lui. Elle tomba par terre dans un bruit sourd, le souffle coupé, puis quelqu'un d'autre se jeta sur lui et le roua de coups. Est-ce que tout le monde était devenu fou ? A travers la pluie de coups de poing, Mangalam vit le visage de Tariq, déformé par la fureur, à tel point que Mangalam faillit ne pas le reconnaître.

— Vous osez la frapper alors qu'elle vient de risquer sa vie ? haletait Tariq entre les coups. Vous n'avez pas honte ?

Mangalam voulut lui dire qu'il n'avait rien fait. Que c'était Lily qui s'était jetée sur lui et l'avait agressé. Un homme n'avait donc pas le droit de se défendre, sous prétexte qu'il était un homme ? Il voulait rappeler à Tariq que lui aussi avait fait partie de l'équipe de secours qui l'avait dégagé des décombres. Il avait lui aussi, d'une certaine façon, risqué sa vie. Mais le moment n'était pas opportun pour une discussion logique. Il riposta aux coups de Tariq, en partie pour se protéger et en partie parce qu'il éprouvait un certain plaisir à pouvoir enfin *faire* quelque chose. Tout le monde tentait de les séparer. L'alcool lui donnait une agilité exaltante. Il sautillait d'un pied sur l'autre et donna un nouveau coup de poing à Tariq. Puis son corps le trahit. Il trébucha. Tariq le plaqua au sol et le saisit à la gorge.

— Ne – la – frappez – plus – jamais ! souffla le jeune homme.

Des éclairs de couleur vive jaillirent dans les yeux de Mangalam. Il crut voir Malathi frapper le dos de Tariq à coups de poing, le tirer par les cheveux, essayer de le forcer à lâcher sa prise. Le monde ne cesserait donc jamais de le surprendre ? Il entendit quelqu'un – ce devait être la fille au poignet cassé – éclater en sanglots.

— Mais arrêtez ! Qu'est-ce qui ne va pas chez vous ? Mon Dieu… vous êtes tous devenus des sauvages !

Quelque part au fond de la pièce, la grand-mère chantait une mélopée. Il ne comprenait pas le chinois mais sut immédiatement que c'était un chant funèbre. Où était-il ? D'ailleurs, comment s'appelait le soldat ? La pression sur sa gorge obscurcissait sa mémoire. Si seulement il avait pu crier son nom, le soldat serait venu à son aide. Les paroles du chant funèbre tombaient sur lui, le recouvraient avec la douceur (pensa-t-il) d'une couche de neige. Quand on lui avait offert la chance de pouvoir tout recommencer en Amérique, il avait espéré voir enfin la neige, lever le visage vers les flocons comme il l'avait vu faire dans les films étrangers. Il avait été déçu d'apprendre que la neige ne tombait presque jamais dans cette partie du pays. Ce fut sa dernière pensée avant que les couleurs qui dansaient dans ses yeux ne s'éteignent brutalement.

6

Uma était allongée sur une rangée de trois chaises, son sac à dos en guise d'oreiller. Un angle aigu saillait dans la poche intérieure de son sac et la gênait au niveau du cou ; ce devait être son exemplaire de Chaucer. La douleur revenait doucement ; elle en sentait les premiers battements dans ses os. Elle frémit. Le chauffage ne marchait plus depuis… cela devait faire près de trente-six heures maintenant, peut-être plus. La pièce s'était complètement refroidie, et le fait que ses chaussures aient pris l'eau n'arrangeait rien.

Elle essaya d'imaginer quelque chose de beau et de chaud et repensa immédiatement à une promenade qu'elle avait faite avec Ramon un été, dans les collines. Mais avant qu'elle n'ait pu se souvenir d'autre chose que du sentier en graviers orangés et du panier en osier où reposait leur pique-nique, un tumulte éclata dans la pièce.

Elle entendit des voix se disputer et le son nettement reconnaissable d'une gifle. Seraient-ils devenus fous ? Ils avaient donc oublié la précarité de leur situation ? Lily passa devant elle en courant. Dans la lumière vacillante de la lampe torche que Cameron avait braquée vers la dispute, elle vit Mangalam jeter l'adolescente à terre d'un geste brusque, puis Tariq sauter sur Mangalam. Des écailles de plâtre tombèrent du plafond et l'angoisse lui serra la gorge. Les deux hommes étaient trop en colère pour se rendre compte qu'ils mettaient tout le groupe en danger.

Cameron se précipita dans la mêlée, et Uma le suivit. Elle s'inquiétait pour lui : après avoir dégagé Tariq, il avait été pris d'une terrible quinte de toux et avait dû utiliser son inhalateur. Elle se souvenait aussi qu'elle avait oublié de le prévenir des menaces que Tariq avait proférées contre lui.

Je vais le tuer.

Malheureusement, les choses se déroulèrent exactement comme elle le craignait. Quand Cameron tenta de libérer Mangalam de l'emprise de Tariq, le jeune homme lui donna un violent coup de poing. Le sang jaillit du nez de Cameron. Malathi sanglotait en tirant les cheveux de Tariq, qui la repoussa brutalement. Cameron ne rendit pas son coup à Tariq (Uma était convaincue qu'il aurait pu le mettre au tapis) mais essaya de lui immobiliser les bras. Les yeux de Tariq étaient comme fous. Il donna un coup de tête à Cameron, et le soldat recula, le souffle coupé. On se serait crus dans *Sa Majesté des Mouches* ! Uma ne pouvait pas les laisser continuer. Elle se jeta à son tour dans la mêlée, même si elle était terrifiée à l'idée de recevoir un coup sur son poignet cassé, et agrippa l'épaule de Tariq. Il se retourna et balança le poing avant même de voir de qui il s'agissait. Son poing heurta le haut du bras d'Uma – son côté valide, Dieu merci. Mais elle s'écroula en poussant un cri de douleur. Surpris, Tariq ralentit le rythme de ses coups et Cameron et M. Pritchett en profitèrent pour lui attraper les bras. Il se débattit, le visage déformé par la rage. Lily vint les aider à le maintenir, murmura âprement à son oreille des paroles que personne d'autre n'entendit, et il s'arrêta enfin. Il laissa Lily l'emmener dans un coin de la pièce.

Ils étaient assis les uns à côté des autres (Cameron avait insisté) et échangeaient des regards mauvais dans la faible lumière. La grosse lampe torche était tombée par terre et Cameron l'avait laissée là. Il avait du mal à respirer. Il s'essuya le nez du revers de la manche, mais le sang continuait à couler. Uma ressentit le besoin de se lever. Elle ne savait pas encore ce qu'elle allait dire, mais elle devait absolument dire quelque chose. Pendant une seconde, son cœur battit la chamade. Elle n'avait jamais aimé prendre la parole en public. Même les cours qu'elle donnait en tant que professeur assistant, des cours bien préparés, pour lesquels elle répétait jusqu'aux plaisanteries devant le miroir de sa salle de bains, lui causaient un trac terrible. Puis une étrange quiétude l'enveloppa. Peu de choses comptent encore quand on est sur le point de mourir, et l'avis du public sur vos qualités d'orateur n'en fait pas partie.

— Ecoutez, commença-t-elle, nous sommes dans une situation difficile. Il semble que ce tremblement de terre soit assez grave. On ne sait pas combien de temps on va rester coincés ici. J'ai peur, et je suppose que vous aussi.

Elle se rendait bien compte que personne n'avait envie de l'écouter. Mme Pritchett détournait le visage. Mangalam se massait le cou. Tariq avait de nouveau fermé les yeux. Malathi inspectait minutieusement la manche de son pull. Lily, qui bouchait les narines de Cameron avec des morceaux de mouchoir en papier, lui lançait des regards noirs.

Mais il fallait qu'elle continue.

— Si nous ne sommes pas plus prudents, les choses vont empirer. Nous pouvons continuer à passer nos nerfs sur les autres, au risque de nous enterrer vivants. Ou nous pouvons essayer de nous occuper l'esprit avec autre chose…

— Comme quoi ? s'enquit M. Pritchett. Ce n'est pas comme si on avait la télévision.

Uma refusa de le laisser ruiner l'idée qui prenait forme dans sa tête. Avec une pointe d'excitation, parce qu'elle sentait un certain pouvoir derrière tout ça, elle leur dit :

— Nous pouvons raconter, à tour de rôle, l'histoire la plus incroyable de notre vie.

M. Pritchett prit un air offensé.

— Ce n'est pas vraiment le moment de s'amuser.

Mangalam poussa un grognement pour montrer qu'il était du même avis. Malathi croisa les bras devant sa poitrine d'un air têtu.

— Ce n'est pas un jeu, répondit Uma.

Elle serrait son sac à dos contre elle. Elle aurait voulu leur dire quel pouvoir avaient les histoires. Mais ils la fixaient tous comme si elle était l'idiote du village.

— Et si nous n'avons rien à raconter ? demanda Mme Pritchett, d'un ton inquiet.

— Tout le monde a une histoire à raconter, la rassura Uma, soulagée que l'un d'entre eux réfléchisse enfin à son idée. Il est impossible que vous n'ayez pas vécu, au moins une fois dans votre vie, quelque chose d'incroyable.

Un frisson la parcourut quand elle prononça les derniers mots, une sorte de vague déjà-vu. Où avait-elle entendu cette phrase ?

— Vous ne connaissez pas ma vie, soupira Mme Pritchett.

— Je n'ai jamais raconté d'histoire, annonça platement Mangalam.

Son ton indiquait qu'il n'avait pas l'intention de s'y mettre maintenant.

— Ce n'est pas difficile, dit Uma. Je suis sûre que vous vous souvenez des histoires que vous racontaient vos parents quand vous étiez enfants.

Mais quand elle mentionna les parents, le visage de Mangalam s'effondra.

— Je ne suis pas très douée pour expliquer, murmura Malathi, et elle n'eut pas l'air convaincue quand Uma proposa de l'aider à trouver les bons mots.

— Et si personne n'aime mon histoire ?

C'était Lily. Et Uma eut beau lui promettre qu'ils l'aimeraient, l'adolescente secoua la tête et fouilla dans son sac à dos pour se donner une contenance.

Tariq ouvrit les yeux et fixa Uma.

— Vous n'avez pas pensé qu'on pourrait ne pas avoir envie de raconter sa vie à tout le monde ?

Avant qu'elle ait pu trouver quoi répondre, il avait déjà refermé les yeux.

Un volontaire, supplia silencieusement Uma, désespérée. C'est tout ce dont j'ai besoin. Mais même Cameron, sur qui elle comptait beaucoup, était absorbé dans la contemplation des lignes de sa main.

Puis elle entendit une voix chevrotante, qui parlait anglais avec un accent indien un peu rouillé :

— Je vais commencer.

Il s'agissait de Jiang, la grand-mère de Lily. Tous la fixèrent, avec divers degrés d'incrédulité.

— Mais, grand-mère, intervint Lily, tu ne parles même pas anglais !

Jiang cligna des yeux dans la lumière de la torche que Cameron braquait sur elle. Uma crut voir un air malicieux passer sur le visage de la vieille dame. Aurait-elle fait semblant, pendant toutes ces années, de ne pas parler la langue du pays ?

D'un air solennel, Jiang annonça :

— Je suis prête. Je vais raconter mon histoire.

Les règles fixées par Uma étaient simples : pas d'interruptions, pas de questions, et pas de reproches, surtout de la part des membres de la famille. Entre deux histoires, ils feraient une pause si nécessaire.

Ils installèrent les chaises en demi-cercle. Malathi revint avec une bouteille de sirop aux fruits. (Où avait-elle trouvé ça ? L'avait-elle cachée jusqu'à maintenant ? Et que cachait-elle d'autre ?) Elle versa un peu de sirop dans les bols d'eau alignés sur le comptoir, posa les bols sur un plateau et les servit comme une véritable maîtresse de maison. Le sucre redonna un peu le sourire à tout le monde, mais Uma se dit qu'au final, ce serait encore pire. Tant pis ! *Carpe diem !* Cameron éteignit les deux lampes. Malgré l'obscurité pesante qui s'abattit sur eux, Uma sentit une nouvelle vivacité chez ses compagnons, comme s'ils avaient décidé de ne plus se soucier de ce qui échappait à leur contrôle. Ils étaient prêts à s'écouter mutuellement. Non, ils étaient prêts à écouter l'histoire, qui parfois dépasse celui qui la raconte.

— Quand j'étais enfant, commença Jiang, je vivais dans une maison secrète.

De l'extérieur, dans la ruelle bordée de caniveaux débordant d'immondices typiques du quartier chinois de Calcutta, un observateur n'aurait vu que l'horrible façade carrée d'un bâtiment aveugle, rouge brique, comme ses voisins. Au milieu de cette façade, une petite porte en bois de qualité médiocre, peinte en vert. La porte s'ouvrait rarement plus de deux ou trois fois par jour – pour les enfants, qui allaient à pied à l'école catholique chinoise, à quelques rues de là, ou pour le père, qui revenait du travail dans un taxi qu'il partageait avec deux autres hommes d'affaires chinois. Parfois, l'après-midi, la grand-mère prenait un pousse-pousse pour aller voir ses amies, qui habitaient toutes à moins de deux kilomètres de la maison. Il arrivait aussi que des invités inattendus se présentent et la grand-mère envoyait alors le cuisinier au marché pour acheter des gâteaux de soja ou des lychees frais. Si l'observateur avait jeté un œil par la porte entrebâillée, il n'aurait vu qu'un autre mur de brique – le mur des esprits, construit justement dans le but de tromper le regard de ce même observateur.

— Mais personne ne regardait jamais, dit Jiang. Personne ne s'intéressait aux Chinois… du moins à cette époque. Les Indiens nous considéraient comme un peuple inférieur à eux, parce qu'une grande majorité des nôtres travaillaient dans les tanneries ou les magasins de cuir. Mais ça nous était égal. Nous étions entre compatriotes, et nous avions tout ce qu'il nous fallait.

Si l'observateur avait franchi la porte et contourné le mur des esprits, il aurait été abasourdi. A l'intérieur, une grande et belle cour constituait le cœur même de la maison, autour duquel tout le reste avait été construit. Les fenêtres et les balcons donnaient sur les manguiers et les rosiers. Au centre de la cour, une fontaine gargouillait joyeusement. Le maître de maison donnait souvent des réceptions dans cette cour, les soirs de pleine lune par exemple ; on y buvait du vin et on y récitait de la poésie, pendant que les enfants jouaient à cache-cache entre les sculptures de lions.

Jiang et son frère ne parlaient jamais de la cour, ni des autres parties de la maison : la salle de banquet et sa table en bois de rose ciselé qui pouvait accueillir vingt-quatre convives ; la chambre de leur père où était suspendu un portrait de leur défunte mère, entre les tentures en soie brodées de hérons et de carpes porte-bonheur qu'elle avait choisies jeune mariée ; le cabinet de travail et sa collection de calligraphies anciennes ; le coffre où leur père conservait des pièces d'or, les bijoux de jade et d'or de leur mère, des liasses de roupies et les documents importants (tous sauf un, le plus important, mais il s'en rendrait compte trop tard). Il n'y avait pas de raison d'en parler aux autres Chinois, car ils le savaient déjà, et beaucoup de leurs camarades d'école vivaient dans le même genre de maison. Quant à ceux qui n'étaient pas chinois – les fantômes, comme on les appelait –, Jiang et son frère avaient appris, comme tous les enfants, à ne pas s'en approcher. Et à ne surtout pas leur révéler les secrets de famille.

— Et j'ai été la première de la famille à briser ce tabou, déclara Jiang.

C'est un beau jour de printemps en 1962 à Calcutta, et Jiang, âgée de vingt-cinq ans, se tient sur le seuil du magasin de chaussures de son père, dans le quartier New Market, sous les lettres FENG – CHAUSSURES DE QUALITÉ. La jeune fille est très fière de l'enseigne, dont elle est l'auteur. Cette enseigne a pourtant été l'objet de nombreuses disputes, car sa grand-mère prétendait qu'une déclaration aussi arrogante risquait d'attirer la malchance. « Regarde les enseignes des autres magasins chinois, complètement neutres : *Orchidée de la Chance, Montagne de Jade, Dragon Volant*. Aucun d'eux n'attire l'attention sur son nom de famille en l'affichant sur sa devanture ! » Mais son père s'est rangé du côté de Jiang, comme toujours depuis la mort de son épouse quand Jiang n'avait que cinq ans. Et la grand-mère ne cesse de déplorer la gentillesse de son fils, qui le rend si malléable aux mains de Jiang.

Elle ne l'avouera jamais à voix haute, mais Jiang est du même avis que sa grand-mère. Oui, son père est trop gentil, et tant mieux ! Sans quoi elle ne serait pas là, dans la boutique, entourée du parfum du cuir des chaussures, son odeur préférée. Elle serait mariée, comme toutes ses amies d'école, un bébé perché sur la hanche. Au lieu de ça, elle s'occupe de l'entreprise familiale, pour laquelle son grand frère Vincent, un dentiste qui travaille dans un grand bureau de la rue Dharmatala, n'a jamais montré aucun intérêt. Même s'il est trop loyal envers sa famille pour l'admettre, Jiang le soupçonne de mépriser les commerçants.

Et cette situation convient parfaitement à Jiang, qui adore son travail. Tous les matins, elle ouvre la boutique, pour que son père – dont la jambe est atteinte de goutte – puisse dormir un peu plus tard. Elle décide des modèles à commander. Elle vérifie la qualité des pièces envoyées par les fabricants et renvoie sans scrupules celles qui ne correspondent pas à ses critères très rigoureux. Elle fait le tour des écoles catholiques de Calcutta pour demander aux personnes concernées d'envoyer les élèves se chausser dans son magasin. (Les prêtres et les nonnes sont heureux de recommander le magasin Feng ; la qualité est excellente, et le fait que Feng fournisse gratuitement des chaussures aux hommes et aux femmes d'Eglise ne gâte rien.) Elle marchande sans pitié avec les hommes des tanneries chinoises de Tangra, piétine les échantillons de cuir qu'ils lui apportent. Elle foudroie du regard (comme elle fait en ce moment même) les deux vendeuses qui ont tendance à pouffer bruyamment à la moindre occasion.

Cette fois-ci, le prétexte de leurs minauderies est l'arrivée d'un jeune homme devant la boutique. Jiang remarque qu'il est plus grand que la plupart des Indiens et rasé de près, contrairement au mâle bengali typique, convaincu que la barbe est l'emblème de l'intellectualisme. Sa chemise bleue est fraîchement repassée, mais ses manches sont retroussées. Ce petit détail lui donne un air insouciant que Jiang trouve étrangement attirant, peut-être parce que son père et son frère, tous deux très conventionnels, ne feraient jamais une telle chose. Elle décide de s'occuper personnellement de lui et congédie les deux vendeuses d'un geste de la main.

L'homme est accompagné d'une fille qui doit avoir dans les quatorze ans et qui, les yeux écarquillés, se pâme d'admiration devant lui. Jiang devine qu'il s'agit de sa jeune sœur. Au moment où ils pénètrent dans le magasin, il se penche et lui chuchote une plaisanterie à l'oreille – ou peut-être qu'elle trouve drôle tout ce qu'il dit. Elle éclate de rire, puis se plaque immédiatement la main sur la bouche, gênée. Il la lui retire.

— Arrête de faire ça, Meena ! lui dit-il. Tu as le droit de rire !

Jiang est stupéfaite par ces paroles. Personne de sa famille ne l'a jamais encouragée à s'abandonner ainsi au rire. Même son père, qui pourtant la chérit. Il reste un homme prudent. La laisser travailler dans la boutique est sans doute la décision la plus risquée qu'il ait prise dans sa vie. Et c'est une audace temporaire, car tôt ou tard, la grand-mère de Jiang finira par avoir le dessus et par la marier. Quant à son frère… Jiang se l'imagine, dans sa blouse blanche immaculée, avec son masque sur le bas du visage (pour éviter les germes et cette odeur de poisson qu'il dit émaner de la bouche de tous les Bengalis), penché au-dessus d'un patient. Elle laisse échapper un soupir et ressent une pointe de jalousie à l'égard de la fille. Puis son côté femme d'affaires reprend le dessus. Un frère aussi aimant va acheter des chaussures de qualité à sa sœur, se dit-elle, il ne va pas forcément chercher la bonne affaire.

Comme elle s'y attendait, ils sont venus acheter des chaussures d'uniforme, pour la Loreto House, l'école catholique la plus huppée de Calcutta. La fille se dirige vers l'instrument qui sert à mesurer la pointure, mais Jiang a déjà demandé à une des vendeuses d'aller chercher un modèle A 22 et 23, et un C 601 et 602, en taille 36. Quatre paires de chaussures arrivent, deux noires et lacées pour les jours d'école et deux blanches avec de minuscules boucles en argent pour les autres jours. Elles vont toutes parfaitement à la jeune fille. Les vendeuses posent sur Jiang un regard stupéfait et même le jeune homme est impressionné. Il choisit les modèles A 23 et C 602, les plus chers, et au moment où Jiang les guide jusqu'à la caisse, il lui dit qu'il aimerait acheter une autre paire à Meena. Sa première paire de talons hauts. Jiang pourrait-elle avoir la gentillesse de choisir quelque chose de seyant, puisqu'elle a si bon goût ? Il regarde les pieds de Jiang, ses élégantes chaussures à talons carrés, leur cuir bleu marine parfaitement assorti à sa jupe crayon. Mais son regard ne s'arrête pas là. Il se promène (avec respect, décide-t-elle) sur sa jupe, qui met à son avantage sa silhouette svelte, sur son chemisier en dentelle à manches ballons, sur son cou, son menton, puis il se pose enfin sur ses yeux.

Jiang ne manque pas totalement d'expérience avec les hommes. Elle a assisté à de nombreuses réunions organisées par le *China Club*, où elle a eu l'occasion d'éconduire des dizaines de prétendants. Mais aujourd'hui, tandis qu'elle demande à ce qu'on lui apporte des L 66 et P 24 en beige et marron foncé, elle a la gorge sèche. Meena essaye les chaussures, Jiang lui conseille de choisir plutôt le modèle P 24 en marron, et le frère déclare que c'est un choix parfait.

Pendant que Meena, ravie, se promène d'un pas encore hésitant dans le magasin, perchée sur ses talons d'adulte, son frère tend sa carte de visite à Jiang. Jiang n'a encore jamais rencontré d'homme qui possède une carte de visite. Elle baisse les yeux vers le rectangle blanc posé dans sa paume – lourd, lisse – pour découvrir que l'homme s'appelle Mohit Das et qu'il est directeur – si jeune et déjà directeur ! – de la National & Grindlays Bank. Il la remercie pour son aide ; il lui demande si elle aimerait l'accompagner chez *Flurys*[1] demain après le travail, pour prendre un café et un gâteau ; il lui demande son numéro de téléphone ; il lui demande son nom. Jiang ? répète-t-il. Dans sa bouche, la jeune femme a l'impression que son nom prend une sonorité plus élégante, plus exotique que jamais. Il s'arrête à la porte du magasin pour lui faire un signe de la main. Tout s'est passé si vite qu'elle est presque trop stupéfaite pour lui rendre son salut. Mais elle y parvient malgré tout. Elle lève la main – dans laquelle elle tient toujours la carte – et lui sourit.

Quand elle repense à cette fameuse journée, Jiang se souvient surtout de la nourriture, du goût délicat de la pâte d'amandes et des petits-fours sur sa langue. Puis plus tard, les *paratha*[2] à la moghole, bien croustillants, des minuscules gargotes où ils mangeaient dans une « cabine familiale », isolés des autres clients par un rideau. Et quand ils se sentirent un peu plus à l'aise, les cafés et les ragoûts de légumes, à la cafétéria de Collège Street assis parmi les étudiants, puis les *chaat*[3] de riz et de pommes de terre achetés aux vendeurs ambulants

---

1. Célèbre salon de thé de Calcutta, ouvert en 1927.
2. Pain indien non levé.
3. Sortes de beignets.

parce qu'il voulait lui faire goûter ce que mangeaient les vrais Bengalis. Les *chaat* étaient si âcres qu'ils lui avaient fait monter les larmes aux yeux, mais après s'être tapoté le visage avec le mouchoir de Mohit, elle avait décrété que ce goût valait bien quelques larmes.

— Je suis tombée amoureuse… évidemment, raconta Jiang. Ce qui est interdit est toujours attirant. Comme ce qui est différent. Et aussi quand c'est la première fois. Mettez tout ça ensemble, et ça fait un cocktail enivrant.

Quelles qu'aient été les intentions de Mohit, il succomba lui aussi à ce cocktail. Quand il regardait Jiang travailler (il osait parfois venir au magasin), il était impressionné par son sens aigu des affaires, ses marchandages sans pitié, son habileté à trouver les modèles les plus appropriés pour chacun de ses clients. Et il y avait ces histoires qu'elle racontait, sur la maison où elle avait grandi, et qui, dans son imagination à lui, était comme le palais de la Cité Interdite. Se pouvait-il que Calcutta recèle de tels trésors cachés ? Il fallait qu'il voie ça de ses propres yeux. Alors, après plusieurs mois de rendez-vous clandestins, de baisers volés dans les restaurants, les cinémas et les allées poussiéreuses au fond des bibliothèques universitaires, il se munit d'une grosse boîte de gâteaux à la crème achetés chez le meilleur pâtissier de la ville et réussit à convaincre Jiang de l'emmener chez son père, pour lui demander la main de sa fille. Ce qui devait arriver arriva. La grand-mère de Jiang fit un scandale et menaça même de retourner en Chine. (Personne ne fut vraiment impressionné par cette menace ; la famille avait immigré en Inde voilà plusieurs générations et plus personne ne se souvenait du nom de leur village d'origine.) Mais ce qui surprit le plus Jiang, c'est que son père, d'habitude enclin à exaucer tous les désirs de sa fille, s'opposa catégoriquement à ce mariage.

— Il m'a dit que mon mariage serait un échec, expliqua Jiang. Quand je lui ai dit que j'aimais Mohit, il m'a dit : « Est-ce qu'un poisson peut aimer un oiseau ? »

Finalement, ne pouvant plus supporter les larmes de sa fille, il autorisa Jiang et Mohit à continuer à se voir. Si, au bout d'un an, leurs sentiments étaient toujours les mêmes, il y réfléchirait de nouveau.

La famille de Mohit se montra plus implacable. Hindous dévoués et Bengalis loyaux, ils étaient dévastés à l'idée de voir leur fils unique, dernier porteur du nom qui avait fait la fierté de plusieurs générations, épouser une sauvage chinoise. L'idée d'avoir des petits-enfants aux yeux bridés, mangeurs de pieuvre, donnait de l'hypertension à la mère de Mohit et la clouait au lit. Le père de Mohit fit asseoir son fils pour une conversation d'homme à homme, au cours de laquelle il l'informa qu'il n'autoriserait jamais une telle ignominie dans sa famille. « Cette fille a dû t'ensorceler, lui dit-il, au point de te faire oublier tes responsabilités en tant que fils et que frère. J'ai entendu dire que les Chinois ont des sorciers spécialisés dans ce genre de choses. Comment pourrons-nous marier Meenakshi dans une bonne famille si tu t'obstines dans cette idée ridicule ? » Plus tard il ajouta : « Prends-toi une maîtresse, pour te la sortir de la tête, si tu es si entiché d'elle. Après nous te chercherons une épouse convenable – une femme que je n'aurai pas honte de présenter comme ma belle-fille à la haute société de Calcutta. »

C'est un Mohit révolté qui quitta la maison de ses parents pour aller s'installer dans une pension, avec un ami d'université. Peu de temps après, trois hommes se présentèrent au magasin de M. Feng pour lui dire qu'il allait arriver malheur à sa fille si elle ne laissait pas Mohit tranquille. M. Feng, paniqué, interdit à Jiang de quitter la maison. Confinée, furieuse, Jiang se mit à détester cette maison qu'elle avait jusque-là adorée. Elle ne pouvait appeler Mohit qu'une fois par jour, pendant quelques minutes à peine, pendant que sa grand-mère prenait son bain.

Mohit lui jurait son amour. Il ne céderait pas à la pression de son père. Ils allaient s'enfuir, ils partiraient pour Darjeeling ou Goa. Il lui dit d'emballer ses affaires de valeur et de se tenir prête.

Mais au son de sa voix, elle devina qu'il était tourmenté. Elle savait que sa famille lui manquait et comprenait qu'il se sente déchiré. Tandis qu'elle cachait sous son lit une vieille valise dans laquelle elle avait jeté quelques vêtements et les bijoux qu'elle possédait, elle imagina le visage de son père quand il découvrirait son absence et elle se sentit submergée par la culpabilité. La nuit, allongée dans son lit les yeux grands ouverts, elle rêvait de sa vie avec Mohit, dans une ville de montagne ou dans une maison en bord de mer, entourée de bougainvilliers, et elle redoutait qu'un beau jour, un des deux ne rende l'autre responsable de ce que cette vie leur aurait coûté.

Qui sait comment les choses se seraient passées si leur projet de fuite avait abouti ? La grand-mère de Jiang et la mère de Mohit, convaincues de la ruine imminente de leurs familles respectives, firent appel à l'intervention divine. La grand-mère brûla des bâtons d'encens au temple de Kuan Yin ; la mère offrit des guirlandes de fleurs d'hibiscus à la déesse à Kalighat. Elles firent toutes les deux la même prière : *Faites que la relation entre Jiang et Mohit prenne fin et qu'ils épousent une personne respectable de leur propre communauté*.

Pendant des millénaires, les gens n'ont cessé de se plaindre – non sans raison – de la lenteur des dieux, mais dans ce cas précis, ils se mirent à l'œuvre immédiatement, même si ce n'était pas exactement ce que les suppliantes avaient imaginé.

Trois jours après que les prières eurent été faites, une troupe de l'Armée populaire de libération chinoise attaqua une patrouille indienne dans la région d'Aksai Chin à l'ouest de l'Himalaya. L'événement déclencha la guerre sino-indienne de 1962. L'Armée populaire de libération descendit ensuite vers le sud, au-delà de la ligne Mac Mahon, à l'intérieur du territoire indien, déploya ses forces à l'est de l'Himalaya, se rapprocha de Calcutta et occupa les deux rives de la rivière Namka Chu. Les Renseignements rapportaient que les Chinois s'organisaient à la frontière. Les annonces de meurtres ou de captures de jeunes Indiens commençaient à envahir les journaux. Le consulat chinois ferma, les rumeurs au sujet d'un bombardement de Calcutta par Mao se firent de plus en plus sérieuses et la panique se répandit sur la ville comme une traînée de poudre.

Les Indiens cessèrent alors de fréquenter les entreprises chinoises. Les magasins furent vandalisés. Un restaurant chinois pourtant très populaire fut incendié parce qu'un groupe de clients avaient eu une intoxication alimentaire et qu'ils étaient tous convaincus qu'il s'agissait d'un complot visant à tuer tous les Indiens. Les banques chinoises firent faillite. Des graffitis rouge écarlate dénonçant les espions chinois firent leur apparition sur les murs des maisons habitées par des familles chinoises. Le gouvernement ordonna aux gens d'origine chinoise de se faire enregistrer auprès des autorités et de présenter leurs papiers pour être identifiés. Jiang et son frère eurent de la chance ; ils étaient tous les deux nés à l'hôpital et possédaient un certificat de naissance indien. Mais beaucoup d'autres, dont les familles vivaient dans le pays depuis plusieurs générations, n'avaient jamais pensé à demander des papiers officiels. Le père de Jiang faisait partie de ceux-là.

— Il a été assigné à résidence, raconta Jiang. Nous avons dû fermer la boutique et laisser partir les employés. Nous n'avions pas la moindre idée de ce qu'allait devenir notre maison, ou de ce qui allait nous arriver. Nos amis ont été confrontés aux mêmes problèmes. Vincent a été forcé de fermer son cabinet. Plus personne ne faisait confiance à un dentiste chinois. Nous passions notre temps claquemurés à la maison, à guetter les nouvelles à la radio pour savoir ce que le sort allait nous réserver. Des rumeurs terribles circulaient. Beaucoup d'amis abandonnaient leurs biens et quittaient le pays. Tous les jours, le port de Calcutta était assailli de Chinois qui essayaient d'obtenir une cabine dans un bateau.

Je n'ai pas cessé d'appeler Mohit. Il n'était jamais là. Un jour, un de ses collègues a décroché et m'a dit qu'il avait dû partir pour s'occuper de sa mère, dont la santé avait empiré. Il m'a demandé comment je m'appelais. Je ne lui ai pas répondu, mais j'ai bien senti qu'il avait des soupçons. Après ça, j'avais peur d'appeler, mais je n'arrivais pas à m'en empêcher. Si quelqu'un d'autre répondait, je raccrochais. Puis un matin, Mohit m'a appelée d'une cabine. Il m'a dit de quitter Calcutta le plus vite possible. Il avait entendu dire que les Chinois étaient envoyés dans des camps d'internement. Il a ajouté qu'il ne pouvait plus m'appeler ni me voir. Il avait reçu des menaces de la part de gens qui savaient pour lui et moi. Il craignait qu'on prenne sa famille pour des sympathisants et qu'on lui fasse du mal. L'inquiétude rendait sa mère encore plus faible qu'elle ne l'était. « Pardonne-moi, m'a-t-il dit. Je t'aime, mais je ne peux pas me battre contre tout un pays. » Et il a raccroché.

J'ai eu le sentiment que mon monde s'écroulait. Je n'arrivais pas à croire que Mohit puisse m'abandonner ainsi. Je ne pouvais même pas dire à ma famille à quel point je souffrais ; elle avait déjà assez de problèmes à régler.

Les sources de Mohit se révélèrent justes. Quelques jours après, la famille de Jiang reçut l'ordre de quitter le pays, sans quoi elle serait envoyée dans un camp d'internement au Rajasthan, à l'autre bout de l'Inde. Ceux qui n'obtempéreraient pas seraient déportés en Chine. Pour le père de Jiang, retourner en Chine sous le joug du communisme de Mao était hors de question. Les réfugiés des années 1950 lui avaient raconté des histoires de camps de travail dévastés par la famine et les maladies, et le massacre de ceux que le Parti considérait comme des traîtres. Et il ne faisait plus du tout confiance au gouvernement indien, à ce pays auquel il avait fait l'erreur de s'attacher comme au sien. Il essaya désespérément de sortir ses enfants du territoire – Vancouver, le Brésil, San Francisco, Sidney ou même Fidji, peu importait. (Il savait pertinemment que lui et sa mère, sans papiers, n'avaient aucun espoir.) Mais l'exode chinois était à son paroxysme. Il n'y avait plus de billet d'avion disponible, de cabine de libre sur les bateaux. M. Feng était prêt à payer le prix fort, mais il s'aperçut rapidement que d'autres avaient payé plus cher encore et que toutes les places étaient déjà prises.

Deux jours avant que la famille ne soit forcée de monter dans le train pour Deoli, ville sèche et fort peu accueillante, Vincent parvint à localiser un ami – enfin, plutôt une connaissance – qu'il avait rencontré plusieurs fois au Club des dentistes chinois. Curtis Chan avait réussi à obtenir une cabine sur un bateau en partance pour l'Amérique qui devait larguer les amarres le lendemain matin – et il était célibataire. Le soir même, sans en informer Jiang, Vincent et son père soudoyèrent le garde posté devant chez eux pour qu'il les laisse sortir et ils se rendirent chez Curtis Chan. Ils avaient pris avec eux une photo de Jiang, une liasse de dollars que M. Feng s'était procurée en tirant quelques ficelles, plusieurs rouleaux de calligraphies particulièrement rares et tous les bijoux de feu Mme Feng.

Curtis Chan était un homme pragmatique. Rien que ce jour-là, il avait été approché par pas moins de deux familles dont les filles étaient à marier et, au moment précis où les Feng sonnaient à la porte, il était sur le point d'appeler l'une des deux. Mais il y avait peut-être une once de romantisme dans ce garçon, ou un certain amour de l'art. Sinon pourquoi, après avoir examiné la photo de Jiang et un des rouleaux, aurait-il accepté la proposition de M. Feng, alors qu'une des autres familles lui avait offert autant d'argent, en plus de bijoux de valeur et d'un sac plein de Krugerrands or ? Vincent fut renvoyé chez lui pour aller chercher sa sœur. M. Feng et M. Chan – c'est bien ainsi qu'il faut l'appeler, monsieur, car comme Jiang allait bientôt le découvrir, il était beaucoup plus âgé que son frère et déjà presque chauve – se précipitèrent au temple bouddhiste de Tangra.

— Et voilà, en quelques minutes, j'étais mariée, soupira Jiang.

Dans des circonstances normales, elle se serait opposée à ce que son père décide de son destin et la jette dans les bras d'un quadragénaire bedonnant qu'elle n'avait jamais vu, sans même lui demander son avis. Mais depuis le coup de téléphone de Mohit, Jiang n'était plus que l'ombre d'elle-même, elle déambulait dans la maison, complètement hébétée, secouée de temps à autre par une crise de larmes. Par moments, elle aurait voulu qu'une bombe détruise Calcutta, ou au moins la maison des Das. L'instant d'après, elle rêvait de remonter le temps jusqu'à ce jour fatidique où elle pourrait quitter la boutique avant que Mohit n'arrive et s'éviter toute la souffrance que lui avait apportée cet amour. D'autres fois, elle imaginait que Mohit venait défoncer la porte de la maison des Feng pour l'enlever et l'emmener quelque part où ses origines chinoises ne seraient plus un problème. Ballottée par les contradictions, elle se tenait là, dans le temple bouddhiste, sous les ombres menaçantes projetées sur les murs par une unique bougie à la flamme tremblotante (Calcutta était sous couvre-feu), et obéissait aux instructions du prêtre comme une marionnette. Ce n'est que le lendemain matin, au moment d'embarquer sur le *Sea Luck*, qu'elle se rendit compte de l'énormité de ce qui s'était passé la veille. Elle se jeta dans les bras de son père et lui dit qu'elle ne partirait pas, qu'elle préférait encore qu'ils meurent ensemble. Son frère et son tout nouvel époux durent unir leurs forces pour la faire monter sur la passerelle pendant que son père, lui aussi en larmes, essayait de la consoler. « Tout ira bien. Je rentrerai à la maison dès que le gouvernement aura réglé tout ça. Et ensuite je viendrai te voir en Amérique. Ton frère te rejoindra bientôt. On le fera monter sur un autre bateau dans quelques jours. »

Mais rien ne se passa comme il l'avait promis. Moins d'un an plus tard, il mourut d'une crise cardiaque dans le camp d'internement, et sa mère, dévastée par le chagrin, ne tarda pas à le suivre. Quant à Vincent, il embarqua bien quelques jours après Jiang, mais ce fut sur un bateau pour l'Australie et il leur fallut attendre plusieurs années, lui et sa sœur, avant de se retrouver.

— C'est la dernière fois qu'on m'a vue pleurer, dit Jiang.

Le voyage dura un mois et lui sembla sans fin. Ils étaient confinés dans une cabine minuscule avec un autre couple de jeunes mariés. (Au moment de l'embarquement, ils avaient découvert que le capitaine, profitant de la situation, avait vendu les billets deux fois.) M. Chan et M. Lu, comprenant qu'ils n'avaient pas d'autre choix, firent de leur mieux pour s'en accommoder. Ils divisèrent le petit espace en tendant une couverture à travers la pièce, installèrent un lit de fortune sur le sol, et chaque couple dormait en alternance sur le vrai lit et par terre. Ils mirent en place un emploi du temps pour avoir un peu d'intimité avec leur nouvelle épouse. Cet arrangement eut deux conséquences : M. Chan et M. Lu développèrent une profonde amitié, et à la fin du voyage, Jiang était enceinte.

Que pensait-elle de ces nouveaux événements ? Sentait-elle la joie l'envahir à mesure que le bébé grandissait en elle ? Ou était-elle paniquée à l'idée d'avoir un enfant dans un pays qu'elle ne connaissait pas et où il n'y aurait personne pour la soutenir pendant sa grossesse et dans ses premiers gestes de maman ? S'était-elle attachée au père de l'enfant, était-elle en train de tomber amoureuse ? Lui en voulait-elle de l'avoir emprisonnée dans un corps tellement enflé qu'elle ne rentrerait plus dans les jolis vêtements qu'elle avait achetés à Calcutta ? Est-ce qu'elle le comparait à un autre, qui l'avait autrefois embrassée avec tendresse ? Ou bien est-ce qu'elle le tolérait, résignée, parce qu'elle savait qu'elle n'avait pas le choix ?

En Amérique, ils déménagèrent d'une ville à l'autre jusqu'à ce que M. Chan soit forcé d'admettre que son diplôme de dentiste n'avait aucune valeur dans ce pays. Ils finirent pas vendre les bijoux de Jiang pour acheter une petite épicerie dans un quartier chinois. Jiang aidait au magasin, elle partageait son temps entre les clients et les bébés – d'abord un, puis deux, qui jouaient dans le petit parc installé dans la minuscule arrière-boutique. Jiang était tellement douée pour les affaires que, le temps que les bébés grandissent, la boutique était devenue un supermarché et les Chan vivaient dans un confortable appartement à l'étage au-dessus. La famille acheta un second supermarché, puis un troisième ; les enfants furent envoyés dans des écoles privées ; et les Chan déménagèrent pour un vaste et luxueux appartement dans une résidence avec gardien.

Tout ce dont Jiang avait besoin au quotidien se trouvait dans le quartier chinois : les marchés, les cinémas, les maisons de ses amis, l'école des enfants. Avait-elle besoin d'autre chose ? Si oui, elle avait enfoui ce besoin au plus profond d'elle-même. Dans cette existence confinée, elle n'avait pas besoin de parler anglais, alors elle l'oublia. Et avec cette langue qu'elle avait un jour été si fière de parler parfaitement, elle oublia aussi cette partie de son passé où l'anglais avait joué un rôle si important. Le temps que ses petits-enfants naissent, elle ne parlait plus que le mandarin.

M. Lu, devenu veuf, rendait parfois visite à M. Chan, le soir. Jiang leur servait du thé et des *dim sum*, mais elle ne se joignait pas à leurs évocations nostalgiques du passé. Son frère Vincent, qui avait enfin réussi à la localiser, fit le voyage depuis l'Australie, où après des années de dur labeur il était devenu – ironie du sort – dirigeant d'une usine de chaussures. Jiang fut heureuse de le voir, quoique un peu surprise. (Cet homme voûté, aux cheveux poivre et sel, qui chiquait du tabac était à mille lieues du jeune homme qu'elle avait laissé sur le quai de Calcutta, dans sa chemise blanche immaculée boutonnée jusqu'en haut.) Il parla de leur enfance, évoqua avec lyrisme la maison secrète où ils avaient grandi, mais elle refusa de se plonger avec lui dans ces souvenirs. Seuls les pauvres d'esprit ruminaient ainsi le passé.

Pourtant, quelque chose changea en elle en entendant son mari et son frère discuter entre eux. Après le départ de Vincent, elle alla s'asseoir devant la fenêtre de sa chambre, le regard perdu dans le vague. Elle ne voyait plus les rues grouillantes du quartier chinois, mais une cour intérieure, des roses escaladant un banc en pierre, des enfants qui couraient autour d'une fontaine en riant. La lune se levait, sa beauté lui perça le cœur. Son père récitait des poésies autrefois et elle fredonnait souvent les vers avec lui. Chaque jour elle sentait le parfum des manguiers de plus en plus distinctement. En elle, un vide se creusait, jusqu'à ce qu'un matin elle ait l'impression de n'être plus qu'un bambou creux. Alors, quand M. Chan mourut et qu'elle reçut une lettre de Vincent lui annonçant qu'il comptait retourner à Calcutta, pour peut-être s'y installer de nouveau et y prendre sa retraite, elle répondit immédiatement, sous le coup d'une pulsion – elle qui croyait pourtant s'être débarrassée de son impulsivité depuis bien des années –, qu'elle le rejoindrait dans la ville de leur enfance.

— Pourquoi est-ce que j'y vais ? dit Jiang. Elle haussa les épaules et ouvrit les bras. Je ne sais pas. Fin de l'histoire.

7

Dans le silence qui succéda à l'histoire de Jiang, chaque membre du groupe se livra à ses pensées. Tous vaquaient à leurs occupations, qu'elles leur aient été données par Cameron ou dictées par leur propre corps, mais l'histoire continuait à cheminer en eux. Elle rayonnait en tournant sans fin sur elle-même, comme une météorite dans un film au ralenti.

Malathi remuait une casserole d'eau dans laquelle elle avait versé du sirop, à la lumière faiblissante de la lampe torche que Cameron avait rallumée – quelques minutes, pas plus, les avait-il prévenus –, en repensant au moment où Jiang avait dû abandonner son père. Ce récit avait ramené à la surface des souvenirs désagréables : ceux de la dernière fois où elle avait vu sa propre famille, devant les portiques de sécurité de l'aéroport de Chennai. Ils l'avaient enfin pardonnée et avaient tous fait le voyage en train depuis Coimbatore pour lui dire au revoir, en dépit de ses objections. Elle avait tellement honte de leurs vêtements aux couleurs criardes, de leur accent provincial. Sa mère, en larmes, qui refusait de la lâcher ; les mises en garde de son père, qui lui disait d'être une bonne fille et de ne pas s'attirer de problèmes ; ses sœurs qui lui demandaient de leur envoyer tout un tas de choses d'Amérique... tout ça la rendait encore plus heureuse de partir. Et maintenant, il se pouvait qu'elle ne les revoie plus jamais. A l'instant où cette certitude s'imposait à elle, la liste complète de ce que ses sœurs lui avaient demandé (liste qu'elle avait oubliée avant même d'être montée dans l'avion) lui revint en mémoire avec une précision déconcertante : chocolats Hershey's, savons Dove, rouges à lèvres Revlon, magazines féminins, et un journal intime avec un petit cadenas et une clé assortie pour chacune d'elles.

Puis Malathi pensa à l'inconstance de Mohit, qu'elle trouvait typiquement masculine. Elle sentit la colère monter en elle et faillit renverser la casserole qu'elle avait dans les mains.

Tariq n'avait pas bougé d'un centimètre, il n'avait même pas pris la peine de poser les pieds sur les barreaux de la chaise, malgré les conseils de Cameron. L'eau commençait à monter et risquait de s'infiltrer dans ses chaussures. Le jeune homme réfléchissait, lui aussi, le front plissé. Il aurait certainement dû regarder si son portable était connecté, mais il préférait méditer sur la nature des gouvernements. On ne pouvait pas leur faire confiance. Ils se retournaient toujours contre vous au moment où vous vous y attendiez le moins, vous le bon citoyen honnête, et ils vous enfermaient comme un criminel. Pourquoi voudrait-il vivre dans un pays qui avait fait subir ça à son père ?

Mangalam espérait entendre une tonalité dans un des téléphones du bureau, mais seule une moitié de son cerveau s'aperçut qu'ils ne fonctionnaient toujours pas. L'autre moitié pensait à l'amour passionnel que la jeune Jiang ressentait pour Mohit, à cet amour figé dans l'infini par le destin. Un amour qui, d'après le tremblement qu'il avait cru discerner dans la voix de la vieille dame, n'était pas éteint. Jiang avait maudit le destin de les avoir séparés, mais n'avait-elle pas, d'une certaine façon, eu de la chance ? S'ils s'étaient mariés, leur amour aurait, au mieux, pris une tournure aussi confortable que le plaisir ressenti à enfiler une vieille paire de chaussures. Au pire, leur vie aurait ressemblé à la sienne. (Mangalam aimait sa femme, au début. Il se souvenait d'avoir connu l'amour avec elle, mais il ne se souvenait pas de ce qu'il ressentait. Ce souvenir-là avait complètement disparu, comme un dossier effacé par un virus dans un ordinateur.) L'amour, quand il est encore vibrant et bien vivant, est une guirlande de fleurs, se dit-il. Mais une fois qu'il est mort, c'est un garrot. Mangalam était assez satisfait de la métaphore qu'il venait de trouver.

Lily et Uma aidaient Cameron à vérifier l'état du plafond.

— Grand-mère nous a vraiment bien eus pendant toutes ces années, à faire semblant de ne pas comprendre pour nous forcer à parler en mandarin ! lança Lily tandis qu'ils traversaient la pièce pour aller dans la réserve. Et toutes ces choses qui lui sont arrivées…

Elle émit un sifflement, les yeux brillants à la faible lumière de la lampe.

— J'ai envie de l'accompagner en Inde, maintenant, et de voir cette fameuse maison.

— Moi aussi j'aimerais bien voir cette maison, ajouta Cameron.

Si l'on pouvait comparer des gens à des maisons, se dit Uma, alors Cameron était aussi secret que l'ancienne maison de Jiang. Qui habitait dans ses pièces intérieures fermées à double tour ? Dans la désolation où avait sombré la vie d'Uma, le mystère de Cameron lui donnait quelque chose à quoi se raccrocher, lui offrait une possibilité de découverte. Quant à Ramon, il était une maison japonaise traditionnelle, avec ses cloisons en papier de riz à travers lesquelles la lumière passe et révèle les silhouettes. C'était peut-être ce qui lui avait plu chez lui, la transparence. Il ne lui avait jamais rien caché, même la force de son amour pour elle.

Pourquoi pensait-elle à lui au passé ?

Mme Pritchett s'était enfermée dans les toilettes, même si elle n'avait pas besoin d'y aller. Le ton pragmatique de Jiang, sa manière de parler de l'amour comme d'une lettre gâchée par trop de fautes qu'on jetterait au vent, sa famille dispersée comme des spores dans le désert du monde, tout cela avait apaisé Mme Pritchett et lui avait rappelé qu'elle devait vérifier quelque chose. Elle fouilla dans la poche intérieure de son sac à main et en sortit un petit sachet en plastique Ziploc qu'elle avait mis là des semaines auparavant, au cas où. Il contenait quelques comprimés de Xanax. Mme Pritchett se félicita d'avoir eu une aussi bonne idée et d'avoir réussi à tromper la vigilance de M. Pritchett. Elle allait prendre un comprimé, mais se ravisa. Mieux valait le garder pour plus tard. Pour l'instant, elle devait méditer sur l'histoire de Jiang.

Pour Mme Pritchett, un des éléments de l'histoire avait brillé comme un phare en pleine tempête. C'était le salon de thé, le premier lieu de rendez-vous entre une jeune fille svelte en jupe crayon et un jeune homme en chemise aux manches retroussées à la manière des vacanciers. *Flurys*, chuchota-t-elle en regardant son reflet dans le miroir, un nom délicieux qui fondait sur la langue comme la plus légère des pâtisseries. Est-ce que c'était grand, lumineux, décoré à l'ancienne, dans un grand bâtiment de style colonial, avec des colonnes et des chandeliers, la devanture protégée du soleil brûlant par un auvent à rayures ? Ou était-ce un endroit moderne, habillé de métal froid ? Elle espérait que non. Si elle finissait par aller en Inde, elle irait chez *Flurys* et leur proposerait ses services. Et si jamais ils soulevaient des objections, elle leur ferait une démonstration de ses talents de pâtissière – elle apporterait les ingrédients dans sa valise – et leur préparerait une fournée de ces irrésistibles cookies au chocolat blanc et aux noix de macadamia dont elle avait le secret.

Cameron leur fit un compte rendu laconique de la situation. Il ne prit pas la peine d'édulcorer les faits, ce n'était pas son genre. Les lignes étaient toujours coupées et il n'y avait pas de réseau pour les portables ; le niveau de l'eau montait lentement ; la qualité de l'air semblait bonne ; il restait juste assez de nourriture pour un repas. Cette dernière information mina le moral de tous, mais Uma remarqua que, contrairement à ce qui s'était passé un peu plus tôt, ils ne s'agglutinèrent pas autour de Cameron pour le harceler de questions. Quand elle demanda s'ils voulaient continuer avec les histoires, ils retournèrent tous immédiatement sur leurs chaises.

— Qui veut prendre la suite ? demanda-t-elle.

— Avant ça, je dois vous dire une dernière chose, annonça Jiang, à la surprise de tous. Je ne l'ai pas dite tout à l'heure parce que j'avais honte. Mais sans ça, l'histoire n'est pas complète.

La première nuit, sur le bateau, M. Chan et moi nous sommes allongés sur le lit de fortune, à même le sol. Je n'arrivais pas à le considérer comme *mon mari*. Chaque fois que je fermais les yeux, je voyais le visage de Mohit. Ça me rendait furieuse contre moi-même. J'étais sûre que Mohit, lui, ne pensait pas du tout à moi.

M. et Mme Lu étaient sur le lit, de l'autre côté du rideau. On les entendait. M. Chan a posé sa main sur moi. Je l'ai repoussée. J'ai cru que j'allais vomir. Je me suis dit : si jamais il me force, demain je me jetterai du haut du pont.

Mais il ne m'a pas forcée. Il a posé la main sur ma tête et m'a caressé les cheveux. J'ai compris qu'il savait que j'étais amoureuse d'un autre ! La plupart des Chinois n'auraient jamais accepté d'épouser une femme qui avait un amoureux. Je me suis mise à pleurer. Il n'a rien dit, il ne m'a même pas dit d'arrêter de pleurer. Il m'a juste caressé les cheveux. Et cela pendant sept ou huit nuits.

Et puis un soir, je l'ai embrassé. J'ai pensé : il est si gentil avec moi, il faut que je lui donne quelque chose en retour. Et qu'est-ce que j'avais d'autre à donner ? Alors, même si je ne l'aimais pas, nous avons fait l'amour. Je me suis dit que ça aurait pu être pire. On peut vivre sans amour avec un homme bon.

Finalement nous sommes arrivés en Amérique. Il ne pouvait pas exercer en tant que dentiste, même s'il en mourait d'envie. On travaillait jour et nuit à l'épicerie. J'étais souvent malade à cause de la grossesse. Certains jours, nous étions tellement fatigués que nous n'avions même pas la force d'échanger un seul mot. Nous n'avions pas de temps à consacrer à des choses futiles, comme la lune, les roses, l'amour.

Quatre années ont passé. Une nuit, il a été très malade. La grippe avait fait beaucoup de victimes cet hiver-là. J'étais très inquiète pour lui. Je lui ai donné des médicaments. J'ai mis un linge humide sur son front. Il était brûlant de fièvre, il délirait. Brusquement, il s'est raidi. Ses yeux se sont révulsés. J'ai cru qu'il mourait. J'ai senti un frisson d'effroi me parcourir. *Ne meurs pas, ne meurs pas !* j'ai crié. *Je t'aime.*

Peut-être qu'il m'a entendue. Ses yeux se sont éclaircis un instant. Il a levé une main. Je l'ai agrippée. Mais il a essayé de la repousser. Puis j'ai compris. Il voulait me caresser les cheveux. Je me suis penchée pour qu'il puisse le faire. Le lendemain, sa fièvre a baissé. En une semaine il était presque guéri.

Plus tard, je me suis dit que j'avais dû crier ces mots sous le coup de la peur. Ou parce que c'est ce qu'on dit aux hommes à l'agonie dans les films. Mais je n'avais pas eu peur. Je savais que je pouvais m'occuper de l'épicerie et des enfants, avec ou sans mari. Et les films ne racontent pas la vérité. C'est là que j'ai su que je l'aimais vraiment.

Quand étais-je tombée amoureuse ? En regardant en arrière, je ne pouvais pas dire quand exactement, c'est d'ailleurs ce qui est le plus incroyable.

On peut changer complètement sans même s'en rendre compte. On pense que les épreuves nous rendent aussi durs et froids que la pierre. Mais l'amour entre en nous discrètement, comme une aiguille, pour soudain se transformer en hache et nous mettre en pièces.

Ils gardèrent le silence pendant un certain temps. Ils essayaient peut-être de se souvenir s'ils avaient, eux aussi, été un jour piégés par l'amour. Ou ils se demandaient s'ils auraient pu se montrer aussi honnêtes que Jiang. Finalement, Lily déclara :

— C'est mon tour.

— Tu veux bien attendre un peu, ma chérie ? l'interrompit Cameron.

C'était la première fois qu'Uma entendait le soldat utiliser l'expression *ma chérie*, mais elle sonnait étrangement naturelle dans sa bouche. *Chérie de mon cœur*, aurait-on dit à l'époque de Chaucer, une expression qui liait les deux interlocuteurs entre eux, en un seul corps.

— Nous aurons besoin de ton histoire un peu plus tard.

Lily, qui en temps normal n'aurait laissé personne l'appeler *ma chérie*, eut un sourire de gamine.

— Qu'est-ce qui vous fait croire qu'il s'agit de ce genre d'histoire ?

Mais elle hocha la tête. Son piercing à l'arcade avait dû tomber pendant la mêlée, elle ne l'avait plus. Sans cet anneau, elle avait l'air plus vulnérable. Pourtant, lorsqu'elle se pencha pour caresser l'épaule de sa grand-mère, elle eut soudain l'air plus adulte. D'une voix effrayée, elle dit à Cameron :

— Le bras de grand-mère est brûlant.

Cameron inspecta le bras de Jiang, il eut une moue inquiète. Il lui donna deux cachets d'aspirine, conscient qu'ils ne lui seraient d'aucune aide, que c'étaient d'antibiotiques qu'elle avait besoin.

— Reprenons les histoires, dit-il brusquement.

Mme Pritchett se redressa et prit une profonde inspiration, mais avant qu'elle ait pu se porter volontaire, M. Pritchett intervint :

— J'aimerais me lancer.

8

Dans les premiers souvenirs du garçon, sa mère dort tout le temps, comme la Belle au bois dormant de l'album qu'elle lui a acheté dans un vide-grenier. Le petit garçon a beau aimer sa mère – il l'aime tellement que parfois l'air lui manque, comme quand il essaye de gonfler un ballon tout neuf –, il sait bien qu'elle n'est pas si jolie que ça. Elle dort, affalée sur le vieux canapé gris qu'on a calé avec un annuaire parce qu'un des pieds est cassé. Elle a posé ses jambes sur un accoudoir car, à la fin de sa journée de travail, elles sont souvent gonflées, et parfois, quand le garçon est sûr qu'elle est profondément endormie, il appuie du doigt sur le tibia de sa mère et regarde le creux qui se forme. Elle a la bouche à moitié ouverte, les coins légèrement affaissés, comme si on venait de lui faire une surprise pas très agréable. Elle ronfle doucement. C'est un bruit qui réconforte le garçon, parce qu'il lui est familier et l'apaise, mais aussi parce qu'il préfère quand elle ronfle que quand elle arrête de respirer et qu'il a peur qu'elle meure et le laisse tout seul.

Il y a parfois une bouteille de cidre, par terre, à côté du bras de sa mère qui pend du canapé. Mais il arrive aussi (rarement pour l'instant, parce que c'est avant qu'elle se mette à boire vraiment, ce qui ne saurait tarder) qu'il y ait une bouteille de bière, qui sent si mauvais et a si mauvais goût qu'il se demande comment on peut avoir envie de boire ça. La plupart du temps, il n'y a rien, parce que, le temps que sa mère rentre du *Mickey's Diner*, le restaurant où elle travaille, elle est trop fatiguée pour aller jusqu'au frigo. Elle enlève son uniforme ici, juste à côté du canapé – elle n'a que deux uniformes, et le lavomatique est trop loin et trop cher pour qu'elle y aille plus d'une fois par semaine. Et puis elle déteste faire la lessive, alors elle attend toujours le dernier moment, ce qui vaudra d'ailleurs au garçon des surnoms pas très sympathiques quand il commencera l'école l'année suivante. C'est son boulot à lui de ramasser le pantalon et le chemisier marron, et de les poser sur le dossier du canapé. S'il ne fait pas trop froid, elle dort en sous-vêtements. Sinon, il va lui chercher une chemise de nuit. Elle se débat avec le morceau de coton usé qui la serre de plus en plus aux aisselles. (Sa mère mène une bataille épuisante et perdue d'avance contre son surpoids.) Une fois qu'elle a réussi à l'enfiler, elle le serre dans ses bras pour le remercier d'être un si gentil garçon.

Dans ces moments-là, sa voix déclenche immanquablement un frisson dans tout le corps de son fils. C'est cet aspect-là de sa mère qui fait d'elle une Belle au bois dormant. Parfois, le week-end, quand elle est de bonne humeur, elle lui chante une chanson qui parle d'une dame avec des manches vertes, c'est une chanson vieille de plusieurs centaines d'années. Et surtout, elle lui lit des livres.

Le petit garçon sait s'habiller et se déshabiller tout seul. Il sait se laver les dents (dans la baignoire, parce qu'il n'est pas assez grand pour atteindre le lavabo). Il prépare ses repas, en général des céréales, qu'il a même appris à manger sans rien les jours où il n'y a plus de lait. S'il s'en sent le courage, il se fait un sandwich au beurre de cacahuètes et à la confiture, mais il a du mal à étaler le beurre de cacahuètes et souvent il déchire le pain. Sa mère mange au travail – c'est l'un des avantages à travailler dans un restaurant – et elle lui rapporte parfois un hamburger et des frites qu'elle a récupérés là-bas, ou un reste de pâtes, qu'elle cache dans le grand fourre-tout qu'elle trimballe uniquement pour ça.

Le garçon mange et regarde sa mère dormir – sa poitrine qui se soulève et se baisse à chaque respiration, la ligne de poils qui traverse son ventre de ses seins à l'élastique de sa culotte rose délavée. Son corps se contracte de temps à autre, comme celui des animaux qu'il voit à la télévision, dans les documentaires sur la vie sauvage. Ce sont ses émissions préférées, il les aime encore plus que les dessins animés, et il arrive qu'il se dispute avec son copain Jimmy à cause de ça. Si on lui demandait ce qu'il désire le plus au monde, le petit garçon n'hésiterait pas une seconde. Il dirait : un chien – même si ce n'est pas tout à fait vrai. Il préférerait un tigre. Mais il a déjà compris que l'on doit garder certains désirs au plus profond de soi et ne jamais les dévoiler.

Une fois qu'il est sûr que sa mère dort profondément, le petit garçon éteint la télévision. Elle regarde surtout le feuilleton *I Love Lucy*[1], dont le comique le déconcerte. (En grandissant, il se rendra compte d'une chose : ce qui fait rire la plupart des gens ne l'amuse pas, lui). Il va jusqu'au vieux magnétophone à bandes, avec des bobines aussi grandes que sa tête, et rembobine soigneusement celle qui est dessus. Il se recroqueville ensuite par terre, enroulé dans sa couverture, et écoute *Lassie la fidèle*[2], que sa mère a enregistré la semaine où elle s'est blessée au pied et ne pouvait pas aller travailler. Il y a un lit dans l'autre pièce, mais il préfère s'allonger ici et garder un œil sur sa mère et sa respiration chaotique, tout en suivant Lassie, qui parcourt des milliers de kilomètres pavés de dangers, bien décidée à retrouver

1. Série télévisée américaine, humoristique, diffusée entre 1951 et 1957.

2. Enregistrement sonore d'un film de 1943 de Fred M. Wilcox (*Lassie Come Home*).

son petit maître. Il s'endort souvent au milieu, rassuré, parce qu'il sait que d'ici à ce qu'il se réveille, la fidèle Lassie aura achevé sa quête.

Est-ce que ce petit garçon est malheureux ? Non. Quand on n'a connu qu'une seule chose dans la vie, on trouve ça tout naturel. Jusqu'à ce que Mary Lou leur donne le livre de maths volé. Alors il découvre ce que c'est que le bonheur.

Le garçon se souvient de ce matin-là, du bruit que Mary Lou a fait en tapant à la porte de l'appartement et en criant le nom de sa mère – *Hey Betsy, t'es morte ou quoi ?* – puis de sa mère qui trébuche jusqu'à la porte, encore en sous-vêtements, les yeux gonflés de sommeil, et qui marmonne des jurons à voix basse pour que son fils ne les entende pas. Jimmy se faufile par la porte entrebâillée et s'écrie :

— LL, regarde c'que j'ai là !

Derrière lui, il entend Mary Lou dire :

— Nom de Dieu, ma chérie, t'as l'air d'un cadavre. Tu ferais mieux d'aller voir un docteur.

Le garçon sent son cœur se serrer, jusqu'à ce que sa mère réponde :

— Commence pas, Mary Lou. Je vais bien, c'est juste la fatigue, c'est à cause de toutes ces heures de boulot.

Jimmy le tire par le bras.

— Regarde ! Regarde ! Mais regarde !

Jimmy est là parce que la mère du garçon et Mary Lou, qui habite tout près et travaille à la cantine de l'école primaire du quartier, gardent les deux enfants à tour de rôle. Le petit garçon aime bien Jimmy. Il aime bien jouer avec lui, même si Jimmy veut toujours montrer au petit garçon des choses que celui-ci trouve totalement inintéressantes. En plus, Mary Lou, chez qui il mange quand sa mère fait des heures supplémentaires, est une excellente cuisinière, et ses lasagnes sont bien meilleures que tout ce que sa mère peut préparer (mais il ne l'avouera jamais, même si on le torture avec une pique à bestiaux, comme il l'a vu faire une fois dans *Police des plaines* [1]). La mère du garçon, qui est censée s'occuper du déjeuner, leur sert en général de la soupe en conserve et des saucisses enroulées dans des tranches de pain de mie. Les lendemains de paye, ils ont droit à de vrais hot-dogs et à des pommes.

Quand il fait beau, sa mère les envoie jouer dehors, en leur disant de bien rester dans son champ de vision et de ne pas s'aventurer hors du trottoir. Pendant qu'ils jouent au gendarme et au voleur, le garçon garde toujours un œil sur sa mère qui parle au téléphone en fumant des cigarettes, alors qu'elle a dit à Mary Lou qu'elle voulait vraiment arrêter.

---

1. Série télévisée américaine (*Gunsmoke*) qui se situe dans le Kansas après la guerre de Sécession.

— Bang ! Bang ! crie Jimmy. T'es mort.

— Non, j'suis pas mort !

— Si, tu l'es ! Je t'ai tiré dans la tête. Ton cerveau a explosé, y en a partout par terre.

Les jours où il fait trop froid, ils regardent les livres que Mary Lou leur rapporte de l'école où elle travaille, des livres que les instituteurs ont soi-disant jetés à la poubelle.

— Ouais, c'est ça ! dit sa mère, mais pas trop fort pour quc Mary Lou nc l'cntcndc pas.

Mais elle aime bien les livres, elle aussi. Parfois, entre les coups de téléphone, elle s'assied à côté des garçons sur le canapé et s'émerveille sur des choses qu'elle ne connaît pas. Il y a plein de choses qu'elle ne connaît pas. Un jour, ils feuillettent un livre intitulé *On s'amuse avec les maths*, dans lequel une marmotte apprend à des bébés écureuils à faire des additions et des soustractions avec des noisettes. Sa mère s'en désintéresse au bout de deux pages, Jimmy au bout de cinq, mais le garçon est passionné par ce livre. Dans sa tête, les chiffres se mettent en place avec des petits cliquetis. Son corps frissonne comme s'il était traversé par un courant électrique. La marmotte disparaît. Il n'en a pas besoin pour comprendre ce qui se passe. Il demande à garder le livre, et ce soir-là, au lieu d'écouter *Lassie*, il fait des multiplications et des divisions. Les termes ne lui sont pas familiers, et pourtant, en seulement quelques minutes, il peut résoudre le problème dans sa tête, bien avant d'arriver à la page où la marmotte a écrit la réponse sur un tableau noir accroché à un arbre.

Le week-end, le garçon et sa mère dorment tard, et quand ils se réveillent, allongés côte à côte dans le lit, blottis sous une couverture avec des baleines bleues dessinées dessus, elle lui lit des histoires. S'ils ont eu le temps de passer à la bibliothèque, ce sont de nouveaux livres. Sinon, la plupart du temps, elle lui lit *Le Roi Arthur et les Chevaliers de la Table ronde*, un vieux livre tout corné écrit en petit et sans images qui n'est pas vraiment un livre pour enfants. Mais il aime son enchevêtrement d'histoires, la manière dont les noms familiers roulent sur la langue de sa mère, Guenièvre, Perceval, Gauvain, l'épée Excalibur, le Siège Périlleux, la Bête Glapissante, et surtout, son propre nom. Elle lui donne un baiser chaque fois qu'elle le prononce.

Plus tard dans la journée, ils vont à l'épicerie dans la vieille voiture de Mary Lou, qui fait des drôles de bruits quand elle roule sur une bosse et cale parfois aux feux de signalisation. Sur le chemin du retour, ils s'arrêtent à la boulangerie et la mère du garçon leur achète des beignets au sucre. Jimmy n'en fait qu'une bouchée, mais le petit garçon mange le sien tout doucement, par tout petits bouts, pour le faire durer jusqu'à ce qu'ils arrivent à la maison. A l'avant de la voiture, sa mère et Mary Lou discutent des bons à rien avec lesquels elles sont sorties, avec des éclats de rire si forts que le garçon sourit, lui aussi, alors qu'il ne comprend pas la moitié de ce qu'elles disent. Mais il sait ce que ça veut dire, sortir avec quelqu'un. C'est quand sa mère met une jolie jupe et un corsage sans manches (celui qu'il préfère, c'est le noir avec de la dentelle devant). Elle met du parfum, du rouge à lèvres, force ses pieds à rentrer dans des chaussures à talons hauts, dont elle se plaindra plus tard qu'elles lui font mal aux orteils. Mais ces derniers temps, elle ne porte plus de talons parce que son nouveau petit ami, Marvin, est plus petit qu'elle, et c'est un sujet sensible.

Après avoir ri un moment, les deux femmes se calment. Elles allument la radio et continuent à parler, mais en chuchotant. Les garçons n'entendent pas ce qu'elles disent, mais ils savent qu'elles se plaignent de vieillir, du fait qu'il est difficile de trouver un homme prêt à s'engager avec une femme encombrée de bagages. Le garçon voudrait demander de quels bagages elles parlent, mais il n'ose pas. Il a peur de déjà connaître la réponse.

Ça ne le dérange pas vraiment que sa mère le dépose chez Mary Lou quand elle a un rendez-vous. Mais quand Mary Lou a elle aussi un rendez-vous, alors Jimmy et lui vont chez Mme Grogan, et c'est beaucoup moins bien, parce que Mme Grogan n'a pas de télévision, juste une radio, surmontée d'un napperon en dentelle. Mme Grogan n'a pas non plus de dents. Les garçons ne comprennent pas grand-chose à ce qu'elle dit, et ça la met en colère. En plus, son appartement sent le pipi, mais quand il s'en plaint à sa mère, elle lui dit toujours : « Nous aussi, on sera vieux un jour, comme elle, si on a le malheur de vivre aussi longtemps ! »

(La mère du garçon n'aura pas ce malheur. Un jour, alors qu'il est en CM1, elle va s'effondrer au travail, victime d'une rupture d'anévrisme, et mourra avant que l'ambulance n'ait eu le temps d'atteindre l'hôpital. Plus tard, il cherchera le mot dans le dictionnaire, mais ça ne l'aidera pas à comprendre.)

Quand le garçon a cinq ans et demi, Mary Lou et Jimmy les abandonnent pour aller s'installer à Memphis, à l'autre bout du pays. Ils partent vivre avec la mère de Mary Lou, même si elle passe son temps à dire du mal de sa fille, parce que Mary Lou ne s'en sort pas toute seule et qu'elle est fatiguée d'essayer. Elle raconte ça à la mère du garçon en pleurant, et quand elle essuie ses larmes, elle étale son mascara sur son visage empreint de regrets. La mère du garçon ne dit rien, mais il voit quelque chose briller dans ses yeux. Il pense que c'est de la colère envers Mary Lou, qui ose les quitter. Mais il se dira plus tard que c'était peut-être de la peur, et ça l'effraie lui aussi. Puis Mary Lou et Jimmy s'en vont, et ses souvenirs deviennent de pire en pire.

Cet après-midi-là, le garçon a huit ans, il a les cheveux longs et emmêlés, ses vêtements ne sont pas très propres. Il joue tout seul derrière l'immeuble, dans le terrain vague qui se transforme en décharge quelques mètres plus loin. La décharge est en dehors des limites autorisées – sa mère trouve que c'est dangereux d'aller jouer là-bas – mais elle est au travail, elle ne saura rien. Marvin, qui vit avec eux désormais, sait que le garçon désobéit mais il ne dira rien. Car s'il le faisait, elle insisterait pour que le garçon reste à l'appartement après l'école, et Marvin n'aimerait pas ça. L'après-midi, quand la mère du garçon est au travail, les amis de Marvin viennent à l'appartement. Le garçon ne sait pas vraiment ce qu'ils y font, même si l'odeur de fumée douceâtre qui flotte après leur départ lui en donne une vague idée. Quoi qu'il en soit, il joue tout seul dans le terrain envahi de ronces parce qu'il n'y a pas d'autres enfants de son âge dans le quartier. Et s'il y en avait, ils ne voudraient sûrement pas jouer avec lui, comme les enfants de l'école qui se moquent de son prénom ou le bousculent pendant la récréation quand le professeur ne les regarde pas, ou qui l'ignorent simplement, la plupart du temps.

Le garçon imagine qu'il est Robinson Crusoé, seul sur son île, si ce n'est les cannibales qui le pourchassent. Caché derrière un frigo abandonné, il les épie avec ses jumelles, il les voit rire avec leurs grandes dents pointues de cannibales. Mais ils ne l'auront pas. Il connaît l'île comme sa poche, toutes les grottes et tous les sentiers de montagne où on doit passer un par un pour ne pas tomber dans le ravin. Il a son fusil semi-automatique avec lui, avec une centaine de balles, et il sait se déplacer sans faire de bruit. Il soulève son arme et fait un pas en avant, puis sursaute en criant parce que quelque chose de velu a frôlé son mollet. C'est un chaton.

Le chaton est tout petit, famélique, et il miaule fort. Sa gueule grande ouverte révèle des petites dents aussi pointues que celles des cannibales et une minuscule langue toute rose. Il s'éloigne quand le garçon s'approche, mais se laisse ensuite attraper. Ses griffes sont acérées, elles aussi, mais le garçon s'en moque. Il trouve que le chaton ressemble à un tigre en miniature ; il le serre contre lui et le caresse, tandis que le chat se débat pour tenter de s'échapper. Le garçon se souvient de quelque chose qu'il a lu dans un livre. Il pose le chaton, casse une branche de ronce et la secoue de haut en bas. Le chaton essaye de l'attraper, tout excité. Ils jouent comme ça pendant un moment, puis le chat se remet à miauler. Il doit avoir faim, le garçon en est presque sûr. Alors il le fourre dans sa chemise – il a peur de le perdre s'il le laisse là – et retourne à l'appartement. A l'intérieur, les amis de Marvin, qui lui font un peu peur, l'observent à travers un nuage de fumée. L'un d'eux l'interpelle, lui demande s'il veut une bière.

Le garçon s'empourpre. Les amis de Marvin éclatent de rire. Il est tenté de faire demi-tour. Puis il sent le chaton grimper à l'intérieur de sa chemise. Sa queue lui chatouille la poitrine. Il redresse les épaules et traverse la pièce jusqu'au frigo, sans prêter attention à leurs regards. C'est son frigo, se rappelle-t-il. Son appartement. Il verse du lait dans un bol. Il a les mains qui tremblent, il renverse un peu de lait sur le comptoir collant. Il emporte le bol dans le terrain vague.

Le chaton lape le lait et lèche les doigts du garçon. Sa langue est aussi râpeuse que du papier de verre contre la peau du garçon. Il en frissonne de plaisir. Ils jouent encore un peu avec la branche ; le garçon la tire vers lui, et le chaton bondit dessus avec une telle férocité qu'à un moment il décide de l'appeler Shere Khan, comme le tigre dans *Le Livre de la jungle*. Ils jouent à ce jeu pendant des heures, même après le coucher du soleil, et le garçon tremble de froid dans sa veste trop petite. Il finit par entendre le bruit qu'il attendait, le vrombissement des camions. Les amis de Marvin s'en vont, et quand il jette un œil du coin de l'immeuble, il constate avec satisfaction que Marvin part avec eux. C'est très simple, après ça, d'emmener dans l'appartement le vieux tiroir de cuisine qu'il a trouvé, de le cacher derrière le canapé où il dort désormais, à côté des cartons où sont rangés ses vêtements et ses livres. Il tapisse le fond du tiroir d'une vieille chemise, pose le chaton dessus et lui ordonne de se tenir tranquille le temps qu'il fasse ses devoirs. Le chaton s'empresse de sortir du tiroir, de sautiller jusqu'à sa chaise et de lui grimper sur les genoux. C'est ainsi qu'il fait ses devoirs ce soir-là, le chaton roulé en boule contre son ventre, et lui qui n'ose pas bouger de peur de déranger son sommeil.

Il n'a jamais aimé personne comme il aime ce chaton. Il n'aimera plus jamais personne de cette façon, sans rien attendre en retour.

Quand il entend le bruit de clé dans la serrure, il ferme les yeux très fort et prie pour que ce soit sa mère, et miracle des miracles, c'est elle. Il fourre le chaton dans sa chemise et va chercher une canette de soda pour sa mère. Quand elle tend la main pour lui ébouriffer les cheveux, il lui raconte tout à toute vitesse, parce qu'il sait qu'il n'a pas beaucoup de temps avant que Marvin rentre.

— Je peux le garder, s'il te plaît ? S'il te plaît ? Je m'en occuperai, ça ne te coûtera rien.

Il lui tend le chaton qu'il tient entre ses mains. Elle le gratte derrière les oreilles, du bout des doigts. Le chaton ferme les yeux, il ronronne et donne de petits coups de tête contre sa main quand elle arrête de le caresser. Elle éclate de rire et le cœur du garçon se gonfle d'espoir. Puis son visage se referme, elle secoue la tête.

— On n'a pas assez de place, dit-elle. Et puis, Marvin n'aime pas les animaux.

Toute la rancune que le garçon a accumulée jusque-là jaillit d'un seul coup.

— Pourquoi on doit faire ce qu'il dit ? C'est pas chez lui, ici. Et pourquoi est-ce qu'il vit avec nous ?

Elle est en colère. Il le voit à la façon dont ses narines se dilatent et aux petites marques rouges qui apparaissent sur ses joues. Mais brusquement ses épaules s'affaissent.

— Il paie une partie du loyer, répond-elle. Il te surveille l'après-midi, au cas où il y aurait un problème, on ne sait jamais.

Le garçon est sur le point de protester, mais elle continue :

— Comme ça, on n'a pas besoin de payer quelqu'un pour te garder. Et puis… Elle secoue la tête. Oh ! tu ne comprendrais pas.

Il voudrait lui dire que c'est elle qui ne comprend pas, que c'était bien mieux quand ils n'étaient que tous les deux, blottis sous la couverture avec les dessins de baleines. Sa voix râpeuse du matin, quand elle lui lisait des histoires le samedi, tout ça n'est plus qu'un souvenir. Maintenant, la nuit, mal installé sur le vieux canapé, il entend des bruits qui viennent de la chambre et l'empêchent de la regarder dans les yeux le lendemain matin.

La porte s'ouvre à la volée, cogne contre une chaise, et c'est fini, il ne peut plus rien dire. Marvin brandit son poing quand il voit le chaton, il crie qu'il est allergique aux chats et que le garçon a décidé de le tuer. Effrayé par le bruit, le chaton urine dans la main du garçon. Il s'en fiche, mais un peu d'urine goutte sur l'uniforme de sa mère, et voilà qu'elle crie elle aussi. Il est obligé d'emmener le chaton sous le porche, où il le pose dans le tiroir, lui dit de ne pas bouger, couvre le tiroir comme il peut avec un morceau de carton. Mais le bout de carton est trop petit et il a peur que le chaton (qui griffe déjà les parois, complètement paniqué) ne réussisse à s'échapper. Il se recroqueville à côté du tiroir, en essayant de ne pas pleurer, mais il est parcouru de frissons. Il déteste Marvin, il voudrait qu'il meure. Et, pour la première fois de sa vie, il déteste sa mère et voudrait qu'elle meure, elle aussi. Alors il pourrait aller vivre dans une autre famille, qui le laisserait garder le chaton. Il les déteste encore plus quand sa mère lui crie de rentrer avant d'attraper froid et que Marvin surgit pour le tirer par le col en lui disant d'obéir à sa mère. Sa haine enfle au fil des rêves que sa mère et Marvin ont brisés ce soir-là. Il ne l'oubliera jamais.

Le lendemain matin, il se précipite pour voir si le chaton est encore là, mais il est parti. A l'école, il est incapable de se concentrer, même en cours de mathématiques. Dès qu'il est descendu du bus, il court à la décharge, fouille dans les piles d'ordures, retrouve enfin le chaton tout tremblant sous un buisson. Tandis qu'il le serre fort contre sa poitrine palpitante, il sent la haine bouillonner en lui.

Il se souviendra de cette haine le jour où sa mère mourra. La culpabilité lui écrasera la poitrine comme un boulet de plomb, malgré tous ses efforts pour s'en défendre, pour se dire qu'il n'était pas coupable : il suffisait de regarder Marvin, toujours sur ses deux jambes, en pleine forme, en dépit de tous ses vœux.

Il sera envoyé en famille d'accueil. Un couple plus âgé que sa mère, sans enfants, des gens un peu stricts mais propres et organisés. Ils ne lui offriront pas d'animal de compagnie – ce qui n'est pas plus mal, sinon la boule de plomb lui aurait complètement enfoncé la poitrine. Ils feront en sorte qu'il arrive à l'école à l'heure, fasse bien ses devoirs, mange équilibré. Ils l'emmèneront dans des musées de peinture et des concerts de musique classique, et ne lui reprocheront jamais son manque d'intérêt pour toutes ces sorties. Ils sauront reconnaître ses dons et l'inscriront à des concours de mathématiques – d'abord au niveau régional, puis au niveau national –, et les récompenses remportées à ces concours changeront un peu l'image qu'il a de lui-même.

Il sait que sa mère n'aurait rien fait de tout ça. Alors pourquoi, allongé, le soir, dans une chambre bien à lui, tapissée d'un papier peint aux motifs de dragons volants qu'il a lui-même choisi – une chambre qu'il n'aurait même pas pu imaginer quand il vivait dans le vieil appartement –, pleure-t-il à chaudes larmes ?

Pendant quelque temps, après cette soirée traumatisante, les choses se passent relativement bien. Le garçon nettoie un congélateur abandonné dans la décharge et le tapisse de vieux vêtements. Il conserve dedans un bol d'eau et un bol de croquettes qu'il a achetées avec de l'argent volé dans le porte-monnaie de sa mère et le portefeuille de Marvin – un dollar à la fois, pour ne pas éveiller les soupçons. Chaque jour après l'école, il emmène Shere Khan de l'autre côté de la décharge et joue avec lui, guettant l'arrivée de sa mère et de Marvin, parce qu'il ne veut pas qu'ils soient au courant. Quand il est temps pour lui de rentrer, il remet Shere Khan dans le congélateur, à contrecœur, et lui souhaite une bonne nuit avant de coincer un bâton sous le couvercle, pour que le chaton puisse respirer mais qu'il ne s'échappe pas. Et puis comme ça, les ragondins et les chiens errants qui vagabondent dans le terrain vague à la nuit tombée ne peuvent pas l'atteindre. Le chaton apprend à reconnaître le garçon. Il se jette contre sa poitrine dès qu'il ouvre le couvercle du congélateur, et ronronne si fort que tout son corps vibre. Le garçon vole un peu plus d'argent – comment faire autrement puisque sa mère ne lui donne pas d'argent de poche ? – pour acheter une balle à Shere Khan, et il ne peut s'empêcher de sourire de toutes ses dents quand il regarde le chaton s'amuser avec.

Mais un jour, en rentrant de l'école, il découvre que le bâton censé maintenir le couvercle entrouvert est tombé par terre. Le congélateur est fermé, et quand il l'ouvre, c'est pour découvrir que le chaton est mort étouffé.

Il ne dit rien à sa mère. A compter de ce jour, il lui parle le moins possible. Au début, elle tente d'engager la conversation, puis elle finit par s'énerver. Elle n'a pas de temps à perdre avec ces bêtises, ce mutisme inexplicable, alors qu'elle se saigne aux quatre veines pour lui. Il trouve une pelle à tarte dans un tiroir de la cuisine, creuse un trou dans la décharge et enterre le cadavre raidi du chaton, alors qu'il peut à peine supporter de le toucher. Il ne peut rien avaler le reste de la journée, ni le lendemain, mais personne ne s'en aperçoit puisqu'il se fait à manger tout seul. La nuit, il reste allongé les yeux grands ouverts, à revivre des centaines de fois le moment où il a coincé le bâton sous le couvercle pour la dernière fois. Comment le bout de bois a-t-il bien pu tomber ? Est-ce qu'il était trop pressé et n'a pas fait suffisamment attention ? Est-ce que quelqu'un l'a suivi et a retiré le bâton ? Qui aurait pu faire une chose pareille ? Il n'a aucune réponse, et c'est sûrement pour ça que la question ne cesse de tourner dans sa tête. Parfois, quand les gens lui parlent, la question ressurgit brusquement, et il est incapable d'entendre ce qu'on lui dit. Ça lui cause des problèmes à l'école ; certains de ses professeurs se demandent s'il n'a pas un retard mental. Mais ils ont trop de travail. Puisque, contrairement aux autres, il n'est pas turbulent, ils le laissent livré à lui-même. A la maison, il se prend des claques sur la tête quand il a des absences pendant que Marvin lui parle. Un jour, sa mère voit Marvin le frapper, et cela déclenche une énorme dispute entre eux. Autrefois, ce genre d'événement aurait réjoui le garçon. Aujourd'hui, il s'en aperçoit à peine.

Les seuls moments où il parvient à oublier la douceur de la fourrure du chaton dans sa main, ou sa façon de donner des coups de tête pour réclamer des caresses, c'est quand il fait des mathématiques. Alors il n'arrête pas d'en faire. Il demande des feuilles d'exercices supplémentaires à son professeur pour les emporter à la maison ; des fractions, des décimales, des problèmes qui parlent de Tante Agathe qui va de Boston à Philadelphie en voiture à une vitesse bien précise, d'une baignoire dont la bonde est trop petite et qu'il faut remplir, et de combien de temps cela va prendre. Les mots se transforment en chiffres qui s'alignent comme des acrobates, des chiffres dignes de confiance, qui font toujours ce qu'ils sont censés faire. Le garçon commence à comprendre leur nature. Ils sont anciens et immortels, ils ne sont pas fragiles, ils ne se casseront jamais. Tant qu'il leur donne toute son attention, ils ne l'abandonneront pas. Ils lui chantent leurs réponses, et une lumière apaisante rayonne à l'intérieur de son crâne pendant qu'il les écrit.

Il émanait de l'histoire de M. Pritchett une sorte de nudité, de fragilité, une impression de blessure pas encore cicatrisée. C'est peut-être pour ça que personne ne dit rien, pensa Uma. Ou bien gardaient-ils leur énergie et leur oxygène pour leur histoire à raconter ?

Le bruit d'eau s'était amplifié, il était moins régulier, c'était souvent un ploc-ploc suivi d'un silence, puis parfois d'un gargouillis. Uma essayait d'imaginer ce qui était en train de se passer. Cameron leur conseilla de rouler le bas de leur pantalon ou de remonter leur jupe et d'enlever leurs chaussures et leurs chaussettes avant de descendre de leurs chaises.

— Une fois que vous avez enlevé vos chaussettes, remettez vos chaussures pour ne pas vous couper les pieds sur le verre brisé. Gardez vos chaussettes dans vos poches, avec ça – il leur tendit des morceaux de tissu bleu, les derniers vestiges du sari de Malathi. Nous devons aller derrière le guichet et nous asseoir sur les tables là-bas. Le plafond s'affaisse de plus en plus de ce côté-ci.

Ils levèrent les yeux vers le trou béant au-dessus de leurs têtes. Dans le noir, Uma n'arrivait pas à voir si les choses avaient vraiment empiré.

— Utilisez le morceau de tissu pour vous essuyer les pieds avant de remettre vos chaussettes, leur conseilla Cameron. Restez aussi secs que possible pour éviter d'attraper froid.

Tout le monde suivit ses instructions. Ils devaient lui être reconnaissants de leur donner tous ces petits gestes concrets à accomplir, des gestes qu'ils pouvaient tous réaliser avec succès. Quand Uma enleva ses chaussettes de sa seule main valide, d'un geste maladroit, elle faillit en faire tomber une. En se penchant pour la rattraper, elle heurta la chaise avec son poignet cassé. La douleur la traversa de part en part et elle poussa un juron. Une fois debout, elle s'aperçut que l'eau lui arrivait aux chevilles, et l'inexorabilité de cette montée des eaux, plus que la douleur et le froid, lui donna envie de pleurer. Le groupe se déplaça vers le nouveau lieu de repli et poussa les tables pour former un triangle, avec quelques espaces entre les tables pour pouvoir passer. Lily aida Jiang, qui maintenait son bras enflé, à monter sur une table, puis elle fit signe à Tariq de les rejoindre. Uma grimpa sur la deuxième table. Cameron lui essuya les pieds et l'aida à remettre ses chaussures. Uma avait cru que Mme Pritchett se joindrait à eux, mais la dame s'installa sur la troisième table, où était déjà son mari. L'étudiante se demanda si c'était l'histoire que M. Pritchett venait de raconter qui la poussait à faire ça. Mme Pritchett se mit sur le bord, pour laisser la place du milieu à Mangalam.

Uma se rapprocha de Cameron pour faire de la place à Malathi qui grimpait sur leur table. Ils étaient un peu serrés, à trois sur la même table, mais ça leur permettrait de se tenir chaud. Cameron demanda si quelqu'un souffrait de diabète. Personne ne dit rien. Mangalam tenait un sac en plastique rempli de sachets de sucre. Quand Cameron hocha la tête, Mangalam fit passer le sac. Uma prit trois petits sachets. Affamée, elle déchira le coin de l'un d'eux avec ses dents et versa un peu de sucre sur sa langue. Elle avait hâte de sentir le goût, mais il était trop doux et lui donna la nausée. L'injustice de la situation lui donna envie de pleurer.

Tout lui donnait envie de pleurer. Malgré ses problèmes, la mère de M. Pritchett aurait dû mieux s'occuper de son fils. Et pourquoi le garçon l'aimait-il tant, en dépit de tout ce qu'elle lui avait fait subir ? Uma pensa à sa propre mère, qui avait veillé sur elle avec un amour sans bornes, un amour qu'elle avait toléré de mauvaise grâce pendant son enfance, puis complètement rejeté à l'adolescence. On dédaigne ce qui nous tombe tout cuit et on désire l'impossible.

Cameron disparut dans le cellier et en revint les bras chargés de nappes en papier. Il les répartit entre les trois groupes, pour qu'elles leur servent de couvertures communes. Ça ne tenait pas très chaud, même en mettant plusieurs nappes les unes sur les autres. Mais il y avait un côté réconfortant, se dit Uma, quelque chose d'innocent et d'enfantin à les partager ainsi.

Au milieu de l'histoire de M. Pritchett, Mme Pritchett avait été distraite par un souvenir. Des années auparavant, quand elle avait réalisé qu'ils n'auraient jamais d'enfant, elle avait demandé à son mari s'ils pouvaient prendre un chien. Il avait traîné les pieds, sous prétexte qu'un chien risquait d'abîmer leur nouvelle moquette. Il n'aurait pas le temps de l'aider à s'en occuper. Et qu'en feraient-ils s'ils partaient en voyage ? Mais elle l'avait supplié et supplié encore, parce qu'elle se sentait seule. Il avait finalement cédé et l'avait accompagnée dans un refuge pour animaux.

Quelques minutes après leur arrivée au refuge, avant même que Mme Pritchett n'ait sorti un seul chien de sa cage, M. Pritchett s'était plaint d'avoir du mal à respirer. Il s'était précipité hors du bâtiment, et quand elle l'avait rejoint, inquiète, elle l'avait trouvé assis dans leur Mercedes, le front appuyé sur le volant. Elle lui avait pris les mains, elles étaient toutes moites.

Elle avait cru à une grave allergie. Pour aller voir les chiens, ils étaient passés par une pièce pleine de chats en cage. C'était peut-être ça qui avait déclenché l'allergie. *Trop commode !* s'était-elle dit alors, un peu en colère. Puis, honteuse d'avoir eu une pensée aussi égoïste, elle avait ouvert les vitres en grand et était allée lui chercher un verre d'eau. Elle avait mis cette déception de côté, avec les autres, et s'était occupée de son jardin, des cours de golf qu'il voulait qu'elle prenne pour qu'ils puissent s'inscrire au club local, et des dîners qu'il aimait qu'elle organise. Elle se sentait aujourd'hui emplie de tristesse et de colère : de tristesse pour le petit garçon qu'il avait été, et de colère parce qu'il ne lui avait jamais fait assez confiance pour lui raconter la vérité.

Plongés dans leurs pensées, perdus dans le gargouillis hypnotique de l'eau, ils furent tous surpris quand Lily annonça :

— Je suis contente que vous ayez eu les maths, monsieur Pritchett. Cela a fait de vous quelqu'un de spécial quand tout le monde croyait que vous ne valiez rien.

Elle regarda Cameron.

— Je peux raconter mon histoire ?

— Attends encore un peu, répondit-il.

Il observa les visages qui l'entouraient, il attendait des réactions.

Uma voulut dire quelque chose à propos de la traîtrise de la mémoire, comment un événement douloureux peut supplanter toutes les belles choses qui sont arrivées avant. Mais une dangereuse léthargie, conséquence du froid et de la faim, s'était emparée d'elle et l'empêchait de parler. Il était impératif que quelqu'un raconte une histoire avant que cette torpeur les submerge.

Elle entendit avec soulagement la voix de Malathi :

— Je vais raconter mon histoire. Mais mon anglais n'est pas très bon, et je veux que vous compreniez tous. Alors M. Mangalam devra traduire du tamoul.

Mangalam leva brusquement la tête, les sourcils froncés. Il avait l'air prêt à refuser, mais Malathi commença comme s'il avait déjà donné son accord.

— Vous n'avez pas intérêt à changer un seul mot, lui dit-elle. J'en sais assez pour m'en apercevoir.

9

Quand j'ai redoublé ma seconde pour la deuxième fois, mes parents se sont dit que ça ne servait à rien de dépenser de l'argent pour mes études et qu'il valait mieux me marier. Je n'étais pas contre, et de toute façon, je n'avais pas vraiment le choix. Comme ils avaient déjà l'expérience des mariages grâce à leurs deux filles aînées, mes parents savaient que l'entremetteuse aurait besoin d'une photo. S'ils pouvaient lui en fournir une sur laquelle j'étais plus jolie qu'en vrai, mes chances de trouver un mari – et les leurs de négocier une plus petite dot – en seraient grandement améliorées. En dépit de leur nature suspicieuse et économe, ils savaient l'importance d'un investissement bien choisi. C'est comme ça que je me suis retrouvée dans le *Salon Belles Dames* de miss Lola, le premier salon de beauté de Coimbatore.

Ma mère n'était allée que deux fois dans ce salon, mais miss Lola l'a reconnue au premier coup d'œil.

— Le « spécial photo de mariée » ? lui a-t-elle demandé.

Ma mère a hoché la tête, et miss Lola m'a toisée de haut en bas. Elle a annoncé qu'il y aurait plus de travail avec moi qu'avec mes deux sœurs. Ma mère a poussé un soupir, mais elle était du même avis, et elles ont marchandé le prix de mon embellissement. Quand elles sont enfin tombées d'accord sur un montant, miss Lola a lancé une volée d'instructions aux filles en uniforme rose qui travaillaient pour elle, pour finir par le « spécial mariée, forfait argent avec huile dans les cheveux ».

Deux filles m'ont prise par les épaules pour me conduire dans un sanctuaire où une multitude de femmes élégantes subissaient divers processus complexes et douloureux visant à améliorer l'œuvre de mère nature. On m'a installée dans un fauteuil inclinable, on m'a enveloppée d'un drap de coton blanc. Et c'est là, dans cette pièce climatisée et chargée d'humidité, décorée jusque dans les moindres détails en rose bonbon (la couleur préférée de Lola) et où flottait un parfum exotique et surprenant que mon nez naïf était incapable d'identifier, que j'ai vu, comme illuminé par la lumière divine, le chemin de mon avenir.

Jusqu'à ce jour, j'avais considéré le mariage comme une destinée inévitable. Le seul autre choix possible dans notre ville, pour la fille d'une famille de brahmanes de classe moyenne handicapée par l'obligation de demeurer respectable, c'était d'enseigner à l'école secondaire pour filles Sree Padmavati. Mais les enseignantes étaient mal payées et ressemblaient toutes à des cannes à sucre complètement mâchouillées. Je n'avais aucune envie de finir comme elles.

Je dois l'avouer, parfois, depuis notre véranda, j'espionnais d'autres types de femmes : les réceptionnistes et les dactylos qui travaillaient pour Indian Oil et attendaient en face de notre maison que la navette de l'entreprise vienne les chercher. Déchirée entre la désapprobation et l'envie, je détaillais leurs robes qui dévoilaient leurs genoux, leurs chaussures à talons, leurs cheveux permanentés. Elles portaient du rouge à lèvres, même dans la journée, éclataient de rire à intervalles réguliers, chuchotaient entre elles quand des hommes passaient dans des voitures de luxe et ignoraient les remarques lascives que leur faisaient les mâles aux plus petits moyens. Mais c'étaient des chrétiennes du Kerala – elles appartenaient à une espèce scandaleuse, qu'il m'était défendu d'approcher.

En revanche, les filles de chez Lola, avec leurs sourcils parfaitement épilés, leur peau scintillante, leurs visages encadrés de coiffures parfaites qui se penchaient sur moi comme des lunes rayonnantes, étaient tout à fait différentes. Pendant qu'elles m'épilaient, m'exfoliaient, me massaient avec de l'huile, extirpaient mes points noirs, me frottaient les joues avec de la crème blanchissante, gloussaient gentiment quand je poussais un cri et m'assuraient que le résultat en vaudrait la chandelle, je ressentais une curieuse osmose entre elles et moi. Elles m'ont cachée sous suffisamment de fond de teint, de poudre, de khôl, de rouge à lèvres, de blush et d'huile pour cheveux à la noix de coco Vatika Pure pour que je puisse passer pour une des *Belles Dames* de Lola. Elles ont posé un *bindi* brillant sur mon front et accroché des faux diamants à mes oreilles. Elles ont épinglé sur mon corsage un sari à paillettes prévu pour ce genre d'occasion, qui ne couvrait que la partie supérieure de mon corps (c'est tout ce que la photo allait montrer) et qui avait le pouvoir de me donner des courbes là où je n'en avais jamais eu. L'une d'elles est allée chercher le neveu de Lola, qui tenait le studio de photographie d'à côté, pendant que les autres me montraient des expressions du visage censées séduire les belles-mères, ce qui m'a fait éclater de rire, chose que je n'avais jamais osé faire en présence d'étrangers. Mais elles n'étaient déjà plus des étrangères. Elles m'avaient charmée avec leurs plaisanteries osées, leurs noms de code pour désigner les rituels de beauté, leur rire courageux face aux corvées qui les attendaient sans doute dès qu'elles sortaient du périmètre enchanté du salon de Lola.

Le lendemain matin, quand ma mère m'a armée d'une ombrelle pour protéger ma peau nouvellement illuminée et m'a envoyée au bazar acheter de la courge amère, j'ai détourné l'argent pour louer les services d'un pousse-pousse. Une demi-heure plus tard, j'étais chez Lola et je la suppliais de me laisser travailler pour elle. Lola a dû voir quelque chose en moi, peut-être l'exaltation qui brillait dans mes yeux, qui lui a rappelé sa jeunesse. La boutique était pleine de clientes, mais elle a pris le temps d'écouter mes supplications. Puis elle m'a demandé :

— Qu'est-ce qui se passe ? Tu ne veux pas devenir une jeune mariée ?

Ce à quoi j'ai répondu :

— Je préférerais devenir faiseuse de mariées.

Lola, qui avait divorcé deux fois et en savait long sur le sujet, m'a dit :

— Bien pensé.

Et c'est ainsi que – même si Lola n'avait nul besoin d'une employée supplémentaire – je suis devenue l'une des filles du *Salon Belles Dames*.

A la maison, comme vous pouvez vous en douter, l'annonce de mon embauche a eu l'effet d'une bombe. Mes parents ont fait irruption chez Lola et lui ont ordonné de me renvoyer. Mais d'un ton tout à fait détendu, elle les a informés que l'épouse du préfet de police (une cliente fidèle depuis des années) devait venir aujourd'hui pour un soin du visage. Un seul mot de sa part, et mon père pouvait se retrouver en prison pour agression. Ils se sont effondrés. Lola a eu pitié d'eux et leur a fait remarquer que je serais bien payée. Si jamais je changeais d'avis et décidais de me soumettre au joug de la vie maritale, j'aurais droit à un soin « spécial mariée forfait diamant » gratuit. Un

« spécial mariée forfait diamant » n'était pas rien. La mort dans l'âme, mes parents ont donné leur permission, en espérant que je me fatiguerais bientôt de pomponner ces dames de la haute société.

Libérée de l'interférence parentale, j'ai passé les six mois suivants à m'imprégner de tout ce que je pouvais apprendre : épilation des sourcils, épilation à la cire chaude, masques à l'argile, permanentes. Cette dernière procédure, fort compliquée, je l'ai apprise de Lola elle-même. Seules ses meilleures filles étaient autorisées à les faire. Je sentais mon cœur se gonfler de fierté au fur et à mesure que je mémorisais les différents types de rouleaux, de pinces et de bandes de papier, les différents temps de pose qui fourniraient aux clientes de Lola le degré d'ondulation qu'elles désiraient, et les proportions secrètes de produits chimiques qui, mal utilisés, pouvaient donner des résultats désastreux.

Parmi la crème des dames de Coimbatore qui fréquentaient le salon de Lola, Mme Vani Balan était la plus riche et la plus puissante. Epouse d'un industriel qui avait fait fortune dans le ciment, elle venait chez Lola deux fois par semaine et s'offrait les soins les plus onéreux. Malgré les gros pourboires qu'elle laissait, les filles l'évitaient comme la peste. Elles n'aimaient pas sa façon de leur jeter les liasses de roupies d'un air méprisant. De plus,

Mme Balan était tatillonne et colérique, et il lui arrivait de lancer ce qui lui tombait sous la main, si les soins n'avaient pas l'effet attendu. Seule Lola pouvait composer avec un tel tempérament, même s'il lui fallait au moins un grand verre de rhum coca pour se remettre après le départ de Mme Balan.

Pour une raison inconnue, Mme Balan se prit d'affection pour moi et exigea que je m'occupe d'elle à chacune de ses visites. J'étais toujours un peu nerveuse en sa présence, mais j'étais aussi très flattée, surtout le jour où j'assistais Lola pendant qu'elle lui faisait sa permanente et où Mme Balan dit que j'étais très douce.

Je n'étais pas la seule favorite de Mme Balan. Sa domestique, une prénommée Nirmala, l'accompagnait souvent au salon et l'attendait, assise dans la salle d'attente, en feuilletant les magazines américains que l'autre neveu de Lola, employé dans les bureaux du gouvernement à Hyderabad, se procurait par des moyens peu orthodoxes. Nirmala, jolie fille aux traits doux et aux mains élégantes, tournait chaque page avec soin, alors qu'elle ne savait pas lire. Elle apportait toujours un verre de jus de fruits frais à Mme Balan, lorsque celle-ci sortait du sanctuaire de beauté, et elle portait ensuite jusqu'à la voiture les sacs pleins de produits de beauté étrangers que sa maîtresse achetait au salon. Un jour, à l'occasion d'une réception de mariage à laquelle elle avait été invitée, Mme Balan se faisait faire un soin complet du corps, qui durait plusieurs heures. J'ai demandé à Nirmala si elle souhaitait manger un morceau en attendant. Elle a timidement secoué la tête, mais j'ai bien vu qu'elle avait faim. Quand je lui ai apporté une orange, elle s'est montrée très surprise. « Pour moi ? » m'a-t-elle demandé, comme si elle n'arrivait pas à croire que quelqu'un puisse s'inquiéter de son bien-être.

Elle m'a remerciée plusieurs fois, en m'appelant grande sœur, et j'en ai été très touchée. Je pouvais comprendre pourquoi Mme Balan, entourée en permanence de gens persuadés que le monde leur devait tout et plus encore, la trouvait rafraîchissante.

Mme Balan était constamment pendue à son portable. Elle avait atteint la perfection dans l'art de parler sans bouger d'un millimètre les muscles du visage et pouvait ainsi continuer à détruire des réputations, même cachée sous des couches d'onguents aux algues ou de masques aux alphahydroxides qui auraient empêché la plupart des femmes de remuer les lèvres. Grâce à elle, j'en ai beaucoup appris sur les squelettes dissimulés dans les placards des demeures les plus cossues de la ville. Si j'avais voulu, j'aurais pu faire chanter des maris drogués, des femmes infidèles et des adolescents aux pratiques sexuelles discutables. Mais chez Lola, nous avions un code d'honneur à respecter. Et nous savions que nous mêler des affaires des riches et des puissants ne nous amènerait rien de bon.

Mme Balan n'était pas la seule commère du salon. Les jours où elle ne venait pas, j'apprenais des conversations des autres femmes – qui l'adulaient et la détestaient tout à la fois – que son époux (qu'elle ignorait superbement) appréciait beaucoup la compagnie des jeunes secrétaires de son entreprise, et que son fils Ravi (qu'elle aimait profondément) étudiait à l'étranger. Elle avait sombré dans une grave dépression quand son Ravi était parti étudier en Amérique – pour s'éloigner d'elle, disaient nos clientes les moins charitables. Elle n'était venue à bout de sa tristesse que grâce à une série de voyages d'emplettes à Chennai et Bangalore. Aujourd'hui, Ravi revenait à Coimbatore avec un diplôme en psychologie et la tête pleine de culture occidentale.

— Et dites-moi, à quoi ça peut bien servir, un diplôme en psychologie ? Diplôme qu'il a obtenu dans l'Idaho en plus, cet endroit dont personne n'a jamais entendu parler ! lança Mme Veerappan.

C'était une question rhétorique, mais son amie Mme Nayar se fit malgré tout un plaisir de répondre :

— Ça ne sert à rien. A rien du tout. Enfin, contrairement à nos fils, il n'a pas besoin de gagner sa vie, lui.

— J'ai entendu dire qu'il voulait ouvrir une école pour les filles pauvres, intervint Mme Subramanian.

— Il va jeter de l'argent par les fenêtres, voilà ce qu'il va faire, asséna Mme Veerappan. Cette famille n'en manque pas. Après tout, c'est aussi bien qu'ils en donnent un peu aux filles pauvres… Le père a déjà ruiné la vie de bon nombre d'entre elles.

Mme Balan nous donna d'autres détails :

— Que voulez-vous que j'y fasse, mon Ravi a toujours été un garçon sensible, il tient ça de mon côté. Il veut améliorer la vie des pauvres gens, comme le Mahatma Gandhi. J'ai dit à M. Balan que nous pourrions l'aider, en achetant pour lui le vieux bâtiment du Sai Center, puisqu'il nous l'a demandé. M. Balan ne voulait pas. Finalement, je lui ai dit : « Garde ton argent pour tes secrétaires ! – Quoi, vous pensiez que je n'étais pas au courant ? – Je vais vendre mes diamants et acheter l'école moi-même, et crois-moi que les gens vont en entendre parler ! » Il a signé les papiers dans la seconde, sans cesser de ronchonner, comme si Ravi n'était pas la chair de sa chair, mais un enfant des rues.

Un beau matin, à la date choisie pour ses bons augures, on brisa les noix de coco ; on psalmodia les prières ; on brûla le camphre ; les dignitaires politiques coupèrent les rubans ; les professeurs tout juste embauchés applaudirent ; les invités consommèrent des quantités astronomiques d'*idli-sambar*[1], de *bonda*[2] et de café ; et l'école Vani Vidyalayam fut officiellement ouverte.

— C'est incroyable, vous ne trouvez pas ? Ravi a donné mon nom à son école, se gaussa Mme Balan le jour où elle vint se faire coiffer pour le dîner qu'elle organisait à l'occasion de l'ouverture de l'école.

Elle avait les larmes aux yeux. Nous ne l'avions jamais vue dans un tel état. Elle s'est mouchée, sans se soucier d'avoir le nez tout rouge.

— Il veut que je sois bénévole dans l'école. Peut-être que je le ferai.

Nous avons toutes été frappées par son attitude, qui semblait indiquer que nous l'avions jugée un peu vite. Mme Balan n'était peut-être pas aussi froide et superficielle que nous le pensions. L'amour maternel allait peut-être la transformer.

Au début, les choses se passèrent sans encombre. Séduits par la promesse d'une éducation gratuite, tout comme les repas et les deux uniformes, de nombreux parents envoyèrent leurs filles à l'école Vidyalayam. Mme Balan s'y rendait une fois par semaine, à l'heure du déjeuner, parcourant la cantine d'un bout à l'autre, vêtue d'un sari tissé à la main qui aurait pu être l'œuvre de Gandhi lui-même, et tapotant gentiment la tête des élèves les

---

1. Gâteaux de riz accompagnés d'une sauce aux lentilles et aux épices.

2. Boulettes frites de pommes de terre et de farine de pois chiches.

plus propres. Puis elle allait dans les bureaux et terrifiait les secrétaires. Qui sait à quoi tout ça aurait abouti ? Mais au moment précis où nous étions forcées d'admettre que Mme Balan nous avait surprises par son changement, Ravi décida d'étendre sa philanthropie au-delà des limites de l'école, et les choses prirent une autre tournure. Ravi insista pour que les domestiques de la famille Balan suivent des cours du soir pour apprendre à lire et à écrire l'anglais. Il serait lui-même leur professeur, ils n'auraient qu'à s'installer sur la terrasse. Mme Balan ne voyait pas ça d'un très bon œil, mais elle ne pouvait rien refuser à son fils.

Les domestiques, d'abord intrigués par cette nouveauté qui leur permettait de prendre une heure de pause, se lassèrent rapidement. Les plus âgés ne voyaient pas comment leur vie, où ils étaient maintenant confortablement installés, pourrait changer en récitant les phrases d'un livre pour enfants. Quant aux plus jeunes, ils s'ennuyaient ferme, car en dépit de ses bonnes intentions, Ravi était un piètre professeur. Les domestiques arrivaient en retard au cours, partaient en avance sous prétexte du travail qui les attendait, et pour finir ne vinrent plus du tout. Mais Ravi ne s'en souciait plus car entre-temps il avait découvert la perle rare, Nirmala.

Qui peut savoir ce que Nirmala avait en tête quand elle avait commencé à suivre les cours ? Peut-être espérait-elle recevoir l'éducation dont sa naissance dans une famille pauvre l'avait privée. Peut-on lui en vouloir si, en chemin, elle tomba amoureuse de la façon dont Ravi la regardait dans les yeux pendant qu'il lui faisait mémoriser les étranges sons de l'anglais, les formes confuses de ses lettres ? De tous les hommes qu'elle connaissait, il était celui qui ressemblait le plus à un prince. Aidée par les films romantiques qu'elle avait vus, elle aurait facilement pu s'identifier au rôle de la pauvre domestique qu'il arrachait à son sort. Mais tout ça n'est que suppositions. Tout ce que nous savons, c'est ce dont une des domestiques de Mme Balan a été témoin.

Un soir, Mme Balan, rentrée plus tôt du club de bridge, monta sur la terrasse pour vérifier les progrès des domestiques. A sa grande surprise, elle découvrit Ravi et Nirmala assis côte à côte, leurs têtes se frôlant, la main de Ravi posée sur celle de Nirmala pour la guider dans l'écriture des lettres sur son cahier. Elle vit le visage rayonnant de la jeune fille qui finissait son exercice et levait les yeux pour recevoir les compliments de son professeur, et elle vit Ravi passer son bras autour de la jeune fille pour la serrer contre lui.

Si Mme Balan avait su contrôler ses nerfs, envoyé Nirmala en bas et discuté calmement avec Ravi, la situation aurait pu se résoudre simplement. Mais voir les lèvres de son fils adoré à quelques centimètres seulement de celles de sa domestique lui fit perdre tous ses moyens. Elle se précipita sur eux et donna une énorme gifle à Nirmala, en traitant la pauvre fille de sale garce manipulatrice. Elle aurait continué à la frapper si Ravi n'avait pas attrapé le poignet de sa mère et ne lui avait pas intimé de reprendre ses esprits.

C'est à ce moment-là que Mme Balan perdit complètement la tête. Elle injuria Nirmala, la traita de tous les noms, menaça de raconter à tout son village comment elle avait remercié Mme Balan de sa bienveillance en la trahissant. Puis elle se tourna vers Ravi. Avait-il donc perdu tout bon sens en Amérique ? Avait-il oublié que les domestiques doivent rester à leur place ? Ne voyait-il donc pas qu'une fille de basse caste comme Nirmala avait sûrement tout manigancé depuis le début ?

Ravi proféra des menaces lui aussi, d'une voix très calme. Si sa mère renvoyait Nirmala, il repartirait vivre en Amérique, et elle ne le reverrait jamais.

Face à cet ultimatum, Mme Balan n'eut pas d'autre choix que d'autoriser Nirmala à rester. La défaite la cloua au lit pendant plusieurs jours. Et quand elle s'en releva, elle n'était plus la même. Plus âgée, plus frêle, elle se mit à éviter son fils. Mais lorsqu'il s'excusa de la dureté de ses paroles (sans pour autant les retirer), elle éclata en sanglots et le prit dans ses bras. En quelques jours, tout sembla être rentré dans l'ordre dans la famille Balan. Nirmala continuait à effectuer ses corvées et accompagnait Mme Balan lors de ses sorties.

— Elle a bien sûr mis fin aux cours du soir, raconta Mme Veerappan à Mme Nayar pendant qu'elles se faisaient toutes les deux faire un soin capillaire à l'huile d'hibiscus. Mais dans une grande maison comme la leur, ce n'est pas très difficile pour un jeune homme et une jeune femme de se retrouver en secret.

— Non, en effet, ce n'est pas difficile, répondit Mme Nayar. Vous croyez que… ?

Mme Veerappan répéta ce que sa femme de ménage avait entendu de la bouche de la cuisinière des Balan. Un soir, pendant que sa femme était au club de bridge, M. Balan qui, contrairement à ce que croyait son épouse, voyait tout ce qui se passait, proposa à Ravi de se joindre à lui pour un verre de whisky-soda. Il lui demanda s'il souhaitait installer Nirmala dans un petit appartement où il pourrait lui rendre visite sans déranger la quiétude du foyer. Scandalisé, Ravi déclara qu'il n'avait aucune intention de profiter de la jeune fille. Il loua son intelligence, sa foi en la beauté du monde, son désir de progresser. Il finit par dire que, selon lui, les frontières rigides entre les classes étaient la plaie de la société indienne et devaient être abolies.

— Vous croyez qu'il compte… ? demanda Mme Nayar, atterrée.

Mme Veerappan présenta les paumes de ses mains fraîchement manucurées pour exprimer son impuissance face à l'inconsciente perfidie des enfants.

— Naïf, idéaliste, têtu et riche… Quand un jeune homme réunit toutes ces qualités, on peut s'attendre à tout.

La nouvelle du tête-à-tête entre père et fils était sûrement arrivée aux oreilles de Mme Balan, mais elle ne semblait pas très inquiète. Quelques semaines plus tard, elle fit irruption chez Lola, Nirmala sur les talons, et se montra aussi arrogante qu'à l'habitude. Je la guettais derrière un rideau de perles ; elle annonça à la cantonade qu'elle allait à Chennai assister aux cinquante ans de son cousin, M. Gopalan, riche propriétaire d'une franchise d'hôtels cinq étoiles. Les festivités dureraient toute une semaine. Gopalan, célibataire et play-boy patenté, adorait les fêtes et ne se refusait aucune dépense. Mme Balan partait le soir même, mais M. Balan et Ravi ne la rejoindraient que pour le week-end. Elle voulait un soin du visage et une manucure, et peut-être un nettoyage à la vapeur. Elle insista pour que Lola s'occupe d'elle personnellement pour cette occasion si spéciale.

— Vous emmenez votre domestique avec vous ? demanda obligeamment Mme Veerappan.

Mme Balan répondit tout aussi obligeamment que oui, elle l'emmenait avec elle, car elle ne pouvait pas se passer de Nirmala, même une seule journée. Qui repasserait ses vêtements, garderait ses bijoux, porterait le fruit de ses emplettes dans les meilleures boutiques de Chennai, la démaquillerait et lui masserait les pieds avant de dormir ?

— Je ne doute pas que vous soyez habituée à faire tout cela par vous-même, ma chère madame Veerappan, conclut-elle, mais j'ai peur que M. Balan ne m'ait un peu trop gâtée.

Puis elle annonça qu'elle voulait que Nirmala bénéficie elle aussi d'un soin du visage.

Un hoquet de surprise collectif secoua la pièce. C'était un véritable blasphème.

— Faites-lui le complet, avec les herbes ayurvédiques, lança Mme Balan, et Mme Veerappan, qui avait ce même soin étalé sur le visage, faillit en avoir une attaque.

C'est à moi que Lola demanda d'emmener Nirmala dans une cabine privée, pour ne pas risquer d'offenser la sensibilité de nos clientes habituelles. Certaines des filles de Lola auraient refusé de s'occuper d'une domestique, mais pas moi. Depuis le jour où elle m'avait appelée grande sœur, je me sentais étrangement protectrice envers elle. Je fis de mon mieux pour la rendre aussi belle que possible, en lui souhaitant silencieusement bonne chance. Si tout se passait au mieux, elle en aurait bien besoin avec une belle-mère telle que Mme Balan. Si les choses se passaient mal, elle en aurait encore plus besoin.

Une fois passé l'émerveillement de pouvoir s'asseoir dans un fauteuil réservé aux dames riches, Nirmala me parla avec excitation de son voyage à Chennai. Elle n'était encore jamais allée nulle part en dehors de son village et de Coimbatore. Elle avait hâte de découvrir les galeries marchandes climatisées avec leurs escalators. Et la maison de Gopalan Saar qui, d'après ce qu'on lui avait dit, était deux fois plus grande que celle des Balan.

Pendant que j'épilais ses sourcils et massais sa peau ferme, dépourvue de la moindre imperfection, si différente des visages sur lesquels je travaillais habituellement, elle me confia autre chose. Mme Balan lui avait donné plusieurs de ses vieux saris en soie qu'elle pourrait porter pendant leur séjour à Chennai. La surprise dut me faire froncer les sourcils, car elle s'empressa d'ajouter qu'ils étaient en très bon état, et n'avait-elle pas de la chance d'avoir une maîtresse aussi généreuse ?

— Elle m'a même donné une parure en faux rubis qu'elle s'est achetée l'année dernière et m'a dit que je pourrais la porter le premier soir, pour la fête que Gopalan Saar organise chez lui avec ses amis proches. Madame veut que je sois près d'elle, au cas où elle aurait besoin de moi.

Je fus soulagée de constater que les relations entre Nirmala et Mme Balan étaient redevenues normales. Mme Balan n'était pas du genre à oublier sa rancune aussi rapidement, mais peut-être que, face à un adversaire de la stature de son fils, elle s'était finalement inclinée, en se disant qu'il valait mieux rester en bons termes avec celle qui deviendrait sûrement sa belle-fille.

Nirmala a examiné son visage rayonnant dans le miroir. Elle m'a demandé si sa peau serait toujours aussi belle d'ici ce week-end – ce qui, je me souviens, correspondait au moment où Ravi devait les rejoindre. Je lui ai dit la vérité : non. Les premiers jours, parce que la peau était encore tendue par les massages, étaient les meilleurs. Elle s'est mordu la lèvre inférieure, perdue dans ses pensées. Je suppose qu'elle essayait de réfléchir à un moyen de voir Ravi avant de partir pour Chennai. Puis elle a souri. C'est l'image que je garderai d'elle : rayonnante dans le miroir, la lumière du plafonnier formant un halo asymétrique autour de sa tête.

Aucune de nous n'a jamais revu Nirmala, mais des lambeaux de son histoire ont voyagé jusqu'à nous, portés par les vents des rumeurs. En rassemblant tous les éléments, je me suis sentie stupide. Pire encore, je me suis sentie coupable. Elle m'avait fait confiance, m'avait appelée grande sœur. J'aurais dû voir ce qui se tramait, j'aurais dû la mettre en garde. Je n'avais jamais été portée sur la religion, mais je me suis rendue plusieurs fois au temple de Parvati pour demander pardon. Je savais pourtant que ça ne suffirait pas.

Voici ce que j'ai réussi à apprendre : le premier soir, en habillant Nirmala au-dessus de son rang et en la gardant auprès d'elle pendant toute la réception, Mme Balan avait attiré l'attention de Gopalan sur la jeune fille. Nirmala avait aussi dû piquer son intérêt en s'émerveillant devant la magnificence de la demeure. L'admiration est un puissant aphrodisiaque. Après le départ des invités, il fut facile à Mme Balan de se plaindre de maux de tête et d'envoyer Nirmala dans les appartements de Gopalan pour demander de l'aspirine. Qui sait ce qui s'est ensuite passé entre ces deux-là ? Seuls les faits suivants sont avérés : bien avant que Ravi et son père se joignent aux festivités, Nirmala avait quitté les quartiers des domestiques pour s'installer dans une suite réservée dans une autre aile de la maison. Ses faux bijoux furent remplacés par des vrais, ses vêtements de seconde main par des saris de créateurs ornés de paillettes et des chemisiers décolletés qui révélaient ses charmes. Et à la façon dont il lui tapotait les fesses quand elle lui apportait son gin tonic, il était clair pour tous ses invités que Gopalan avait trouvé une nouvelle compagne.

Mme Balan est venue au salon quelques semaines plus tard. Elle a demandé à Lola qu'on lui fasse une permanente aussi légère et naturelle que possible. Ravi se fiançait à la cadette des filles

Kumaraswami, une famille de Bangalore qui avait fait fortune dans l'immobilier. Ils s'étaient rencontrés le dernier jour de la semaine de fêtes chez Gopalan. Le mariage se déroulerait dans la ville d'origine de la jeune fille, mais les fiançailles avaient lieu ce week-end chez les Balan – une petite réception sans prétention, pas plus de trois cents invités.

— Vous aimez bien la future mariée ? s'est enquise Mme Nayar.

— Bien sûr ! Elle vient d'une excellente famille. Un peu petite, et peut-être un peu dodue, mais très intelligente. Elle a déjà convaincu Ravi de nommer un directeur à la tête de l'école Vani Vidyalayam et de venir travailler pour son père. Je suis un peu déçue qu'il parte s'installer à Bangalore, mais je ne suis pas du genre à empêcher le bonheur de mon fils. Lola, est-ce que vous pouvez faire en sorte que je sois la belle-mère la plus chic et la plus jolie de toutes ?

Lola a promis à Mme Balan qu'elle le serait. Je les regardais, abasourdie. Quand Lola avait entendu la nouvelle pour Nirmala, quelques semaines plus tôt, elle avait mis un coup de pied dans une table et employé quantité de termes explicites pour dire ce qu'elle pensait de Mme Balan et de tous ses ancêtres. Pourtant, en ce moment, avec la plus grande politesse, elle proposait à Mme Balan de s'installer sur le meilleur fauteuil du salon. J'ai compris alors que le secret de la réussite de Lola, c'était de conserver une nette séparation entre les affaires et les émotions.

— Non, pas ici, a dit Mme Balan. Je ne veux pas que tout le monde voie ce que vous allez me faire, elles risqueraient de vous demander la même chose. Vous devez garder ça secret, je suis prête à payer plus cher s'il le faut. Et Malathi doit être la seule à vous assister.

Lola m'a fait appeler.

— Mais où se cache donc cette fille ? a demandé Mme Balan.

Pendant un instant, j'ai envisagé de désobéir, mais quand Lola a crié mon nom, j'ai été forcée de les suivre dans une des cabines privées. J'ai senti mon cœur se serrer au moment d'entrer dans la cabine. C'était celle dans laquelle j'avais fait son soin à Nirmala. J'ai eu l'impression que la déesse Parvati m'envoyait un message. Une idée a jailli au beau milieu de la confusion qui embrumait mon cerveau.

Mme Balan était de très bonne humeur.

— Si vous travaillez bien, m'a-t-elle dit, je vous donnerai le plus gros pourboire de votre vie.

Lola a confié les boucles brunes de Mme Balan à mes soins, pendant qu'elle allait chercher des onguents aux vertus rajeunissantes. Je peignais les cheveux de Mme Balan avec des mains tremblantes. Mais le temps que j'aie fini de mélanger les produits chimiques pour la permanente, elles ne tremblaient plus du tout.

— Drôle d'odeur, a fait remarquer Mme Balan. Vous utilisez un produit différent ?

— Oui, madame, ai-je répondu en appliquant le produit avec soin. C'est une occasion particulière, il me semble.

— Ça pique.

— La beauté se mérite.

— Faites attention. Je ne veux pas avoir l'air ébouriffée, comme une de ces aborigènes des îles Andaman.

— C'est peu probable, l'ai-je rassurée.

A la seconde où Lola a mis un pied dans la pièce, elle a su qu'il se passait quelque chose d'anormal. Je l'ai vu à son nez froncé. Est-ce qu'elle allait m'ordonner de déballer les cheveux de Mme Balan et de les rincer immédiatement ?

— Fais donc une pédicure à Madame pendant que la permanente pose, m'a-t-elle dit.

Elle s'est affairée à nettoyer le visage de Mme Balan avec un exfoliant d'importation particulièrement onéreux.

Les cheveux de Mme Balan se sont mis à tomber dès que j'ai fait couler de l'eau dessus. Le temps que j'aie fini de rincer, des poignées entières de cheveux bouchaient la bonde du lavabo. Le hurlement qu'elle a poussé quand elle a ouvert les yeux a attiré les filles – et toutes les clientes qui n'étaient pas coincées sous des sèche-cheveux

– dans la cabine privée. Plusieurs ont poussé des cris de compassion. La moitié de son crâne était aussi lisse que des fesses de bébé et couvert de rougeurs. Mme Balan éructait des insultes tout en essayant à la fois de m'étrangler et de m'arracher les yeux. Lola, qui avait vainement tenté de la calmer, a ordonné à deux filles de me faire sortir du salon. En partant, je l'ai entendue déclarer que je ne mettrais plus jamais les pieds dans son salon ni dans aucun autre salon de beauté de Coimbatore.

J'ai passé la nuit allongée dans le noir, les yeux grands ouverts, sans pouvoir dormir. Le salon et la compagnie des filles me manqueraient énormément. Qu'est-ce que j'allais faire maintenant ? J'étais bannie de la seule profession que j'aimais et pour laquelle j'étais douée. Il me faudrait certainement trouver un mari – et sans l'aide de Lola et de son soin « forfait diamant ». Pire encore, je craignais d'avoir mis Lola, qui avait si bien su comprendre mes rêves, dans une position très délicate.

Je ne suis pas sortie de ma chambre de toute la matinée du lendemain, feignant d'être malade, sans avouer à mes parents que j'avais été renvoyée. Mais au bout d'un moment, j'ai eu l'impression de suffoquer. Il fallait que j'aille au salon, même si Lola était folle de rage. Elle me jetterait sûrement dehors sans écouter mes excuses. Mais je devais quand même essayer. Je devais lui dire que je m'étais sentie responsable du destin de Nirmala et investie d'un devoir de vengeance, malgré le mauvais karma qui risquait de me retomber dessus.

J'ai fait le tour pour passer par l'entrée de derrière, celle réservée aux femmes de ménage. Je n'étais encore jamais passée par là. J'ai mis un certain temps à trouver la bonne porte dans cette venelle crasseuse. Rien ne la distinguait des autres. L'odeur nauséabonde des sacs-poubelles empilés contre le mur à côté des égouts à ciel ouvert symbolisait le virage que ma vie avait pris. La fille qui a ouvert la porte a eu l'air un peu mal à l'aise en me voyant. Je lui ai dit que j'attendrais dehors. Pouvait-elle demander à Lola de venir me voir une minute ?

Debout dans la ruelle, pendant ce qui m'a semblé une éternité, je me suis demandé si Lola allait venir. Finalement, elle a ouvert la porte, les poings sur les hanches, le visage fermé. Je lui ai chuchoté mes explications et mes excuses, les yeux baissés. Au milieu de mon laïus, j'ai été distraite par de curieux bruits de gorge. Etait-ce la colère qui lui faisait perdre ses moyens ? Ou se pouvait-il que Lola – Lola l'Amazone, celle que j'avais adulée – ait fondu en larmes ? Peut-être que Mme Balan avait menacé de la poursuivre en justice. Peut-être que Lola allait perdre son magnifique salon de beauté. Quand j'ai enfin osé lever les yeux, j'ai vu qu'elle appuyait sa main sur sa bouche. Elle tentait de réprimer son rire.

— Est-ce que tu as vu son crâne ? a-t-elle articulé entre deux hoquets. Et la tête qu'elle faisait ? Ça n'a pas de prix !

Nous avons toutes les deux éclaté d'un rire hystérique.

Quand je lui ai confié mes craintes au sujet du salon, Lola les a repoussées d'un geste de la main.

— Mme Balan n'osera pas. J'ai trop de clientes influentes, et je sais trop de choses indiscrètes qu'elle a dites ici même. Si je décidais d'ouvrir la bouche, elle ne serait plus jamais invitée à la moindre réception jusqu'à la fin de ses jours. Et puis, elle a besoin de moi. Sans mes soins, elle prendrait quinze ans en moins d'un mois. J'ai été forcée de te renvoyer. Je n'avais pas le choix. Je suis dévastée à l'idée de te perdre – tu as l'instinct d'une excellente esthéticienne. Mais tu dois quitter Coimbatore immédiatement. Tu n'es plus en sécurité ici. Mme Balan ne peut pas s'en prendre à moi, mais pour toi c'est différent. Elle pourrait facilement embaucher quelqu'un pour te faire asperger d'acide…

J'ai été prise de panique.

— Mais où vais-je aller ?

Lola a plongé la main dans la poche de sa blouse et en a sorti une enveloppe et un porte-monnaie. J'étais stupéfaite. Elle savait que j'allais venir la voir, avant même que je le sache moi-même.

— Voilà une lettre de recommandation pour mon neveu qui travaille à Hyderabad. Je lui ai parlé de toi et il m'a dit qu'il t'aiderait. Il paraît que certains consulats à l'étranger cherchent des employés. L'un des fonctionnaires chargés des embauches est un ancien camarade d'école. Mais les employés doivent parler anglais.

Elle m'a tendu le porte-monnaie.

— Prends cet argent. Mon neveu et sa femme ont accepté de te louer une chambre dans leur maison. Il te trouvera un professeur d'anglais. Et quand tu maîtriseras suffisamment la langue, il t'obtiendra un entretien d'embauche.

Je ne savais pas comment la remercier, alors je l'ai prise dans mes bras. Elle m'a tapoté le dos, un peu embarrassée. Elle n'appréciait pas vraiment les effusions.

— Prends ton mal en patience, m'a-t-elle dit. Et quand tu auras économisé assez d'argent, reviens en Inde et ouvre un salon dans une autre ville.

Elle a failli ajouter quelque chose, mais a préféré ne rien dire.

Arrivée au bout de la venelle, je me suis retournée pour lui faire un signe de la main, mais elle avait déjà disparu. Lola était une femme pragmatique et son salon de beauté était plein de femmes qui l'attendaient.

10

Après l'histoire de Malathi, Uma n'avait aucune envie de retourner à la réalité. Elle se sentait si bien dans le salon de beauté de Lola, rose, frais et humide, avec ses shampooings aux herbes, ses pâtes de santal, et les mains douces et réconfortantes des filles de Lola. Même la chaleur qui vous assaillait lorsque vous sortiez du salon pour rejoindre la rue bruyante était un véritable cadeau. Uma aurait aimé savoir ce que Lola avait failli dire à Malathi, à la fin.

Les autres discutaient avec animation des personnages de l'histoire. Mme Pritchett était scandalisée par les plans machiavéliques de Mme Balan. Comment une femme pouvait-elle se montrer aussi cruelle à l'égard d'une autre femme ? Jiang avança que Mme Balan ne pouvait pas avoir de sentiments envers Nirmala, qu'elle considérait comme un être inférieur. Lily trouvait que Lola avait vraiment l'air sympathique, elle aussi aurait aimé travailler au *Salon Belles Dames* et se repaître de tous les scandales de la haute société. Le salon de beauté que fréquentait la mère de Lily, sur l'avenue Van Ness, était tenu par une Taiwanaise très discrète affublée d'un appareil dentaire. La seule fois où Lily y avait été traînée de force par sa mère, pour se faire épiler les sourcils avant un spectacle de l'école, elle avait failli mourir d'ennui. Les clientes n'y parlaient que de leurs enfants, qui se débrouillaient si bien à l'école et avaient remporté telle ou telle récompense. Malathi se souvenait-elle de certaines des astuces qu'elle avait apprises au salon ? Le sourire de Malathi brilla dans la lumière de la lampe torche de Cameron. (Uma se demanda s'il avait changé les piles. Elle essaya de se souvenir combien il restait de piles dans le sac, mais elle n'y parvint pas, et réfléchir lui donnait mal à la tête.) Malathi promit à Lily que s'ils sortaient un jour d'ici, elle lui ferait un massage du cuir chevelu à l'huile d'hibiscus qui lui donnerait l'impression d'être une princesse.

Personne ne parlait des deux personnages qui, pourtant, les préoccupaient le plus, jusqu'à ce que Tariq, à sa manière franche, demande :

— Pourquoi a-t-elle fait quelque chose d'aussi stupide que de laisser tomber Ravi pour ce pervers de Gopalan ?

— Peut-être qu'il lui a offert un luxe qu'une fille comme elle, née dans un bidonville, ne pouvait pas refuser, répondit Mme Pritchett. Il ne faut pas lui en vouloir.

— Ce soir-là, chez Gopalan, elle a dû comprendre que Mme Balan ne laisserait jamais son fils épouser une domestique, enchaîna Jiang. Elle s'est dit que si elle n'acceptait pas cette offre, on retrouverait son cadavre dans un fossé.

— Et qu'elle ne pouvait pas dire non à un homme aussi puissant que Gopalan, ajouta Uma.

L'étudiante se demandait si Gopalan avait violé Nirmala. Issue d'un milieu où la virginité est la vertu essentielle qu'on exige d'une femme, Nirmala n'aurait pas eu d'autre choix après ça.

— Mais, et Ravi ? demanda Mme Pritchett, d'une voix plus forte.

— Je ne crois pas que Ravi était amoureux de Nirmala, dit Lily. Il a dû s'enticher d'elle parce qu'elle était complètement différente des femmes qu'il avait l'habitude de fréquenter. Il a peut-être été secrètement soulagé qu'elle reste avec Gopalan – comme quand vous avez un petit ami dont vous n'êtes plus vraiment amoureuse, mais vous n'arrivez pas à le lui dire, et il se met à sortir avec quelqu'un d'autre.

Malathi ajouta :

— Je suppose que Ravi a vu Nirmala avec Gopalan et qu'il s'est dit qu'elle était désormais souillée. Il n'en a plus voulu. Mais la voir avec un autre homme a blessé son ego, alors il a choisi la première fille que sa mère lui a présentée.

— Peut-être que Ravi a eu le cœur brisé, intervint Mangalam.

Uma entendit Malathi pouffer, mais Mangalam continua :

— Peut-être qu'il s'est senti trahi par Nirmala alors qu'il avait pris un risque énorme pour elle en s'opposant à ses parents. Cela n'a pas dû être facile pour lui d'être fils unique et de savoir que tous les espoirs de la famille reposaient sur lui. Je crois qu'il a choisi cette autre femme parce qu'il souffrait.

Malathi se leva, prête à débattre de la question. Mais Cameron leur demanda de se taire et d'écouter. Dans le silence imposé par cette injonction, ils entendirent un craquement, puis un grincement – comme un bateau à la dérive ballotté par les vagues sur une mer brumeuse, se dit Uma. Ce son l'emplit d'une étrange mélancolie.

— Qu'est-ce que c'est ? demanda Mme Pritchett d'une voix affolée.

— Le plafond, de l'autre côté de la pièce ; vous ne pouvez pas le voir à cause de la séparation, répondit Cameron. Il est en train de s'effondrer, au moins en partie. Ne paniquez pas. Le plafond qui est au-dessus de nos têtes… – il braqua sa lampe torche vers le plafond –, cette partie-là semble assez stable. Mais nous devrions avoir un plan au cas où ce côté-là s'effondrerait aussi. Dans des circonstances normales, je vous aurais dit de vous mettre sous les tables, même si nous ne pouvons pas tous y rentrer. Mais l'eau est montée trop haut. Vous seriez trempés. Et il fait trop froid pour rester dans des vêtements mouillés.

Il baissa le rayon de la lampe et Uma vit que l'eau atteignait la hauteur du premier tiroir du bureau. La surface en était sombre. Uma fut parcourue d'un frisson. Cameron avait raison : il faisait de plus en plus froid.

Le soldat leur dit :

— Gardez vos pantalons retroussés et vos jupes remontées, pour être prêts à sauter des tables le cas échéant. Notre meilleure option, c'est de nous mettre dans l'embrasure des portes. Pas celle qui mène au couloir, elle est trop proche du plafond endommagé. Il nous reste donc deux portes, celles du bureau de M. Mangalam et de la salle de bains. Nous devrions pouvoir nous serrer tous là-dessous. Mais ça ne sert à rien de rester là à attendre que le plafond s'effondre. Il vaut mieux écouter l'histoire suivante.

M. Pritchett n'avait pas pris part à la conversation sur Ravi et Nirmala. Après avoir raconté son histoire, il s'était senti curieusement délivré. Mais cette sensation s'était estompée depuis et il était plus déprimé que jamais. Il avait espéré un commentaire de la part de sa femme, une parole qui reconnaîtrait la souffrance du petit garçon qu'il avait été. Elle n'avait rien dit. La déception rendait plus intense son envie de fumer. Il sentait qu'à l'intérieur de son corps, tout se mettait à trembler et ne tarderait pas à se briser. Il était presque certain qu'il n'y avait pas de fuite de gaz. Quelques bouffées, derrière la porte de la salle de bains bien fermée, ça ne ferait de mal à personne. Il n'aurait qu'à vaporiser du désodorisant après. Personne n'en saurait rien. Il irait dans la salle de bains dès que cette conversation ennuyeuse prendrait fin.

— Dites-nous pourquoi vous avez choisi cette histoire, demanda Uma.

— Parce que c'est la seule fois dans ma vie où j'ai fait preuve de courage, répondit Malathi, même si ça m'a coûté cher. Je ne crois pas que j'en serais capable aujourd'hui. Je suis bien trop égoïste. Alors cette histoire-là compte beaucoup pour moi.

En l'entendant dire qu'elle était égoïste, Mangalam leva les yeux vers elle. Il ne s'attendait pas à cet aveu.

— Est-ce que quelqu'un a besoin d'aller aux toilettes ? s'enquit Cameron.

Ils regardaient tous l'eau, évaluant leur besoin face à l'obscurité et au froid. M. Pritchett attendit en essayant de dissimuler son agitation grandissante. Il ne voulait pas y aller si d'autres devaient aussi utiliser la salle de bains. Il n'y avait qu'une seule lampe de poche et ils devraient s'attendre pour faire le trajet du retour. Les autres sentiraient l'odeur de fumée en l'attendant.

— Très bien, reprit Cameron. Alors c'est parti pour une autre histoire.

— Je veux que ce soit Tariq cette fois, dit Lily.

Tariq eut l'air surpris et pas particulièrement content. Uma était sûre qu'il refuserait. Mais il hocha la tête et s'éclaircit la gorge.

— Excusez-moi, lança M. Pritchett en descendant de la table avant que Tariq n'ait pu commencer. Je reviens tout de suite.

Il prit la lampe de poche que Cameron lui tendit. Elle ne diffusait plus beaucoup de lumière. Il était soulagé de ne pas avoir à leur mentir sur le but de son voyage à la salle de bains. Il n'aimait pas mentir. Il sentit le regard de Mme Pritchett dans son dos pendant qu'il se frayait un chemin dans l'eau glacée. Avait-elle deviné ? Quand il pensa être hors du champ de la lampe torche de Cameron, il mit la main dans la poche de son pantalon et caressa son briquet. Il avait presque atteint la porte du bureau de Mangalam lorsqu'il entendit un bruit d'éclaboussures. Il se retourna et vit que Mangalam était descendu de la table lui aussi.

— Attendez-moi, dit-il en se précipitant vers lui.

M. Pritchett sentit une colère futile l'envahir. Il frotta son pouce contre la roulette dentelée de son briquet comme s'il s'agissait d'une lampe magique, et essaya de trouver un autre plan. N'y parvenant pas, il tendit la lampe à Mangalam.

— Allez-y le premier.

Mais Mangalam, qui avait lui aussi un plan, refusa poliment et lui dit :

— Non, non. Après vous, je vous en prie.

M. Pritchett entra dans la salle de bains et poussa la porte jusqu'à ce qu'elle ferme enfin, malgré l'eau. Il lui fallut faire appel à tout son sang-froid pour réprimer son envie de donner un grand coup de poing dans le mur. Il agrippa le bord du lavabo à deux mains et le serra très fort, réfléchissant aux possibilités. Est-ce qu'il pouvait tenter sa chance en espérant que Mangalam ne sentirait pas l'odeur de cigarette en entrant après lui ? Non. Aucun désodorisant ne pouvait masquer aussi rapidement l'odeur de tabac. Est-ce que Mangalam le dénoncerait à Cameron ? C'était fort probable. Le fonctionnaire semblait vouer une admiration sans bornes au soldat. Mais après tout, qu'est-ce que Cameron pouvait bien lui faire ? Qu'est-ce que les autres pouvaient faire ?

Rien, répondit M. Pritchett à son reflet au teint cireux dans le miroir. Au pire, ils lui confisqueraient ses cigarettes, mais il en avait déjà caché quelques-unes. S'ils lui prenaient son briquet, il pourrait voler une boîte d'allumettes. Il sortit une cigarette et la glissa entre ses lèvres d'une main tremblante d'envie. Il sentait presque déjà le goût de la fumée dans sa bouche.

Il sursauta. Quelqu'un venait de frapper à la porte. Des voix. Mangalam... et quelqu'un d'autre. Leurs paroles n'étaient pas claires, mais il sentait l'insistance dans leur ton. L'un d'eux tripota la poignée.

M. Pritchett poussa un juron et remit précipitamment la cigarette dans le paquet, en espérant ne l'avoir pas abîmée. Il s'aspergea le visage d'eau, le souffle coupé par le froid, et ouvrit la porte.

Cameron se tenait là, la main sur la poignée.

— Tout va bien ? Mangalam dit qu'il vous a appelé plusieurs fois mais que vous n'avez pas répondu.

— Je vais bien, répondit M. Pritchett.

Il était conscient d'avoir parlé d'un ton un peu sec, mais il n'avait pas pu s'en empêcher. Combien de temps avait-il passé là-dedans ? Cameron fixait le visage trempé de M. Pritchett. Ce dernier passa entre le soldat et le fonctionnaire, dans le noir. Derrière lui, il entendit Cameron dire à Mangalam :

— Nous allons devoir insister pour que les gens ne ferment pas la porte à clé quand ils vont dans la salle de bains.

C'est ça, insiste, pensa M. Pritchett. *Je ferai ce que je veux.* Il sentit une odeur de bourbon flotter autour de lui. Le manque de nicotine lui jouait-il des tours ? Dans sa précipitation, il heurta quelque chose de dur, en métal. La douleur lui traversa le corps. Il trébucha, mais heureusement quelqu'un le rattrapa par le bras.

— Attention, mon pote, lui dit Cameron. Nous avons eu assez de problèmes comme ça aujourd'hui.

Lui-même n'avait-il pas dit à peu près la même chose à sa femme quelques heures plus tôt ? Honteux, M. Pritchett remonta sur la table. Mais il ne devait pas se sentir si honteux que ça, car il décida que quand tout le monde serait occupé à manger, il retenterait sa chance.

11

Quand Ammi m'a appelé sur mon portable, j'étais assis sur la jetée avec Ali et Jehangir, à regarder passer les filles en bikini. C'était la première belle journée depuis des semaines, il faisait grand soleil et les filles en profitaient à fond. Et nous aussi. Pour être honnête, je n'appréciais plus autant nos séances de reluquage depuis que Farah et moi étions devenus proches. Mais je ne risquais pas d'en parler. Déjà que mes copains me charriaient à cause d'elle… mais ce n'était rien comparé à ce qu'ils m'auraient fait subir si j'étais sortie avec une Blanche ou une non-musulmane.

Farah ? C'est la fille de la meilleure amie de ma mère, en Inde. Elle a passé un semestre avec nous l'année dernière. Je vous en dirai plus sur elle tout à l'heure.

Sur la jetée, on notait les filles de un à dix, dix pour la plus sexy. La plus sexy, c'était pour nous celle qui finirait dans le cercle le plus brûlant de l'enfer islamique. Les critères, c'étaient : la surface de peau visible, la quantité de maquillage, le volume sonore de leur rire, et le degré de démonstrations publiques d'affection qu'elles acceptaient de la part des hommes. Je me sentais un peu coupable de faire ça. Si Farah avait su à quoi j'occupais mes après-midi, elle aurait été furieuse. Elle est très à cheval sur la religion, mais elle croit aussi à l'adage « vivre et laisser vivre », et elle n'aime pas qu'on fasse des commentaires grossiers sur les femmes. Je me consolais en me disant que les Blancs avec lesquels je traînais avant auraient été encore plus grossiers.

Je ne sais plus vraiment à quel moment j'ai cessé de prêter attention aux autres filles pour ne plus penser qu'à Farah. Nous étions restés en contact par mail depuis qu'elle était rentrée en Inde l'année dernière. Elle écrivait bien, contrairement à moi. Ses phrases donnaient vie au moindre détail de son quotidien : les affiches d'art indien qu'elle avait accrochées sur les murs de la chambre qu'elle partageait avec sa sœur, l'échoppe de Nizamuddin qui vendait les meilleurs kebabs de Delhi, le débat interuniversitaire où elle avait argumenté contre le projet de barrage sur la Narmada et remporté un trophée, une visite à sa grand-mère qui vivait dans un village de campagne où il fallait encore pomper l'eau au puits. J'ai dû admettre que l'Inde qu'elle décrivait dans ses messages avait l'air plutôt intéressante.

La sœur de Farah devait se marier dans quelques mois et sa mère nous avait invités à passer la semaine de festivités chez eux et à rester aussi longtemps que nous le voulions. Ammi mourait d'envie d'y aller. Ça faisait une éternité qu'elle n'avait pas pris part à un mariage traditionnel. J'ai accepté de l'accompagner, sans rien laisser paraître de mon excitation à l'idée d'être de nouveau près de Farah (et de la voir porter le *zardosi lengha* [1] qu'elle avait acheté pour le mariage). Ammi a toujours eu tendance à tirer des conclusions hâtives et à les partager avec le reste du monde.

Ammi avait essayé de convaincre Abba de nous accompagner lui aussi. Elle lui avait dit que son directeur adjoint, Hanif, était digne de confiance et que, de toute façon, les affaires marchaient au ralenti. Elle avait raison. L'Entreprise de gardiennage Jalal, que mon père avait montée à partir de rien pour en faire une affaire florissante, avait perdu ses plus gros clients depuis le 11-Septembre. Même si personne n'osait le dire ouvertement, les gens n'étaient pas très à l'aise à l'idée de voir des hommes de ménage musulmans déambuler dans leurs bureaux en leur absence. Même s'ils faisaient le ménage dans ces bureaux depuis plus de dix ans, ça ne changeait rien au problème. Abba était trop fier – ou trop blessé – pour tenter de convaincre ses clients de changer d'avis.

J'étais donc assis sur la jetée quand le téléphone a sonné. J'ai vu que c'était un appel d'Ammi et

1. Tenue traditionnelle constituée d'une jupe longue, d'un corsage et d'un long foulard.

je n'ai pas répondu. Il était presque l'heure de mon cours de mathématiques. Le prof enlevait des points à ceux qui arrivaient en retard et je ne pouvais pas me permettre de perdre des points. Ammi m'appelait presque tous les jours, en général pour me demander de m'arrêter à l'épicerie pour lui acheter ceci ou cela en rentrant à la maison, et si je décrochais le téléphone, elle me parlait pendant des heures. Ammi s'était vite habituée à la compagnie de Farah et, depuis son départ, elle se sentait un peu seule à la maison. Je me suis dit qu'elle n'aurait qu'à me laisser un message pour me dire ce qu'elle voulait que je lui rapporte.

Mais Ammi n'a pas laissé de message. Elle a raccroché et rappelé. Ça ne lui ressemblait pas, alors j'ai décroché. Elle pleurait à chaudes larmes ; je ne comprenais rien à ce qu'elle disait. J'ai fini par comprendre. Quatre hommes étaient entrés dans les bureaux de Jalal ce matin et ils avaient emmené Hanif et Abba. Ils ne les avaient même pas laissés passer un coup de téléphone. Musa, de la boulangerie d'à côté, avait tout vu, et il avait appelé Ammi pour la prévenir. Il lui avait dit que les hommes portaient des costumes et qu'ils avaient une camionnette noire ; deux d'entre eux étaient blancs, les deux autres étaient des Afro-Américains ; tout s'était passé très vite. Non, il n'avait pas pensé à noter le numéro de la plaque d'immatriculation. Il avait eu trop peur. Non, ils n'avaient pas fait de mal à Hanif et Abba, du moins pas d'après ce qu'il avait vu, mais ils les tenaient fermement par les bras.

Je n'avais pas le droit de paniquer – Ammi était déjà suffisamment bouleversée comme ça – mais je me suis senti vidé. Nous avions déjà entendu parler de ce genre de choses. Des agents du gouvernement, le FBI selon certains, arrêtaient des membres de notre communauté. Il y avait parfois une bonne raison, mais la plupart du temps, il n'y en avait pas – ou en tout cas, on ne l'expliquait pas aux détenus. Certains étaient relâchés après quelques jours. D'autres étaient gardés bien plus longtemps. Nous connaissions même des hommes qui avaient été expulsés du pays avec leur famille.

J'ai raconté à mes amis ce qui venait de se passer et Ali a proposé immédiatement de m'accompagner. Je n'étais pas en état de conduire. Ali m'a emmené à la maison, où nous avons récupéré Ammi pour aller au bureau de Jalal. Musa nous attendait, mais il n'avait aucune information supplémentaire à nous donner. Nous sommes entrés dans les bureaux. Tout était à sa place (mon père est un homme ordonné) ; il n'y avait pas le moindre signe du cataclysme qui venait de bouleverser nos vies.

Nous avons appelé nos amis et les amis de nos amis – tous les gens auxquels nous avons pu penser sur le moment. Ils ont tous été très choqués, mais aucun n'a pu nous aider. Je sentais qu'une partie d'entre eux craignaient de s'impliquer, de peur que notre malheur ne soit contagieux et ne les touche à leur tour. Finalement, on nous a mis en contact avec un avocat spécialisé dans ce genre de cas. Ses honoraires étaient très élevés, mais c'était le cadet de nos soucis. Abba ne nous avait toujours pas appelés. J'ai donné à l'avocat tous les papiers d'Abba que j'ai pu trouver. Une cousine d'Ammi s'est installée chez nous parce que Ammi devenait hystérique, elle se cognait la tête par terre en suppliant Allah d'épargner son mari, et je ne savais plus quoi faire pour qu'elle cesse.

L'avocat avait peut-être des amis haut placés, ou bien les hommes qui avaient arrêté mon père se sont enfin rendu compte qu'il était innocent – quel que soit le crime dont ils le suspectaient –, il se peut aussi que les prières d'Ammi aient fini par fonctionner. Quoi qu'il en soit, au bout de trois jours, ils ont ramené Abba aux bureaux de Jalal, sans plus d'explications que quand ils étaient venus l'arrêter. Musa l'a vu assis sur le trottoir à côté de la porte du bureau fermée à clé et il nous a téléphoné. Abba avait le regard vide de ceux qui dorment dans la rue. Le temps que nous arrivions, Musa l'avait fait entrer dans la boulangerie, l'avait aidé à se laver le visage et lui avait donné un verre d'eau fraîche. Mais Abba restait là, le verre à la main, apathique. J'avais peur qu'Ammi ne s'effondre, mais malgré la pâleur extrême de son visage, elle a puisé en elle des réserves de force que je ne lui connaissais pas.

Les jours suivants, elle est restée près d'Abba. Elle a promené les mains sur les moindres parties de son corps pour s'assurer qu'il n'avait pas été blessé. Elle lui a parlé du bon vieux temps, de l'époque où il l'avait courtisée, de leur mariage, de la première maison où ils avaient vécu, de mes pitreries d'enfant. Elle lui a chanté des comptines. Elle lui a juré qu'elle l'aimait et qu'elle prendrait soin de lui. Elle lui a dit qu'il n'était pas obligé de parler s'il n'en avait pas envie, et que s'il préférait oublier ce qui s'était passé ces derniers jours, elle l'aiderait. Elle oublierait avec lui. Je ne sais pas ce qu'un psychologue occidental aurait pensé de ces méthodes, mais mon père a fini par réagir au flot constant de la voix douce d'Ammi. Quelques jours plus tard, il tournait en rond dans la maison en disant qu'il n'avait pas besoin de baby-sitter. Un soir, il a même aidé Ammi à rouler des *chapati*, comme autrefois. Nous pensions que le pire était passé.

Puis il a eu une attaque.

C'est arrivé à un moment où il était seul dans le salon, à regarder la télévision. Quand Ammi l'a trouvé, il avait glissé par terre, inconscient. Le temps que l'ambulance arrive, certaines parties de son cerveau n'étaient déjà plus irriguées. Et quand nous l'avons ramené à la maison après un long séjour à l'hôpital qui nous a coûté très cher, il ne pouvait plus bouger le bras et la jambe gauches.

Ammi et moi sommes retournés voir l'avocat ; il nous a conseillé de laisser tomber. Il n'y avait aucun signe de torture physique. Il n'y avait même pas de trace officielle de son arrestation. Que pouvions-nous faire ? A qui demander réparation ? Il ne faisait pas bon être musulman en Amérique à cette époque. Il valait mieux ne pas faire de vagues. De plus, nous nous en tirions mieux que certains de nos compatriotes. Hanif, par exemple, qui n'était pas revenu du tout. Personne ne savait où il était, ni même s'il était encore en vie.

L'avocat dit à ma mère :

— Ma sœur, je vous dis ça en tant que musulman, pas en tant qu'avocat. A quoi bon essayer de leur prouver que nous avons raison et qu'ils ont tort ? Je pourrais prendre votre argent et me lancer dans une procédure, comme je l'ai fait pour d'autres familles. Mais les procès traînent en longueur, on n'en voit pas la fin. Si vous avez encore de la famille et des amis en Inde, emmenez votre mari – et votre fils, s'il a un peu de bon sens – et retournez vivre là-bas. Le dollar a encore beaucoup de valeur en Inde, et vous pourrez engager des domestiques pour vous aider à vous occuper de votre mari. Et surtout, parmi des milliers de gens qui vous ressemblent, vous n'attirerez pas l'attention. Ici, vous êtes sur leur radar. Peut-être même qu'en ce moment – il fit un signe du menton en direction de ma barbe – ils ont votre fils dans le viseur.

Il secoua la tête d'un air qui fit frissonner Ammi.

Une fois rentrée à la maison, Ammi convoqua chez elle ses amis les plus proches – une poignée de gens que j'appelais mes oncles et tantes depuis mon enfance – et leur demanda ce qu'elle devait faire. Mon père, qui avait toujours été un homme indépendant, était désormais allongé sur un lit à l'étage, incapable de se débrouiller seul. Nous étions en train de décider de son avenir, sans lui, et ça me brisait le cœur.

La réunion fut un concentré de disputes, de haussements de voix, de jurons, de pleurs et de conseils contradictoires. Mais au final, nos amis durent admettre qu'étant donné la situation, retourner vivre en Inde n'était pas une mauvaise idée. Ma mère et moi n'étions pas capables de diriger l'entreprise Jalal. La nouvelle de l'arrestation de mon père avait déjà poussé plusieurs clients à annuler leurs contrats. L'assurance médicale d'Abba couvrait beaucoup de soins, mais il y avait encore pas mal de frais à payer. Je n'avais pas de travail, et même après avoir obtenu mon diplôme, il y avait peu de chances que j'en décroche un tout de suite. Nous n'aurions jamais assez d'argent pour continuer à vivre ici.

— Ne t'attends pas à ce que ce soit facile, lui dirent ses amis. Tu as aimé passer des vacances en Inde en tant que riche immigrée, les poches pleines de dollars. Mais vivre avec des revenus modestes, s'accommoder de domestiques qui viennent quand bon leur semble, apprendre à donner les dessous-de-table aux bonnes personnes au bon moment, c'est tout à fait différent.

Les oncles et tantes ne savaient pas très bien quoi me dire. Ils pensaient que je ne me ferais pas à l'Inde après avoir grandi ici. J'avais les mêmes doutes. En dehors des différences culturelles, il y avait un autre problème : ici, c'était mon pays. J'étais américain. L'idée d'être obligé de quitter mon pays me rendait fou de rage. Mais si j'allais en Inde, je pourrais aider mes parents. Ammi posait déjà sur moi un regard plein d'espoir. Farah serait heureuse, elle aussi. Mes désirs et mes devoirs se livraient une lutte sans merci, j'en perdais le sommeil.

Uma crut entendre un bruit au-dessus de sa tête, comme si quelqu'un déplaçait un vieux lit grinçant. Elle se raidit et regarda autour d'elle, mais les autres étaient absorbés par l'histoire de Tariq. C'est ton imagination, se dit-elle d'un ton ferme. Elle se força à ne plus prêter attention aux grognements qui venaient du plafond et se laissa de nouveau entraîner par l'histoire du jeune homme, au déroulement douloureux mais inéluctable.

En une semaine, ignorant mon conseil de ne rien précipiter, Ammi avait mis notre maison en vente et demandé à la mère de Farah de lui trouver un petit appartement de plain-pied pas trop loin de chez elle. Après ce coup de téléphone, elle passa un long moment enfermée dans la salle de bains et en sortit les yeux rougis. Il m'était très dur de voir la maison où j'avais grandi mise en vente, livrée à des étrangers sans gêne qui n'hésiteraient pas à la critiquer, mais ça l'était encore plus pour Ammi. S'occuper de mon père tous les jours – l'aider à se lever et à se coucher dans son lit, l'asseoir dans son fauteuil, l'accompagner aux toilettes – faisait également payer un lourd tribut à son corps. Mon père ne lui facilitait pas la tâche. Jadis d'un tempérament facile, il était devenu terriblement colérique. J'avais moi aussi des problèmes : où que j'aille, les gens me dévisageaient. Une ou deux fois, je crus voir une camionnette noire me suivre jusque dans notre quartier.

J'envoyai un message à Farah et elle me répondit immédiatement, très inquiète, m'encourageant à déménager. Elle ferait en sorte que je m'intègre facilement en Inde. Mais ses réponses ne m'apportaient pas le réconfort que j'espérais. Farah vivait à l'autre bout du monde, elle ne pouvait pas comprendre mes frustrations. La seule personne à qui je pouvais parler de tout ça, c'était Ali. Ali écoutait mes plaintes avec patience. Il n'était jamais mal à l'aise, même quand je craquais et m'effondrais dans ses bras. Il me disait que dans la culture orientale, les hommes avaient le droit de pleurer. Il me disait aussi que fuir en Inde serait lâche. Je devais aider ma mère à s'installer en Inde, puis revenir en Amérique. Notre peuple subissait de terribles injustices, ici même, et je devais les combattre. Il louait une maison avec d'autres jeunes hommes, ils pouvaient m'accueillir si ça ne me dérangeait pas de partager une chambre. Ali travaillait à temps partiel dans un magasin d'électronique. Il allait parler à son patron, peut-être pourrait-il me faire embaucher pour un petit job. Il était plus optimiste que mes oncles et tantes concernant l'obtention d'un emploi à la fin de nos études. La communauté musulmane compte des gens importants, me dit-il. Des gens qui tirent des ficelles. Des gens qui aident leurs semblables.

J'aimais bien la maison d'Ali, même si le quartier n'était pas très accueillant. C'était une vieille demeure de style victorien avec de hauts plafonds et de grandes baies vitrées qui donnaient sur un jardin envahi de mauvaises herbes, rien à voir avec les pelouses tracées au cordeau de la banlieue où j'avais vécu toute ma vie. Le salon était plein de tracts et de pancartes peintes à la main.

La voix de Tariq fut couverte par un énorme craquement qui fit sursauter Uma.

— Ça s'effondre ! hurla Cameron. Tous aux portes !

Ce fut le branle-bas de combat. Uma réalisa que Cameron ne leur avait pas dit qui devait se mettre sous quel chambranle ; et cette pensée la fit presque autant paniquer que l'idée de voir le plafond s'écrouler sur eux. L'asthme du soldat avait dû empirer, cela avait peut-être une incidence sur ses méninges.

Uma se retrouva sous le chambranle de la porte de la salle de bains, avec Malathi et Tariq. L'eau léchait le haut de ses chevilles, et elle était encore plus froide que tout à l'heure. Il y eut un autre craquement. Les murs tremblèrent. Une pluie de plâtre tomba sur eux.

— Couvrez-vous la tête, leur cria Cameron. Ne respirez pas dans…

Ses mots s'évanouirent dans une quinte de toux qu'il tenta vainement de contenir.

C'est la fin, se dit Uma. Elle espérait que ce serait rapide. Malathi agrippait sa main valide de ses deux mains. Uma la serrait en retour. Tariq priait, les yeux fermés, le visage étrangement serein. Uma voulut prier elle aussi, mais elle n'arrivait pas à penser à autre chose qu'au fait que, si elle devait mourir, elle était contente d'avoir la main de quelqu'un dans la sienne au moment où cela arriverait.

Mais ce n'était pas la fin. Après d'autres craquements et une explosion qui fit vibrer le sol, un curieux silence s'abattit sur eux. Ils se tenaient sous leurs chambranles respectifs et respiraient prudemment entre leurs dents. Uma sentit un goût de craie sur sa langue. Elle avait une hallucination, elle voyait un rayon de lumière descendre du ciel, comme dans les films sur la Bible, illuminant les bureaux sur lesquels ils étaient assis quelques minutes plus tôt. Dans moins d'une seconde, une voix grave façon Ancien Testament leur apporterait sans doute des bonnes nouvelles.

— Est-ce que c'est la lumière du soleil ? chuchota Lily, le visage plein d'espoir.

— Je crois, répondit Cameron depuis l'autre porte.

On devinait au son de sa voix qu'il respirait difficilement, mais il tenait fermement la lampe torche.

— De l'eau, s'il vous plaît, demanda-t-il.

Malathi se précipita vers le guichet où ils avaient posé les bols d'eau.

— Ils sont pleins de saletés, dit-elle.

La consternation lui fit oublier de baisser la voix. Le trou dans le plafond créait un écho. *Tés, tés, tés*... disait-il. Uma se fraya un chemin jusqu'à elle et vit que de gros morceaux de plâtre avaient écrasé la plupart des bols qu'ils avaient pris tant de soin à remplir. Les quelques bols épargnés étaient pleins de poussière. L'eau des deux casseroles devait être propre, puisqu'il y avait des couvercles. Malathi récupéra un bol et l'emmena au lavabo de la salle de bains pour le rincer et le remplir à nouveau. D'une voix paniquée, elle annonça :

— Il n'y a plus d'eau au robinet.

Ils se pressèrent tous dans l'encadrement de la porte. Mangalam joua des coudes pour passer – après tout, c'était sa salle de bains – et donna un petit coup sur le robinet. Rien. Il le tourna de toutes ses forces. Le robinet lui resta dans les mains mais pas une goutte ne sortit. Le tuyau qui acheminait l'eau jusqu'à la salle de bains avait dû être cassé quand le plafond s'était écroulé. Leurs réserves d'eau s'étaient brusquement réduites ; il leur restait le contenu des deux casseroles, quatre bouteilles presque vides, et le réservoir des toilettes.

Uma retourna au guichet, nettoya un bol du mieux qu'elle put avec sa manche, le plongea dans une casserole et le rapporta à Cameron. Elle sentait tous les regards braqués sur elle. Ils essayaient de deviner quelle quantité d'eau elle lui avait donnée et devaient se dire : « N'aurait-elle pas pu lui en donner moins ? » Uma s'en moquait. Elle était prête à donner sa part à Cameron s'il le fallait. Après avoir avalé le contenu du bol, Cameron avança dans l'eau d'un pas prudent – qui sait ce qui avait bien pu tomber du plafond et se tapissait maintenant sous la surface noire – et entreprit d'évaluer l'étendue des dégâts de l'autre côté de la pièce. Il découvrit un trou béant dans le plafond. C'est de là que venait la lumière du soleil.

Il espérait trouver une ouverture sur le monde extérieur. Même s'ils ne pouvaient pas l'atteindre, savoir qu'une issue était apparue leur aurait fait du bien. Mais le trou était quadrillé de part en part de barres de métal et un unique rayon de soleil avait réussi à passer par un minuscule orifice. Il tourna son attention vers le sol.

Il était couvert de décombres et de meubles aussi : un bureau cassé en deux ; plusieurs chaises ; un écran d'ordinateur dont le verre était étonnamment intact ; un placard en métal plié en L ; et d'autres objets trop abîmés pour être identifiés. Cameron tâtonna prudemment dans le tas de débris. Ses doigts touchèrent ce qu'il craignait de trouver : un morceau de corps humain. C'était un bras, qui dépassait d'un petit espace entre deux chaises à roulettes. Il sut à la rigidité du corps que la personne était morte depuis des heures. Il recula, son cœur battait la chamade. Ce n'était pourtant pas le premier cadavre qu'il touchait de sa vie, loin de là. Mais l'asthme le rendait plus vulnérable. Il tripota l'inhalateur dans sa poche, il mourait d'envie de l'utiliser. Il ne lui restait qu'une seule dose. Il devait la garder pour son histoire.

Cameron décida de ne parler du corps à personne.

Le groupe se réinstalla sur les tables après les avoir grossièrement nettoyées. Le rayon de soleil éclairait certains visages. Uma n'était pas sûre que cette lumière l'aidait à se sentir mieux. Elle semblait venir de très loin et ne tarderait pas à disparaître.

Tariq n'était pas d'humeur à continuer, mais Lily refusait de laisser tomber.

— Tu ne peux pas t'arrêter là ! Qui étaient ces gens avec qui vivait Ali ? Est-ce que tu les aimais bien ? Est-ce que c'étaient des… terroristes ?

Tariq lui répondit :

— Ils ne parlaient pas beaucoup d'eux, ils parlaient surtout d'une marche qu'ils voulaient organiser. Ils commandaient des pizzas pour le dîner et refusaient toujours que je paye. Ce que j'aimais le plus, c'est qu'ils se serraient les coudes. Comme des frères. Ils prenaient soin les uns des autres.

— Tu vas revenir vivre en Amérique, alors ? insista Lily. Tu vas aller vivre avec eux ? Et Farah ? Qu'est-ce qui se passera si tu reviens ?

Tariq secoua la tête, il n'avait pas de réponse.

— En confrontant mon histoire avec celles des autres, je me suis rendu compte d'une chose, c'est que tout le monde souffre d'une manière ou d'une autre. Du coup, je me sens moins seul maintenant.

Lily posa sa main sur le bras de Tariq.

— Tu pourrais venir vivre avec nous, dit-elle, à la grande surprise d'Uma. Tu me rappelles mon grand frère. Il est dans mon histoire.

— Très bien ! intervint Cameron. Je comprends les allusions aussi bien que n'importe qui. Vas-y, raconte ton histoire.

12

Quand j'étais encore trop petite pour comprendre quoique ce soit, j'adorais faire plaisir. C'est ce que disent mes parents. Ils me l'ont raconté comme ça : « Quand tu étais petite, tu étais vraiment très mignonne. Tu récitais des comptines chinoises quand il y avait des invités, sans qu'on te le demande. Et maintenant, regarde-toi. Tu ne veux même pas sortir de ta chambre pour dire bonjour. »

Parfois, ils me disent aussi : « Quand ta mère faisait des raviolis, tu insistais pour l'aider, même si tu mettais à chaque fois un bazar indescriptible dans toute la cuisine. Et maintenant que tu es assez grande pour te rendre utile, tu refuses de mettre les pieds dans la cuisine et tu te plains toujours que la nourriture chinoise sent mauvais. »

Ou bien : « Tu te souviens de cette robe que tu adorais quand tu étais au jardin d'enfants, la rose avec des fleurs de cerisier dessus, et des nœuds ? Tu l'aimais tellement que tu voulais la porter tous les jours pour aller à l'école. Il fallait qu'on la lave à la main tous les soirs pour qu'elle soit propre et sèche le lendemain matin. Et aujourd'hui… du noir, du noir, du noir, rien que du noir. Est-ce qu'au moins ça t'arrive de laver ce tee-shirt ? Et ça, c'est du rouge à lèvres noir ? »

Enfin, bref, vous voyez où je veux en venir.

Mes parents ont cru que ma métamorphose, mon passage de gentille chenille à guêpe agressive, était un symptôme de ma crise d'adolescence associé à de mauvaises fréquentations, mais ils avaient tort. Tout ça, c'est à cause de mon frère aîné.

Mes parents croyaient que Mark était l'enfant parfait, et j'étais secrètement du même avis qu'eux. En réalité, ce n'était même pas un enfant. Il était poli, obéissant, sérieux dans ses études. La plupart de ses amis étaient des élèves de l'école chinoise. Il voulait devenir scientifique, spécialisé dans la recherche contre le cancer. En seconde, il avait rédigé un devoir de sciences qui lui avait valu une récompense nationale. Mes parents auraient préféré que Mark devienne médecin, ou homme d'affaires. (En plus des supermarchés dont il a hérité, mon père possède une grande entreprise d'import-export qu'il dirige avec ma mère. Ils sont très fiers de cette entreprise et espéraient que Mark la reprendrait.) Mais ils comprenaient et admiraient les ambitions humanitaires de Mark, et faisaient en sorte que tous leurs amis les comprennent aussi. Je les ai entendus à des soirées de la Fête du Printemps : « N'importe qui peut obtenir un diplôme de médecin et gagner de l'argent, mais passer sa vie à chercher un remède pour sauver tous ces pauvres gens qui souffrent... ah ! » Ils s'arrêtaient là, submergés par l'émotion, obligeant leur interlocuteur à terminer la phrase : « ... Ça c'est du vrai dévouement ! »

— Et c'est à lui que je te fais penser ? demanda Tariq.

Je savais très bien qu'il ne servait à rien d'être gentille si je voulais attirer l'attention de mes parents. Pendant un certain temps, j'ai essayé de détester Mark, mais j'en étais incapable. Dès qu'il avait le temps (ce qui était plutôt rare, avec tous ses devoirs, ses cours du soir, ses leçons de musique et ses projets humanitaires), il me laissait venir dans sa chambre pour jouer avec ses vieilles cartes de *Dragon Ball Z* et écouter ses groupes préférés (téléchargés illégalement sur Internet, selon son propre aveu). Je le regardais jouer au jeu vidéo *Chevaliers de l'Ancienne République* et je lui donnais des conseils, qu'il suivait parfois. Quand je calais sur un devoir, il essayait de m'aider, mais en général ses explications me dépassaient complètement. Il passait des semaines entières sur des expériences scientifiques qui me stupéfiaient : des systèmes solaires sophistiqués qui effectuaient des rotations à des vitesses différentes, ou des trucs compliqués avec des becs Bunsen et des brûleurs qui permettaient d'extraire l'eau de l'encre. Et il me laissait les toucher. Comment aurais-je pu le détester ?

Mais je devais absolument trouver quelque chose pour sortir de ce statut pathétique que j'avais à la maison. Je ne prévoyais pas de faire quelque chose de vraiment mal, comme ces filles dont parlent souvent les vieilles tantes, celles qui ont fugué de chez elles et sont tombées enceintes. Non, je voulais seulement me montrer suffisamment désobéissante pour que mes parents me remarquent. J'ai commencé par des petites rébellions sans gravité : je ne faisais plus mon lit, je refusais d'aller au cours de chinois, j'arrivais en retard au dîner et toute la famille était obligée de m'attendre, je ne rendais pas mes devoirs à temps pour que mes professeurs me renvoient à la maison avec des mots à faire signer par mon père. Je me levais tard et je ratais le bus, pour que ma mère soit obligée de m'emmener à l'école. J'étais insolente en cours, je me faisais coller. C'est pendant ces heures de colle que je me suis fait des amis parmi les gamins qui fumaient dans les toilettes, se battaient, buvaient du sirop contre la toux pour se défoncer et se mutilaient à coups de cutter.

J'ai bientôt eu toute l'attention que je désirais à la maison. Grand-mère pleurait et parlait d'esprits maléfiques ; mes parents hurlaient, me confisquaient mon iPod, me supprimaient mon argent de poche. Mais je n'en tirais pas la satisfaction espérée. Je me sentais encore plus vide qu'avant. Mais je ne pouvais pas simplement faire volte-face et redevenir la gentille petite fille d'autrefois. J'étais trop têtue. Alors je me suis mise à m'habiller en noir et j'ai essayé le sirop contre la toux – grand-mère attrape souvent froid, alors on en a toujours à la maison. Un jour, j'ai séché les cours pour aller dans un salon de tatouage avec ma copine Kiara et je me suis fait percer l'arcade sourcilière. Alors là, je peux vous dire que j'en ai reçu, de l'attention de mes parents !

Les choses ne faisaient qu'empirer quand, un soir, Mark est entré dans ma chambre. Je lui ai dit de sortir, je croyais qu'il était venu me faire la morale, comme tous les autres, mais il ne s'est pas mis en colère. Au lieu de ça, il m'a donné une longue boîte étroite, et quand je l'ai ouverte, j'ai vu qu'elle contenait sa vieille flûte. Je me suis alors souvenue que, même s'il jouait du violon aujourd'hui, il avait longtemps pris des cours de flûte. Il m'a donné une pile de livres de musique et m'a proposé de m'apprendre à jouer.

— On gardera ça pour nous, m'a-t-il dit.

Je crois que c'est l'idée d'avoir un secret rien qu'à nous qui m'a séduite. Je le soupçonne de s'en être douté.

Nous avons décidé de nous retrouver après les cours, dans un parc d'un autre quartier, pour qu'il me donne des leçons de flûte. Mark m'a dit qu'il ne pourrait m'enseigner que les rudiments, mais quand j'ai posé mes lèvres pour la première fois contre l'embouchure, j'ai eu la sensation la plus étrange qui soit, comme si j'avais déjà fait ce geste auparavant. Et c'était peut-être le cas, dans une autre vie. Sinon, comment aurais-je pu apprendre si vite ?

J'adorais nos après-midi dans le parc et la balade pour rentrer à la maison pendant laquelle je lui parlais de l'école et de mes amis (enfin, mes anciens amis, car je ne traînais plus beaucoup après les cours). Mark a levé un sourcil quand j'ai mentionné le sirop contre la toux, mais il m'a surtout dit que se mutiler n'avait rien de cool et que les adolescents qui commençaient à le faire développaient souvent de graves problèmes mentaux.

Mark n'a bientôt plus rien eu à m'apprendre. Il a téléchargé des sonates sur Internet pour les mettre sur son iPod, qu'il m'a prêté (le mien était toujours confisqué). Du Bach, du Haendel, un peu de Mozart. Il m'a donné un livre sur la vie des grands compositeurs. Je lisais et relisais ce livre jusque tard dans la nuit, souvent aux dépens de mes devoirs. Mon histoire préférée, c'était celle de Beethoven – pas tant pour sa musique (je préfère Bach) que pour sa vie tragique. Je pensais souvent à toutes les difficultés auxquelles il avait dû faire face : sa mère bien-aimée morte trop tôt, son père alcoolique, le fils de son défunt frère dont il avait la charge et qui lui causait toutes sortes de soucis. Personne dans sa famille ne l'appréciait à sa juste valeur. J'admirais surtout son obstination, alors qu'il avait compris, très tôt dans sa carrière, qu'il devenait sourd. A sa place, je me serais jetée dans le Danube, mais lui a continué à composer.

J'allais tous les jours au parc, après l'école, avec ma flûte et l'iPod de Mark. Installée sur un banc derrière un buisson exubérant, j'écoutais les sonates et les symphonies, et je m'entraînais à les jouer, seule, jusqu'à ce que la nuit tombe. Il arrivait que des gamins s'arrêtent pour me regarder et se moquer de moi, mais je savais quoi leur dire pour qu'ils s'en aillent. Mes notes ne s'amélioraient pas. Mes parents me criaient dessus parce que je rentrais tard à la maison. Et je ne portais toujours que du noir. Mais quelque chose avait changé en moi. Je ne voulais plus gaspiller mon énergie à être désagréable et méchante.

Un après-midi, quand je me suis sentie prête, j'ai invité Mark à me rejoindre au parc et je lui ai joué toutes les sonates que j'avais apprises pour lui, plus quelques mélodies que j'avais composées. Je m'attendais à ce qu'il m'applaudisse à la fin, mais il est resté là, immobile, à me regarder, puis il m'a dit :

— Lily, tu as un don. Tu ne peux pas le gâcher. Je dois le dire à papa et maman pour qu'ils te paient des cours.

J'ai d'abord refusé, mais Mark peut se montrer très persuasif. Je me suis bientôt retrouvée dans notre salon, à jouer de la flûte devant mes parents et ma grand-mère, stupéfaits. J'ai fait quelques erreurs, à cause du trac. Mais j'ai quand même dû assez bien m'en sortir, parce que quand j'ai terminé, ils m'ont serrée dans leurs bras, ma mère a pleuré en disant que j'aurais dû leur en parler plus tôt. Le lendemain, ils se sont arrangés pour que je puisse suivre les cours de Mme Huang, considérée comme le meilleur professeur de musique du quartier chinois. Et ils m'ont donné une flûte très chère (qu'ils avaient eu la prudence de louer, au cas où je changerais d'avis).

Et c'est comme ça que, du jour au lendemain, je suis devenue le centre d'intérêt à la maison et dans les soirées. (« Hé, vous avez entendu parler de cette Lily ? Elle a appris à jouer du Beethoven en quelques jours et toute seule ! Les autres doivent s'entraîner jusqu'à ce que leurs doigts tombent, mais elle, c'est un vrai génie ! » En général, à ce moment-là, grand-mère intervenait pour repousser le mauvais œil : « Non, non, elle fait encore beaucoup d'erreurs, elle n'est pas aussi douée que votre Caroline. ») J'observais Mark avec attention, pour voir si mon ascension lui posait problème, mais il avait au contraire l'air plutôt soulagé. Il était très occupé par ses préparatifs pour son entrée à l'université. Il avait été accepté au MIT[1] et passait beaucoup de temps sur Internet à vérifier les références

1. Institut de technologie du Massachusetts, université américaine de grande renommée, près de Boston, spécialisée dans les sciences et la technologie.

des professeurs et lire les évaluations des étudiants, pour choisir avec qui il voulait travailler. Doublement bénis par les dons de leur progéniture, mes parents ne cessaient de sourire – des sourires humbles, évidemment.

Mme Huang était un professeur ambitieux et elle m'a poussée autant qu'elle pouvait. Ça ne me dérangeait pas. J'avais faim de connaissances. Je l'écoutais tête baissée quand elle me reprochait d'avoir appris à jouer de la mauvaise manière. Même si ça me manquait, j'ai cessé de composer ma propre musique parce qu'elle m'avait dit que je devais d'abord recevoir une éducation classique complète. Le jour où elle m'a inscrite à un concours local, j'ai été prise d'une terrible angoisse à l'idée de jouer devant des inconnus. Mais j'ai remporté le concours. Elle m'a inscrite à un autre concours, plus important. J'ai encore gagné, l'angoisse en moins cette fois-ci. Je commençais à me rendre compte que j'étais meilleure que les autres candidats. J'aimais recevoir l'attention du public et les embrassades de mes parents surexcités. J'ai demandé à Mme Huang de m'inscrire à d'autres concours et je les ai préparés avec assiduité. Je me suis débarrassée de mes vêtements noirs et de mon maquillage gothique, et transformée en authentique banlieusarde, pour la plus grande joie de mes parents. Mark était parti étudier à l'université. C'était son premier semestre, mais ni mes parents ni moi ne nous préoccupions de savoir comment il se débrouillait loin de la maison. Nous étions trop occupés à gagner des concours (c'est une bien meilleure défonce qu'une bouteille entière de sirop contre la toux !). Et puis Mark était Mark. Nous savions qu'il s'en sortirait comme un chef.

Quand je lui ai envoyé un message pour lui raconter ma réussite en détail, il m'a félicitée. A la fin du message, il disait *N'en fais pas trop, trop tôt*. Cette phrase m'a semblé bien étrange. J'avais l'impression que c'était tout l'inverse. La musique m'était venue si tard. Il fallait que je me batte pour rattraper tous ces garçons et toutes ces filles qui jouaient depuis le jardin d'enfants. Comment aurais-je pu en faire trop ?

Mais un samedi matin, la veille d'un concours national très important, je me suis réveillée les doigts engourdis. Je me sentais lourde, de partout. Je n'avais aucune envie d'aller dans la pièce que mes parents m'avaient aménagée pour que je m'entraîne (l'ancienne chambre de Mark). Je ne voulais pas jouer la *Sonate n° 5 en mi mineur* de Bach, qui devait être mon morceau d'ouverture, alors que c'était pourtant un de mes préférés. J'avais envie d'appeler une copine et d'aller avec elle traîner au centre commercial, rigoler de choses futiles – mais je n'avais plus de copines à appeler. Mon obsession pour la musique avait fait fuir tous mes amis.

A l'instant où j'ai pris conscience de tout ça, j'ai eu envie de pleurer. Alors j'ai appelé mon frère.

Mark avait la voix un peu endormie au téléphone, alors que sur la côte est il était déjà midi passé. J'ai été surprise, parce que Mark est plutôt un lève-tôt. Je lui ai demandé ce qu'il faisait en ce moment, car nous n'avions pas discuté depuis un bon moment, et pourquoi il dormait encore à cette heure tardive. Il m'a répondu qu'il était sorti la nuit dernière.

— Tu as fait la fête ? lui ai-je demandé sur le ton de la plaisanterie.

Mark ne faisait jamais la fête. Pour lui, passer une bonne soirée se résumait à retrouver ses copains matheux dans un café pour boire un chocolat chaud en débattant de théories scientifiques obscures.

— On peut dire ça comme ça, m'a-t-il répondu.

Intriguée et amusée, je lui ai demandé s'il faisait souvent la fête depuis qu'il était à l'université. Il m'a interrompue :

— Ecoute, je te rappelle plus tard, d'accord ? J'ai un horrible mal de tête.

Il a raccroché avant que j'aie pu répondre. J'ai attendu plusieurs heures, mais il n'a pas rappelé.

Ma conversation – enfin, plus exactement, ma non-conversation – avec Mark n'a fait qu'aggraver cette sensation de lourdeur et d'engourdissement. Il était déjà quatorze heures passées, et j'aurais dû me préparer pour mon concours. Au lieu de ça, je suis sortie en douce de la maison, j'ai pris le bus 38 en direction du bord de mer et je suis partie pour une balade, dans l'espoir que l'air frais et iodé m'aérerait un peu l'esprit et m'aiderait à comprendre ce qui m'arrivait. La musique était entrée dans ma vie un an plus tôt. Je l'entendais constamment dans ma tête, tout au long de la journée, pendant que j'accomplissais les tâches ennuyeuses de la vie quotidienne. Les morceaux que je rêvais de composer, mais que je devais garder en moi jusqu'à ce que mon professeur m'autorise à les jouer, battaient des ailes dans mon crâne pendant mon sommeil, pareils à des oiseaux en cage. Alors pourquoi avais-je cette impression grandissante que si on me privait de ma flûte, ça ne me ferait ni chaud ni froid ? Et Mark… est-ce qu'il avait vraiment des problèmes ou est-ce que je projetais seulement mon angoisse sur lui ? Est-ce que je devais parler à mes parents de notre échange ou garder ça pour moi pour éviter de le trahir ? J'ai décidé d'attendre que Mark rentre à la maison aux vacances de Thanksgiving pour lui en parler directement.

J'avais espéré me sentir mieux le lendemain matin, mais entre-temps, mes lèvres s'étaient engourdies elles aussi et j'avais l'impression d'avoir des doigts en plomb. J'ai dit à ma mère que je ne me sentais pas bien, mais elle a prétendu que ce devait être une crise de panique et m'a fourrée dans la voiture avec tout mon matériel de musique. Je vous épargne les détails : au beau milieu de mon morceau, je suis tombée en catalepsie, et on a dû me faire descendre de scène. Mes parents m'ont ramenée à la maison et mise au lit, persuadés que j'avais attrapé la grippe ou une maladie de ce genre. Ma grand-mère m'a touché le front, qui n'était pas fiévreux, et a dit que c'était mon esprit qui était malade. Elle a fait brûler de l'encens dans ma chambre. Elle était plus proche qu'eux de la vérité. Je ne suis pas sûre que l'encens ait été efficace, mais le lendemain matin, j'ai déclaré à mes parents que je ne voulais plus participer au moindre concours et que Mark avait des problèmes. Comme je m'y attendais, ils ont pété les plombs.

A cette époque, j'avais moi aussi pété les plombs, alors je ne leur en veux pas. Ils avaient fait de leur mieux pour être de bons parents. Ils avaient passé leurs soirées et leurs week-ends à trimballer Mark d'une activité à une autre. Ils avaient soutenu ma passion subite et dispendieuse pour la flûte. Et surtout, pendant toutes ces années où tout le monde était convaincu que j'étais une bonne à rien, ils ne me l'avaient jamais reproché (croyez-moi, de la part de parents asiatiques, c'est presque un miracle !). Alors ce jour-là, c'est un peu comme si on leur avait donné une médaille d'or, pour la leur arracher juste après.

Vous pouvez facilement imaginer la crise que ça a été à la maison. Ils m'ont repris ma flûte et ont annulé mes cours. J'ai répliqué en remettant mes vêtements noirs et mon piercing. Puis ils m'ont laissée tranquille, parce qu'ils ont reçu un coup de téléphone du conseiller universitaire de Mark. Ils ne m'ont rien dit, mais d'après les bribes de leur discussion tumultueuse avec grand-mère, j'ai cru comprendre que Mark échouait à ses examens. J'ai entendu les mots *mauvaises fréquentations, problèmes d'alcool, sécher les cours*. Le conseiller de Mark leur a expliqué que ce genre de choses arrivaient parfois aux élèves qui avaient grandi dans des familles strictes, avec une éducation traditionnelle – ils géraient mal cette soudaine liberté que leur offrait l'université. Je n'arrivais pas à imaginer Mark tomber dans ce genre de piège. J'étais convaincue qu'il y avait autre chose derrière cette catastrophe. Ce week-end-là mes parents ont accroché une pancarte sur la porte de leurs bureaux : *Fermé jusqu'à nouvel ordre*. (Les seules autres fois où ils avaient fermé, c'était quand ma mère avait accouché.) Ils partaient pour Boston.

Le lundi suivant, en me levant le matin, je savais pertinemment que si j'allais en cours écouter le blabla de mes professeurs, j'allais devenir folle et je risquais de faire des choses que tout le monde regretterait. Alors j'ai pris mon sac à dos et je me suis précipitée dehors comme si j'étais sur le point de rater le bus de l'école, mais dès que j'ai été hors du champ de vision de grand-mère, j'ai pris la direction du parc. J'avais emmené la vieille flûte de Mark. Je me suis assise sur mon banc préféré derrière le gros buisson, et j'ai joué la *Sonate au clair de lune*, puis d'autres *Nocturnes*, qui collaient bien à mon humeur mélancolique. J'avais un peu faim, alors j'ai mangé les sandwichs que j'avais apportés, puis j'ai fait une petite sieste. Après avoir dormi un peu, j'ai joué mes mélodies à moi, les yeux fermés, en improvisant.

Je ne sais pas depuis combien de temps je jouais – j'avais mal aux lèvres, mais ce n'était pas désagréable – quand j'ai senti des mains sur mon visage. J'ai fait un bond d'au moins un mètre et j'ai crié tellement fort qu'on a dû m'entendre à l'autre bout du parc. J'ai ouvert les yeux. Il n'y avait personne. Je me suis souvenue de toutes les histoires de grand-mère sur les esprits des morts, et mes mains se sont mises à trembler. Et si Mark s'était suicidé et que son esprit était venu me dire au revoir ? Puis j'ai vu le garçon caché derrière un buisson. Il avait dû reculer quand je m'étais mise à hurler. Je lui ai dit de sortir de sa cachette, et quand il l'a fait, je me suis rendu compte qu'il était trisomique. J'avais déjà vu des trisomiques dans le parc, qui se promenaient en groupe, chaperonnés par des adultes. Il y avait peut-être une école spécialisée pas loin. Le garçon, qui devait avoir une dizaine d'années, s'était sûrement écarté du groupe. Il s'est approché de moi, un peu nerveux. Je lui ai dit que j'étais désolée de lui avoir fait peur, mais qu'il m'avait fait peur, lui aussi, et il m'a dit qu'il aimait ma musique. Je lui ai demandé s'il voulait que je joue encore. Il a hoché la tête et s'est assis dans l'herbe à mes pieds.

J'ai commencé à jouer un air triste que j'avais entendu dans ma tête pendant que je marchais sur la plage après ma conversation avec Mark. Mais au fur et à mesure que je jouais, je me suis aperçue que ce n'était pas si triste que ça. Il y avait des sursauts et des trilles, et même une boucle joyeuse qui revenait sans cesse. Au bout d'un moment, les autres enfants ont entendu la musique et sont venus s'asseoir avec le petit garçon. Mon ami (c'est ainsi que je le voyais) devait être un peu possessif, parce qu'il a posé sa main sur mon genou. Il sentait la confiture de fraises. J'ai joué la mélodie longtemps, je découvrais quelque chose de nouveau à chaque minute, puis il a été l'heure pour nous tous de rentrer.

Uma avait l'impression que son cerveau, en manque d'air frais, fonctionnait au ralenti. Après l'histoire de Lily, elle se mit à penser à son père… mais n'aurait-elle pas plutôt dû penser à lui quand Tariq avait parlé de son Abba ? Maintenant elle aurait dû se rappeler qu'elle avait toujours rêvé d'avoir un frère ou une sœur, et qu'elle en avait voulu à ses parents pendant des années parce qu'ils l'avaient privée d'un compagnon de jeu, alors que tous ses amis en avaient au moins un à disposition à la maison...

Quand il était encore étudiant en Inde, son père jouait de la guitare. Il était fan d'Elvis et tous ses camarades de classe disaient qu'il chantait bien. Il avait raconté ça à Uma quand elle avait douze ans et elle avait éclaté de rire, incapable d'imaginer son père en chanteur aux cheveux gominés. Vexé, il avait appelé son épouse à l'aide. Elle avait confirmé son histoire et avait même dit à Uma que c'était une des raisons pour lesquelles elle avait accepté de le rencontrer quand l'entremetteuse était venue voir sa famille avec une proposition de sa part.

— Et ta mère était très à la mode quand elle était étudiante, avait dit son père en glissant la main autour de la taille épaisse de sa mère. Elle portait des lunettes de soleil, des chaussures à talons et des chemisiers sans manches. Il lui arrivait de sécher des cours pour aller au *Metro Cinema* [1] voir des films américains. Le jour où je l'ai rencontrée, elle portait du vernis à ongles rose vif, assorti à son sari. Si je n'avais pas eu cette guitare, tu ne serais encore qu'une minuscule poussière dans l'œil de Dieu.

Uma était intriguée par ces images fantastiques d'elle flottant dans l'œil de Dieu et de sa mère aux ongles rose vif déambulant dans les rues de Calcutta, ses lunettes de soleil sur le nez, et congédiant ses prétendants les uns après les autres. Elle

1. Cinéma célèbre de Calcutta, ouvert depuis 1935.

avait regardé ses parents, lui chauve et elle bedonnante, dans leurs vêtements bon marché, appuyés l'un sur l'autre et échangeant des regards complices, et elle s'était sentie mélancolique en pensant aux jeunes gens fascinants qu'ils avaient été et ne seraient plus jamais.

Mais ses parents avaient d'autres surprises cachées dans leurs manches en polyester, notamment celle que son père allait lui révéler pendant son premier semestre d'université.

Les neuf survivants mangèrent ce qu'il restait de nourriture le plus lentement possible, recroquevillés les uns contre les autres pour se protéger du froid. Le trou dans le plafond refroidissait encore plus la pièce. Ils tenaient leurs barres de céréales et leurs minuscules quartiers de pomme tout près de leurs bouches, de peur qu'ils se volatilisent en chemin. Ce ne fut pas Cameron qui distribua la nourriture cette fois-ci. De là où il était assis, le dos appuyé contre le bras valide d'Uma, il haussa un sourcil dans la direction de Malathi et Mangalam, qui comprirent tout de suite et se levèrent pour diviser la nourriture en parts égales et distribuer une portion à chacun. Uma remarqua qu'il y avait plus de choses à manger qu'au début. Les gens avaient dû sortir des en-cas de leurs cachettes secrètes et les déposer discrètement sur le guichet quand tout le monde était occupé ailleurs. Il y avait un sachet de bâtonnets de carottes, un petit pain complet et trois petites truffes au chocolat blanc, délicieuses, que Mangalam découpa avec une attention particulière. Mais tout ça disparut en seulement quelques bouchées.

Cameron chuchota des instructions dans l'oreille d'Uma, qui fut chargée d'annoncer qu'ils pourraient utiliser les toilettes une dernière fois. L'eau devait avoir atteint le bord de la cuvette maintenant. (Comment feraient-ils quand les toilettes seraient devenues inutilisables ? s'interrogea Uma.) La porte de la salle de bains ne fermait plus à cause de l'eau, ils devaient donc attendre hors du bureau de Mangalam afin de laisser un peu d'intimité à celui qui utilisait les toilettes.

Quelques personnes enfilèrent avec peine leurs chaussures mouillées et descendirent prudemment de leur table. Uma remarqua M. Pritchett au bout de la queue. Ne venait-il pas d'aller aux toilettes ? Mais ce monsieur si « comme il faut » devait appréhender le moment où il leur faudrait uriner dans un pichet ou un bol – ce qui ne tarderait pas à arriver, étant donné la vitesse à laquelle l'eau montait – et préférait sans doute prendre un maximum de précautions.

A côté d'Uma, Cameron s'était raidi. Il avait lui aussi les yeux rivés sur M. Pritchett. Il chuchota quelque chose à l'oreille de l'étudiante, qui leva son bras cassé et lança :

— Monsieur Pritchett, vous voulez bien venir nous voir un instant ?

Comment avait-elle pu oublier ses pauses-cigarette ?

M. Pritchett eut l'air agacé, mais il pouvait difficilement refuser. Quand il arriva près d'eux, Cameron tendit la main et lui dit :

— Donnez-moi vos cigarettes et votre briquet.

— Vous ne me faites pas confiance ? s'indigna M. Pritchett en raidissant les épaules. Vous croyez que je serais assez bête pour allumer un briquet et nous mettre tous en danger ?

Uma était sur le point d'appeler Tariq, qui somnolait sur le bureau d'à côté, pour qu'il leur vienne en aide, mais M. Pritchett cracha :

— Vous avez tort, espèce de connard suspicieux !

Et il jeta son briquet doré et son paquet de cigarettes écrasé sur le bureau. Puis il regagna d'un pas déterminé (aussi déterminé qu'on peut l'être dans une eau gelée qui vous arrive aux chevilles) la queue pour la salle de bains.

Tandis qu'elle attendait son tour à la salle de bains, Mme Pritchett essaya de se remémorer un souvenir bien précis. La passion de Lily pour la musique l'avait beaucoup touchée et avait fait remonter des bribes de ce souvenir. Cela concernait la cuisine de sa mère. Mais elle sentait l'étreinte glacée de l'eau sur ses jambes et ses articulations lui faisaient mal. Elle avait de plus en plus de difficultés à grimper et descendre de sa table depuis qu'ils s'étaient réfugiés sur les bureaux – son arthrite la faisait beaucoup souffrir –, mais elle ne voulait pas demander d'aide, elle refusait que les autres sachent que son corps commençait à la trahir. L'air poussiéreux lui asséchait la langue et une odeur tenace, qu'elle n'arrivait pas à identifier, la dérangeait.

M. Pritchett la dérangeait aussi. Elle sentait sa présence au bout de la file, il émettait une énergie négative. Du coin de l'œil, elle avait suivi l'échange entre lui et Cameron, et l'avait vu jeter son briquet et ses cigarettes sur la table. Elle avait alors senti monter en elle un élan de sympathie. Elle ne connaissait que trop bien la dépendance, la façon dont la substance interdite monopolise l'attention de toutes les cellules de votre cerveau, la vibration qui se répand dans votre système nerveux comme le long de cordes de guitare et fait résonner en vous une musique mystérieuse. Elle avait prévu de prendre un cachet, peut-être deux, dès qu'elle serait dans la salle de bains, pour être au mieux de ses capacités quand viendrait son tour de raconter une histoire. Elle aurait aimé pouvoir partager les cachets avec M. Pritchett, mais elle ne le pouvait pas, évidemment. Elle ne pouvait même pas lui parler au sujet du chaton. Il y avait des gens entre elle et lui, et il aurait eu honte qu'elle parle de ça devant eux.

Le souvenir qu'elle essayait de reconstituer lui revint enfin dans sa totalité : elle était assise face à ce comptoir de cuisine recouvert de linoléum jaune vif, avec sa meilleure amie Debbie, et chacune avait devant elle une belle part de tarte aux pêches. C'était Mme Pritchett – Vivienne – qui avait fait la tarte. A cette époque, elle adorait faire des pâtisseries. La douceur de la pâte à pain levée contre sa paume. La joliesse des pommes coupées en tranches si fines qu'on pouvait voir à travers. Et elle était douée. Assez pour que Debbie et elle aient planifié, pendant leur dernière année de lycée, de reprendre la pâtisserie du père de Debbie dès qu'elles auraient obtenu leur diplôme.

— Viv, lança Debbie, j'ai une excellente nouvelle à t'annoncer !

— Laisse-moi deviner… Tu vas te marier, répondit Vivienne.

C'était une plaisanterie entre elles, qui durait depuis la sixième.

Debbie roula des yeux.

— Idiote ! Papa a dit oui ! Il veut bien nous laisser tenir la pâtisserie, pendant six mois !

Pourquoi le sourire de Vivienne n'était-il pas aussi enthousiaste qu'il aurait dû l'être ?

Debbie, dans son excitation, ne remarqua rien.

— Nous serons en charge de tout, dit-elle. Diriger les employés, choisir les recettes, acheter les ingrédients, fixer les prix… tout ! Papa va m'apprendre à tenir les comptes. M. Parma va rester pour faire le pain, mais tu pourras t'occuper de toutes les pâtisseries. Si on s'en sort bien, on pourra lui racheter l'affaire. On n'aura pas à sortir le moindre centime, il suffira de le payer chaque mois avec les bénéfices. Qu'est-ce que tu en dis ?

C'est parfait, aurait voulu répondre Mme Pritchett, à la place de la jeune Vivienne. *Allons-y !* Mais dans son souvenir, Vivienne levait son visage empourpré par le bonheur et la culpabilité, et Mme Pritchett savait, le cœur brisé, qu'elle allait laisser tomber sa meilleure amie.

Quelques heures plus tôt, Mme Pritchett avait senti la panique monter en elle. Et si jamais elle mourait avant d'avoir pu raconter son histoire ? Maintenant qu'elle avait pris ses cachets, ces petits miracles de la science, dans l'intimité de la salle de bains, elle se sentait sereine et expansive. A l'hôpital, avant de partir, l'infirmière lui avait dit : « Si ce n'est pas dans cette vie, ce sera dans la prochaine. » Mme Pritchett se répétait cette phrase comme un mantra. Elle n'avait plus peur. Et quand M. Pritchett avait demandé à ce que tout le monde retourne s'asseoir et lui laisse un peu d'intimité aux toilettes parce qu'il était constipé, elle n'avait pas ressenti la moindre honte.

Mais alors qu'elle retournait vers le bureau, en une seconde, son cerveau fit la connexion entre tous les éléments. M. Pritchett n'avait jamais été constipé. Il avait poussé la porte de la salle de bains, malgré la résistance de l'eau, jusqu'à ce qu'elle soit complètement fermée. L'odeur qu'elle sentait depuis un petit moment était celle du gaz. Et quand Cameron avait demandé qu'il lui remette son briquet et ses cigarettes, il avait feint la surprise et la colère. Ça n'avait rien de sincère.

Elle agrippa le bras de la personne la plus proche, qui se trouva être Mangalam.

— Je crois que M. Pritchett a prévu de fumer là-dedans, chuchota-t-elle. (Elle ne pouvait pas supporter de trahir son époux devant tout le monde.) Vous devez l'en empêcher… Je sens l'odeur du gaz.

Mangalam se précipita vers la salle de bains, aussi vite et aussi gracieusement que le permettaient les conditions, et se jeta contre la porte fermée. Mme Pritchett sentit son estomac se serrer, la porte résistait. Mais elle finit par céder et heurta M. Pritchett au moment précis où il allait allumer son briquet. Il trébucha, la cigarette et le briquet lui glissèrent des doigts et tombèrent dans l'eau. Mangalam trébucha sur M. Pritchett et l'entraîna dans sa chute. Mme Pritchett vit son époux envoyer un coup de poing vers la tête de Mangalam, mais il ne devait pas y avoir mis beaucoup de cœur, car l'autre n'eut aucune peine à l'esquiver. Mme Pritchett craignait que Mangalam réplique, mais le fonctionnaire se releva en s'aidant du lavabo et aida M. Pritchett à se remettre sur ses pieds.

Les deux hommes retournèrent s'asseoir sur les tables, dégoulinants et frigorifiés. Mangalam grommela qu'ils avaient trébuché dans le noir. Mme Pritchett vit les regards dubitatifs, mais personne ne fit le moindre commentaire. Dans une sorte de coassement amphibien, Cameron ordonna aux deux hommes d'enlever leurs vêtements. Les autres leur donnèrent des morceaux de tissu bleu pour qu'ils s'essuient, puis toutes les nappes et les vêtements dont ils pouvaient se passer. Cameron et Tariq enlevèrent leurs maillots de corps. Mme Pritchett insista pour donner son pull à M. Pritchett et Tariq alla chercher son châle de prière dans son attaché-case : il l'avait posé sur le guichet tout à l'heure, sans même y penser, *Alhamdulillah*. Il donna le châle à Mangalam. Tout le monde détourna les yeux pendant que les hommes enfilaient ce qu'on leur avait donné et étalaient leurs vêtements mouillés sur les armoires à dossiers – un geste bien futile. Rien ne séchait dans ce mausolée humide.

Le fin rayon de lumière qui tombait du plafond commençait à faiblir. Uma demanda à Cameron s'il voulait raconter la prochaine histoire. Elle craignait qu'il n'ait pas la force de le faire plus tard. Mais le soldat montra du doigt Mangalam. Le fonctionnaire claquait des dents. Il lui faudrait encore quelques minutes pour se réchauffer un peu. Mme Pritchett fouilla dans son sac à main et en sortit une petite bouteille de lotion pour le corps, format voyage. Elle frotta un peu les mains de Mangalam et de son mari avec la lotion. M. Pritchett eut d'abord un mouvement de recul, mais il finit par laisser faire son épouse. Un léger parfum de lavande emplit la pièce, rappelant à Uma que c'était l'odeur préférée de sa mère. Pour son anniversaire, Uma et son père allaient toujours dans un magasin spécialisé du centre-ville pour lui acheter une grande bouteille d'eau de lavande importée de France. Uma se souvenait du poids de la bouteille, de sa forme élancée, de son long cou bleu foncé. Mais quand elle était entrée au lycée, la tradition avait périclité, sans qu'elle se rappelle pourquoi.

— Tu n'aurais pas ta flûte avec toi, par hasard ? demanda Tariq à Lily.

— Si, répondit-elle.

Elle farfouilla dans son sac à dos qu'elle avait posé derrière elle et en sortit l'élégant instrument argenté.

— Tu es sûr ? demanda-t-elle. Je vais utiliser beaucoup d'oxygène…

Tariq l'encouragea d'un mouvement du menton, et personne ne souleva la moindre objection. Lily joua une mélodie courte et apaisante. La lumière qui perçait à travers les décombres l'éclaira un bref instant avant de s'éteindre.

13

Je suis né dans une famille pauvre d'une petite ville du Sud de l'Inde, j'étais le premier fils après trois filles. Quand l'astrologue a étudié les étoiles du jour de ma naissance, il a dit à mes parents que je m'élèverais haut dans l'échelle sociale et que je le devrais à mon visage. Mes parents, ravis, ont interprété cette prédiction à leur manière, en pensant que je leur donnerais la chance de grimper dans la société. Ils ont donc fait en sorte que je bénéficie de tout ce qu'il y avait de mieux, des portions de nourriture supplémentaires à des nouveaux vêtements pour la fête des Moissons, en passant par une scolarité onéreuse dans la meilleure école de la région, tout ça aux dépens de mes sœurs. Comme vous devez vous en douter, j'ai grandi avec la conviction que je méritais tout ce que mes parents m'offraient, et j'étais bien trop gâté. Néanmoins, pour ma défense, je dois ajouter que j'étais l'élève le plus brillant de l'école et sans doute aussi le plus beau. Et même si j'avais pu m'en sortir convenablement en classe sans fournir le moindre effort, je donnais le meilleur de moi-même pour atteindre l'excellence. Je prenais très à cœur mon rôle de sauveur de la famille.

Mes efforts ont payé : j'ai obtenu une bourse généreuse qui m'a permis d'intégrer une des grandes universités de la lointaine Delhi. Dès le début, j'ai étudié avec assiduité et obtenu de très bons résultats aux examens, mais j'ai rapidement compris que les réussites académiques ne suffiraient pas à m'ouvrir les portes du succès. Les bureaux de la ville étaient pleins d'hommes brillants qui végétaient à des postes subalternes. J'étais bien déterminé à ne pas faire partie de ces gens-là. Je ne pouvais pas me le permettre. Même si ma famille n'en parlait jamais, je savais qu'ils attendaient avec impatience que leur investissement commence à leur rapporter. Deux de mes sœurs étaient encore à marier, et chaque année qui passait diminuait leurs chances de trouver un époux – à moins de promettre une belle dot au candidat. Ma grand-mère souffrait d'un problème à la hanche qui nécessiterait bientôt un traitement cher. La vieille maison de famille tombait en ruines. Mon père rafistolait le toit à chaque mousson et attendait, stoïque, le jour où je recevrais enfin mon diplôme. La seule personne qui ne semblait rien attendre de moi était ma mère. C'est sûrement pour ça que ce que je désirais le plus, c'était lui faire un cadeau. J'arrêtai mon choix sur une paire de joncs en or (elle avait vendu les siens pour m'acheter des vêtements pour l'université). En rentrant de mes cours, je traînais souvent devant la vitrine du bijoutier local à regarder les bracelets et j'imaginais l'expression de ma mère quand je lui tendrais l'écrin en velours.

Mais il fallait d'abord que je trouve un bon emploi. Pour ce faire, je devais connaître des gens haut placés ; et par connaître, je veux dire connaître intimement. J'entrepris donc des recherches pour savoir où rencontrer ce genre de personnes. Un certain nombre de lieux, tels que le tennis-club, ou le club de polo, nécessitaient des moyens que je ne possédais pas. Puis j'ai entendu parler du ciné-club.

C'est là que les enfants de nantis – dont une partie entretenaient des rêves de gloire, et les autres se voyaient en futurs réalisateurs et critiques – se réunissaient deux fois par mois pour visionner et faire la critique de films étrangers que le père d'un des membres se procurait par le biais de son réseau. Je prenais soin de lire tout ce qui me tombait sous la main au sujet de ces films avant de les voir, afin de faire des commentaires intelligents et parfois provocants au moment opportun. (A ma grande surprise, cette activité me permit de découvrir que j'adorais lire.) En peu de temps, je fus considéré comme un expert dans de nombreux domaines, et les membres du ciné-club me demandaient mon avis sur tout un tas de sujets. Les gens aimaient aussi mon apparence – mon visage avenant et mon physique athlétique, que j'entretenais au prix d'un régime strict et d'exercices réguliers.

Il était d'usage qu'après le film, les membres du club sortent dîner au très élégant *Hôtel Impérial*, où chacun payait l'addition à tour de rôle. Je fus bientôt invité à me joindre à eux. Le restaurant de l'hôtel était affreusement cher. Mais j'économisai l'argent pendant un mois entier, ne me nourrissant que de riz et de légumes que je cuisinais sur un réchaud à gaz, dans ma petite chambre, et le jour où j'eus enfin réuni la somme, je pris l'addition des mains du serveur à la fin du repas, d'un air totalement détaché, et lançai à la cantonade : « C'est pour moi, les amis. »

C'est au cours d'un de ces dîners que je fis la connaissance de Naina, fille unique d'un fonctionnaire haut placé au gouvernement. Je lui fis la cour avec intelligence, en lui offrant des poèmes d'amour – signés de mon nom mais copiés dans des anthologies que je savais qu'elle ne lirait jamais – et en exerçant la pression adéquate sur sa main pendant nos promenades du soir dans les jardins de Lodhi. J'espère que vous n'aurez pas une trop mauvaise opinion de moi. Mon cœur battait la chamade pendant ces promenades, et j'ai cru que l'amour en était la cause. Mais c'était peut-être du désespoir… J'étais à six mois de recevoir mon diplôme, et ma grand-mère venait d'être hospitalisée. Finalement, je profitai d'une excursion au Taj Mahal – planifiée par mes soins un soir de pleine lune, afin de tirer avantage de la lumière hypnotique – pour lui avouer mes sentiments, m'empressant d'ajouter qu'elle devait m'oublier. Je venais d'un milieu trop modeste, elle ne pourrait jamais convaincre son père de m'accepter comme gendre.

Ce défi voilé eut exactement l'effet escompté. Naina alla voir son père et lui dit qu'elle n'épouserait personne d'autre que moi. Son père n'apprécia pas du tout. Mais son amour pour sa fille était la seule brèche dans son armure. Il engagea des détectives privés pour enquêter sur mes origines et mon passé. Ils n'y trouvèrent rien de blâmable, si ce n'est ma pauvreté. Impressionné par l'ambition qui m'avait mené si loin dans la vie, il m'invita à son bureau et, après m'avoir tenu sur le gril pendant une heure interminable, il m'accorda la main de sa fille. Il offrit même de me procurer un poste haut placé – il était convaincu que je m'en sortirais très bien au ministère du Protocole – et me conseilla de me présenter aux examens adéquats. La seule chose qu'il attendait de moi, me dit-il quand nous nous serrâmes la main, c'était que je rende sa fille heureuse. Echouer dans cette entreprise, ajouta-t-il en souriant jovialement, pourrait s'avérer dangereux pour ma santé. Plaisanterie ou menace réelle, en tout cas, je ne m'en inquiétai pas. Ça ne devait pas être si difficile que ça de rendre une femme heureuse, me disais-je. Je ne me doutais pas une seconde qu'après notre mariage, la douce Naina allait se transformer en Mr. Hyde.

Les premiers signes furent presque imperceptibles : Naina me demandait d'aller lui chercher un verre, pendant une soirée chez des amis, d'un ton qui ressemblait plus à un ordre qu'à une simple requête ; Naina décidait de décorer notre luxueux appartement, cadeau de son père, en rouge vif, alors que j'aurais préféré quelque chose de plus discret ; Naina feuilletait les paquets d'invitations que nous recevions et décidait seule de celles que nous allions accepter ou décliner ; Naina passait des heures dans des magasins de chaussures aux prix exorbitants et choisissait une paire qui coûtait l'équivalent d'une semaine de mon salaire. (Le jour où je lui en ai fait la remarque, elle m'a rappelé qu'elle payait avec son argent. C'était vrai. En plus d'un fonds de pension bien fourni, elle bénéficiait d'une rente mensuelle avec laquelle elle payait toutes les dépenses du foyer, pour que je sois libre d'utiliser mon salaire comme bon me semblait. De ce point de vue, elle était très généreuse.)

Je supportais ces petits détails sans broncher. Toute sa vie, Naina avait eu ce qu'elle voulait, au moment précis où elle le voulait. Je me disais qu'il lui faudrait sûrement un peu de temps pour s'habituer à la vie conjugale. De mon côté, je me concentrais sur mon travail, qui consistait à superviser l'accueil de dignitaires étrangers. J'aimais converser avec des puissants venus des quatre coins du monde. J'aimais aussi le personnel de mon service, qui me traitait avec une déférence que je n'avais encore jamais connue. Chaque mois, j'envoyais une grosse partie de mon salaire à mes parents, qui avaient réparé le toit, payé les factures médicales les plus urgentes et préparé le mariage de ma deuxième sœur. C'était une époque heureuse.

Oui, une époque heureuse, même si Naina refusa de m'accompagner au mariage de ma sœur, dans mon village. Elle prétendit avoir déjà réservé des billets pour le festival de Cannes, pour nous deux. Je dus faire de gros efforts sur moi-même pour ne pas m'énerver et je lui demandai de réfléchir parce que j'aurais vraiment aimé qu'elle vienne avec moi assister à cet événement familial important. Elle me demanda si j'étais devenu fou. Ce fut notre première dispute… mais nous en étions encore au début de notre mariage, et la réconciliation ne tarda pas. Plus tard, elle me dit qu'elle serait de mauvaise humeur si elle venait au mariage et qu'elle risquait de mettre tout le monde de mauvaise humeur (c'était sa façon à elle de s'excuser). Elle alla donc à Cannes avec sa meilleure amie Rita, et j'allai au mariage de ma sœur tout seul, résigné à affronter les questions de ma famille.

L'événement qui causa un tort irréparable à notre mariage se produisit l'année suivante, quand mes parents voulurent nous rendre visite. J'essayai de les décourager, leur proposai de venir les voir au village, mais ils mouraient d'envie de découvrir mon luxueux appartement... et ma charmante épouse. Quand j'annonçai la nouvelle à Naina, elle se contenta de hausser les épaules et de me dire qu'ils pouvaient venir, mais qu'elle refusait de les héberger dans notre appartement. Ils n'auraient qu'à aller à l'hôtel. Je n'avais pas à m'inquiéter, elle payerait.

Ceux d'entre vous qui connaissent les traditions indiennes comprendront quelle insulte c'était pour mes parents – et pour moi. Mais je ne pouvais rien dire. La dernière phrase de Naina m'avait permis de me rendre compte à quel point j'étais dépendant d'elle. Je vivais dans son appartement, je mangeais sa nourriture. Même mon emploi, je le devais à son père, qui avait su tirer les bonnes ficelles. J'étais mortifié d'avoir un jour cru que tout ça était une chance.

Le lendemain, je suis resté au bureau après le travail. Quand tous les employés furent enfin partis, j'ai appelé mes parents pour leur annoncer la décision de Naina. Ils n'ont pas exprimé ouvertement la douleur qu'ils ressentaient, sans aucun doute. Ils m'ont simplement dit que je n'avais pas à m'inquiéter : ils viendraient plus tard, l'année prochaine peut-être, quand ce serait plus pratique pour tout le monde. Mais je savais très bien la vérité. Mes parents étaient des gens fiers ; ils ne demanderaient plus jamais à venir nous voir. Ma mère a ajouté qu'elle m'avait préparé une boîte de Maisoorpak, mes sucreries préférées, et qu'elle me les enverrait par la poste. Elle espérait que Naina les aimerait. Après avoir raccroché le téléphone, je me suis pris la tête dans les mains. J'avais fait la plus grosse erreur de ma vie en épousant Naina, je m'en apercevais enfin, mais il était trop tard. Je me suis mis à pleurer.

C'est à ce moment-là que quelqu'un a frappé à la porte. Une voix féminine m'a demandé d'un ton hésitant si je me sentais bien. C'était Latika, la comptable de notre service, elle avait dû travailler plus tard que d'habitude. Elle avait entendu mes sanglots en passant à côté de mon bureau. Sa sollicitude me fit sangloter de plus belle. Latika alla me chercher un verre d'eau puis fouilla dans son sac à main et me tendit un mouchoir pour que je m'essuie le visage. Elle me dit que mes soucis, quels qu'ils soient, me sembleraient sûrement moins insurmontables le lendemain matin. Je lui répondis que j'en doutais. Sans même m'en rendre compte, je me mis à lui parler de mes problèmes conjugaux. Elle tira une chaise pour s'asseoir et m'écouta, sans essayer de proposer de solution.

Je n'ai pas pu m'empêcher de comparer Latika à Naina. Les deux femmes étaient à l'opposé l'une de l'autre. Latika n'était pas une beauté, mais dans son sari simple, avec son maquillage discret, elle rayonnait. Si Naina était une boule à facettes, Latika était la lune dans un ciel brumeux. Derrière ses lunettes, ses yeux débordaient de compréhension, et j'eus le sentiment qu'elle comprenait parfaitement la signification du mot « mérite ». Le mouchoir qu'elle m'avait donné était effiloché sur les bords, et je fus surpris de constater qu'elle n'avait pas hésité à le partager avec moi, au risque de dévoiler ses maigres moyens. Ce geste lui donnait un air courageux et vulnérable à la fois, mais aussi un aspect réel, contrairement à tous les gens que je fréquentais depuis un certain temps.

J'ai dû parler pendant près d'une demi-heure, passant de ma colère envers Naina à mes parents et aux sacrifices qu'ils avaient faits pour moi. En retour, Latika m'a raconté que ses parents étaient morts dans un accident de train deux ans plus tôt. Elle pensait à eux tous les jours, ils lui manquaient. Il ne lui restait que son jeune frère, dont elle payait les études universitaires.

Je lui présentai mes excuses pour l'avoir mise en retard et lui proposai de la ramener en voiture (je conduisais une BMW que mon beau-père m'avait donnée et dont – jusqu'à ce jour – j'étais très fier), mais elle refusa. Il y avait encore des bus et ils s'arrêtaient juste devant la pension pour femmes où elle logeait. Mais j'insistai, en lui faisant remarquer qu'il pleuvait. Nous avons couru sous la pluie pour traverser la rue et atteindre le parking couvert. Nous étions trempés et secoués d'éclats de rire quand nous sommes arrivés à la voiture. Une heure plus tôt, je n'aurais pas cru pouvoir rire un jour comme celui-là. En ramenant Latika à sa pension, j'ai senti que, pour contrebalancer mon malheur, l'univers m'avait offert une amie.

Je ne sais plus vraiment à quel moment notre amitié s'est transformée en amour. Aucun de nous ne l'avait prévu. Pour Latika, il était formellement interdit de s'attacher au mari d'une autre femme. Quand elle comprit ce qui était en train de se passer, elle tenta de me repousser. Mais ce qui était né entre nous était trop puissant pour qu'on y résiste. Toutefois, notre relation ne se concrétisa jamais sur le plan physique – Latika était inflexible sur ce point-là. Nous ne savions que trop bien qu'il fallait rester discrets. Au bureau, nous n'étions que des collègues, mais chaque jour, après le travail, pendant une heure – une heure précieuse –, nous allions au cinéma, ce bon vieux refuge des amoureux dans les villes indiennes surpeuplées. Nous choisissions des petits cinémas, avec de mauvais écrans et pas de climatisation, dans lesquels il y avait moins de monde. Il fallait aller dans un cinéma différent tous les jours, s'asseoir tout au fond. Et là, main dans la main, nous discutions en chuchotant. Au fil des mois, nous nous prîmes à rêver d'un avenir ensemble, dans une autre ville, loin de Delhi, un avenir où mes parents et son frère avaient aussi leur place.

Un beau jour, j'allai voir mon patron et, de but en blanc, je lui demandai de me transférer dans une autre branche du service, au sud du pays – pour des raisons familiales, prétextai-je. Il essaya de m'en dissuader, affirmant que ce serait un énorme pas en arrière et que ma carrière en pâtirait beaucoup. Je m'en fichais. Mon ambition, autrefois une conflagration, n'était plus qu'un petit brasier sur le point de s'éteindre. Le jour où ma mutation fut acceptée, j'annonçai à Naina mon intention de divorcer. Nous n'étions pas compatibles. Elle adorait les réceptions et le shopping, les vacances hors de prix et la boutique de luxe qu'elle venait d'ouvrir. Tout ce qui comptait pour moi – mon travail, mes amis, mes livres, ma famille – l'ennuyait terriblement. Pourquoi ne pas admettre que nous avions fait une erreur de jeunesse et ne pas partir chacun de son côté ?

Naina m'a fixé, les yeux écarquillés. J'ai cru un instant qu'elle allait faire une attaque. Puis elle s'est précipitée dans sa chambre et a claqué la porte derrière elle. Quelques secondes plus tard, je l'ai entendue parler au téléphone, à voix basse, mais d'un ton furieux – elle était certainement en train de dire du mal de moi à une de ses amies. Peu importait. Je venais de faire un pas vers la liberté et je me sentais plus léger. J'allai dans ma propre chambre – nous faisions chambre à part depuis déjà plusieurs mois, et nos relations physiques étaient quasi inexistantes. J'utilisai ma ligne personnelle pour appeler Latika et lui raconter ce qui s'était passé. Elle était un peu effrayée, mais surtout très excitée ; elle était déjà au courant pour ma mutation. Nous avons décidé d'en parler plus longuement après le travail.

Le lendemain matin, j'étais dans mon bureau, à finaliser quelques détails pour la visite d'un ministre ghanéen, quand j'ai entendu un grand bruit. Je me suis levé, je suis sorti du bureau et j'ai vu quatre policiers encadrant Latika dans le couloir. Elle avait les cheveux ébouriffés et des larmes striaient ses joues. Elle m'a jeté un regard noir quand ils sont passés à côté de moi. J'ai attrapé le bras d'un des policiers et je lui ai demandé ce qui se passait ; il m'a repoussé en disant qu'il n'avait pas le droit d'en discuter avec moi. Le couloir était plein d'employés qui observaient la scène et chuchotaient entre eux, ravis d'être témoins d'un tel scandale. Je voulais courir derrière elle, mais la présence de tous ces gens m'en a empêché. Je suis retourné dans mon bureau, j'ai appelé mon secrétaire. Il m'a révélé que tôt ce matin, la police était arrivée avec une sommation pour Latika. Apparemment, il manquait une somme d'argent conséquente sur les comptes dont Latika était chargée, et on la suspectait de l'avoir détournée. On allait l'interroger au commissariat central.

Je me suis emparé de mon attaché-case et j'ai dévalé les escaliers. Je devais aller au commissariat et faire tout ce qui était en mon pouvoir pour aider Latika. J'étais convaincu de son innocence, cette affaire serait vite réglée. Mais en chemin, la secrétaire de mon patron – une femme plus âgée qui travaillait dans le service depuis des années et connaissait les secrets de tout le monde – m'a arrêté. Mon patron voulait me voir. Immédiatement.

Je lui ai dit que je devais partir tout de suite, que c'était une urgence personnelle, que j'irais le voir dès mon retour.

Elle a secoué la tête.

— Si vous n'allez pas le voir tout de suite, vous n'aurez peut-être plus de travail quand vous reviendrez.

Son ton m'inquiétait. Je l'ai suivie dans le bureau de mon patron. Il n'a pas perdu de temps en conjectures.

— J'ai reçu une lettre venant de très haut ce matin, m'a-t-il annoncé. Votre mutation a été annulée.

Il ne m'a donné aucune explication. Il s'est contenté de me suggérer de retourner dans mon bureau et de me concentrer sur la visite du ministre ghanéen.

Lorsque je suis sorti de ce bref entretien, j'ai dû m'appuyer sur le bureau de sa secrétaire pour ne pas m'écrouler. J'avais la tête qui tournait. En moins d'une heure, mon monde s'était effondré. Que se passait-il ?

La secrétaire m'a gratifié d'un regard de sympathie pour le moins ironique.

— J'ai comme l'impression que vous avez mis certaines personnes en colère. A votre place, j'essaierais de me faire pardonner le plus vite possible et je me tiendrais très loin de Latika.

J'ai compris alors ce qui s'était passé. Naina n'avait pas appelé une amie, la veille au soir. Elle avait appelé son père, et celui-ci avait frappé, comme un aigle qui sait exactement comment frapper mortellement sa proie du premier coup.

J'ai abandonné mon attaché-case sur le sol du bureau de la secrétaire et je suis parti comme un fou pour la pension où vivait Latika. Quelques billets glissés au jardinier, et j'ai appris qu'une heure plus tôt, la concierge avait reçu un coup de téléphone qui l'avait bouleversée. Elle avait fait emballer les affaires de Mlle Latika et les avait déposées devant le portail. Le gardien avait reçu l'ordre de les donner à Mlle Latika quand elle viendrait, mais de ne pas la laisser entrer dans la pension. Peu de temps après, Mlle Latika était arrivée en camion de police. Elle avait récupéré ses affaires et dit au gardien qu'elle quittait la ville. Un des policiers l'avait empêchée d'en dire plus. Elle avait donné un billet de dix roupies au jardinier en partant, et dans ce billet plié en quatre était caché un mot à l'attention d'un certain M. Mangalam.

Je lui ai glissé encore quelques billets, et il m'a donné la lettre. Il n'y avait qu'une seule phrase : *Pour notre bien à tous les deux, ne cherche pas à me retrouver*. Je l'ai froissée en une minuscule boulette et j'ai eu l'impression que c'étaient mes rêves que j'écrasais dans mon poing. Et pas seulement mes rêves. Mais aussi cette partie de moi qui avait une morale et de la tendresse. Latika l'avait éveillée. Sans elle, elle ne survivrait pas.

Devant le bâtiment délabré, j'ai été forcé d'admettre que j'avais mis Latika dans un tel pétrin qu'elle ne s'en remettrait peut-être jamais. Et aussi que Naina, même si elle ne voulait plus de moi, refusait de toutes ses forces que je sois heureux avec une autre femme. Elle se battrait pour que je reste ligoté à elle jusqu'à la fin de nos jours, et dans cette lutte acharnée, son père serait son meilleur allié.

Ce soir-là, Naina et moi avons dîné comme si de rien n'était. Je la regardais complimenter le cuisinier sur son poulet *makhani*[1] et je sentais la rage battre dans mes veines aussi fort que l'ivresse. Libéré des scrupules que Latika avait tissés en moi avec amour, j'ai élaboré un plan. Je commencerais par flirter avec les meilleures amies de Naina, des femmes qui lui étaient trop proches pour qu'elle l'ignore ou qu'elle leur fasse du mal. J'userais de mes charmes pour les entraîner dans des aventures extraconjugales et je ferais étalage de ces aventures pour que tous les riches et les

1. Poulet aux épices et au beurre.

puissants de Delhi puissent répandre la rumeur. Et si, à l'occasion, je brisais quelques cœurs, ça m'était bien égal. Je voulais que Naina devienne la risée de tout le gratin de Delhi. Je les humilierais, elle et son père, jusqu'à ce que, de désespoir, ils réagissent. Et à cette époque-là, je me fichais bien de ce qu'ils feraient. Soit ils embaucheraient un tueur à gages pour se débarrasser de moi, soit ils s'arrangeraient pour m'envoyer très loin d'eux. Dans les deux cas, je regagnerais ma liberté.

Cameron écouta la fin de l'histoire de Mangalam sans vraiment l'entendre. Dans sa tête, il s'était réfugié ailleurs, dans une autre dimension. De grandes fleurs sauvages jaune vif poussent sur les ruines d'un vieux mur de brique, à côté d'un portail en fer fermé à clé. Cameron connaît bien ce portail. Il l'a vu en photo des centaines de fois. La route qui y mène, et qui n'est rien de plus qu'un sentier, est couverte de boue. Cameron avance d'un pas incertain, il glisse. Il aimerait avoir quelque chose à quoi se raccrocher, une rambarde, un buisson, le bras de quelqu'un. Il est surpris par cette pensée. Ça ne lui ressemble pas du tout. Pendant des années, il s'est fait fort de se débrouiller seul, sans l'aide de personne, d'être toujours celui à qui on demande de l'aide. Mais son sac à dos est trop lourd. Il voudrait l'enlever mais il ne peut pas. Son sac à dos est rempli de cadeaux. S'il n'apporte pas les cadeaux, Seva ne l'aimera pas. Il remonte les sangles sur ses épaules, même si ce geste rend sa respiration encore plus difficile. Il sent son cœur se pincer, le brûler, comme une piqûre de scorpion. Il a déjà croisé des scorpions, pendant des missions dans le désert. Il espère qu'il n'y en a pas ici, dans les contreforts, parce que derrière le portail, les enfants en uniformes bleus reprisés jouent pieds nus.

Dans la cour, les garçons courent après un ballon de foot. Cameron a lu beaucoup d'articles pour préparer son séjour, alors il sait qu'ils n'appellent pas ça le foot ici. Mais sa mémoire lui fait défaut, il ne parvient pas à se souvenir du nom. Les filles jouent au loup, elles sautent sur le perron du vieux bâtiment et poussent des cris de délice et de terreur quand la fille qui joue le rôle du loup les frôle. Leurs jambes sont toutes maigrelettes et couvertes d'égratignures, mais quand elles courent, on dirait une forêt de branches dorées. Seva est celle qui court le plus vite ; le loup ne l'attrapera jamais. Arrivée au portail, elle grimpe dessus. *Seva*, crie Cameron, *Seva !* Elle regarde à travers les barreaux, le front plissé, l'air étonné. On dirait qu'elle l'entend mais qu'elle ne le voit pas. Derrière elle, la chaîne de montagnes semble ridée mais amicale, comme la tête d'un éléphant. L'air sent la fumée et les bouses séchées. Une chèvre bêle pour qu'on vienne la traire.

Cameron laisse tomber son sac et court jusqu'au portail. Il veut toucher les longs doigts de Seva, ses ongles noirs de crasse. Mais la sonnerie de l'orphelinat retentit. Elle commande aux enfants de retourner étudier. Ils forment une file désordonnée, réticente, devant la pompe à laquelle ils doivent se laver les mains et les pieds. Une institutrice en sari délavé apparaît sous le porche et ordonne à Seva de descendre du portail, mais la fillette reste accrochée là un instant, à écouter, le regard perplexe.

Seva, crie-t-il, *c'est moi, Cameron.* Il n'est plus qu'à cinquante centimètres d'elle maintenant. Il peut voir l'espace entre ses deux dents de devant, qui sont un peu de travers. Une de ses tresses s'est défaite. Des traces de poussière lui strient les avant-bras. Elle a une tache de boue sur la joue. Il passe la main entre les barreaux pour l'essuyer.

Seva ! tempête l'institutrice.

J'arrive, madame, répond-elle.

La petite fille saute du portail, aussi agile qu'un singe, laissant les doigts de Cameron caresser le vide.

— C'est nul, monsieur M, de trouver quelqu'un qui vous aime autant et de le perdre comme ça, commenta Lily. Je comprends que vous ayez été furieux. Je suis contente que vous soyez parti.

Maintenant qu'il avait raconté son histoire, Mangalam se remit à claquer des dents. Il serra ses bras contre lui.

— D'un point de vue géographique, oui, je suis parti, répondit-il. Mais pas d'un point de vue légal. Ni psychologique. Naina est toujours mon épouse, et je ne peux pas l'oublier. Peut-être qu'aujourd'hui, à un moment ou à un autre, je serai enfin libre.

Il leva les yeux vers le trou béant au-dessus de leurs têtes et Uma, en suivant son regard, vit qu'il y avait du changement. Une applique de luminaire, toujours accrochée par le fil électrique, avait commencé à osciller légèrement. Qu'est-ce qui avait déclenché ça ?

— Ce n'était pas entièrement de la faute de Naina, continua Mangalam. C'est moi qui ai commencé. Je l'ai utilisée pour obtenir ce que je voulais. C'est normal que ce soit à cause d'elle que j'aie perdu ce qui comptait le plus pour moi. C'est le karma, c'est inéluctable.

— Que voulez-vous dire par « karma » ? s'enquit Mme Pritchett en s'appuyant sur son mari pour se rapprocher de Mangalam.

— Vous vous souvenez de ce que j'ai fait avec les amies de Naina, les flirts, la séduction, tout ça pour la piéger ? Eh bien, après être arrivé à mes fins, quand on m'a envoyé en Amérique, je me suis rendu compte que je continuais à me comporter comme ça avec les femmes – même celles que je respecte et qui me plaisent vraiment.

Il jeta un regard à Malathi.

— C'est comme ces histoires qu'on raconte aux enfants pour les effrayer et les forcer à être gentils : si vous faites trop de grimaces, elles vont se graver sur votre visage et vous ne pourrez plus jamais sourire.

Mangalam se tourna vers Malathi et s'adressa à elle comme s'ils étaient seuls dans la pièce :

— Nous allons sûrement mourir ici… peut-être même très bientôt, si le bâtiment continue à s'effondrer ou que l'air se détériore encore. Et je ne veux pas mourir sans vous avoir dit à quel point je suis désolé de m'être comporté de la sorte avec vous.

— J'accepte vos excuses, répondit Malathi. Et je vous remercie d'avoir traduit mon histoire. Je l'ai choisie en partie pour m'en prendre à vous, enfin, au type d'homme que je pensais que vous étiez.

Jusque-là, Cameron avait toussé par intermittence, mais cette fois-ci, la quinte dura plus longtemps et le laissa haletant. Uma essaya de l'aider à se redresser et Lily se précipita pour le soutenir. Il dut repousser leurs bras pour atteindre sa poche et en sortir l'inhalateur, qu'il utilisa. Il retint sa respiration un instant, et Uma se rendit compte qu'elle retenait aussi la sienne. Il lui tendit l'inhalateur – tellement léger maintenant que c'en était effrayant – pour qu'elle le remette dans sa poche. Plus qu'une bouffée, et il serait vide.

— Racontez votre histoire, dit Uma à Cameron.

— Je ne peux pas, chuchota-t-il en se frottant la poitrine. Elle n'est pas prête, pas encore.

Elle comprenait très bien ce qu'il voulait dire. La sienne n'était pas prête non plus.

Puis Mme Pritchett s'éclaircit la gorge.

14

D'avance, je tiens à présenter mes excuses à mon mari, parce que je sais que mon histoire va lui faire du mal. La manière dont je vois les choses n'a rien à voir avec la sienne. Je le sais. J'espère seulement que, quand j'aurai terminé mon histoire, il comprendra – et vous aussi – pourquoi je l'ai racontée.

Vous avez tous parlé d'événements qui brisent une vie en une seule journée : guerre, trahison, séduction, mort. En ce qui me concerne, ma vie a été chamboulée en une seconde, par un homme que je ne connaissais pas et qui aidait simplement sa femme à enlever son manteau.

Le jour où tout a changé commence au moment où Mme Pritchett savoure une tasse de thé au citron dans sa cuisine, de bon matin, les yeux fermés. Elle souffle sur la vapeur parfumée. Mme Pritchett croit aux petits plaisirs de la vie. Autour d'elle, la cuisine rutile : le plan de travail en granit immaculé, le ronronnant réfrigérateur Sub-Zero, le saladier en céramique bleue qu'elle a fait en cours de poterie. Le saladier est plein de pommes et de poires, les fruits préférés de son mari.

M. Pritchett est parti travailler, après avoir mangé son petit-déjeuner composé d'un porridge avec des amandes et du sucre roux, et d'un jus d'orange fraîchement pressé. Jusqu'à ce qu'il rentre à la maison ce soir, la journée s'allonge devant Mme Pritchett, aussi douce qu'un chat qui s'étire en attendant qu'on le caresse. Elle dresse une liste dans sa tête : aller dans son jardin encore humide de rosée et cueillir un bouquet d'iris ; nettoyer la maison en prévision du dîner de ce soir avec d'anciens clients de M. Pritchett qui, au fil des années, sont devenus des amis ; faire un tour au marché pour acheter des fraises, pour le dessert anglais qu'elle a prévu de faire. Après ses emplettes, elle s'arrêtera peut-être déjeuner au petit snack du coin de la rue. Leurs sandwichs sont délicieux, ils les font avec du pain qu'ils cuisent eux-mêmes, tous les matins, dans l'arrière-boutique. A l'heure du thé, elle retrouvera les membres du club de lecture, des femmes intelligentes et agréables – la soixantaine bien avancée, comme elle –, pour leur réunion mensuelle. Elle s'est bien préparée à cette réunion, elle a rédigé toute une page de notes sur *La Maison aux esprits*[1]. Quand elle rentrera à la maison, elle mettra un disque de Satie et s'allongera sur le

1. Roman d'Isabel Allende, datant de 1982.

canapé. (Dans sa jeunesse, ce besoin de repos l'aurait irritée au plus haut point ; mais elle l'accepte aujourd'hui avec sérénité.) Puis il sera l'heure de préparer le dîner – une tâche aisée. L'agneau a déjà mariné, les légumes ont été lavés et séchés.

Mme Pritchett n'a pas conscience de l'étroitesse de sa vie, qui n'est qu'une suite de plaisirs bourgeois. Et si, par hasard, elle y songeait, elle n'y trouverait rien à redire.

Elle est en retard, et le petit snack du coin de la rue est vide quand elle y pénètre, la foule de l'heure du déjeuner est déjà repartie. Mme Pritchett est un peu déçue. Elle adore regarder les gens. Tant pis. Elle commande un sandwich au jambon et au fromage fondu, et mord dans le pain croustillant avec un plaisir évident. Puis elle voit entrer un couple. Ils sont âgés ; le mari a des taches de vieillesse sur le visage, il guide sa femme avec des mains tremblantes. Son épouse a l'air encore plus vieille que lui. Elle porte des lunettes à verres très épais et se déplace avec une lenteur douloureuse, appuyée sur sa canne, une de ces choses horribles en métal, à quatre pieds. Mme Pritchett les observe avec un mélange de pitié et de crainte. Un jour, bientôt, elle et son mari seront comme eux.

Le couple a atteint une table. Le vieil homme lâche le bras de sa compagne et tire une chaise pour qu'elle s'installe. Il l'aide à retirer son manteau, un acte qui demande quelques manœuvres puisqu'elle doit lâcher la canne d'un bras puis de l'autre pour enlever les manches. Mais il est patient, et quand c'est fait, il pose soigneusement le manteau sur le dos de la chaise. Il retire une petite poussière sur la manche et se retourne vers sa femme pour l'aider à s'asseoir. Le couple, une fois assis, discute du menu. La femme, plus animée maintenant, pointe du doigt certains plats et son mari se penche vers elle pour mieux l'entendre. Puis il hoche la tête avec gravité et appelle la serveuse. Mme Pritchett traîne un peu pour finir son sandwich ; elle est curieuse de voir ce qu'ils ont commandé. Il s'agit d'une part de tarte au citron recouverte d'une fine couche de sucre glace et d'un énorme éclair au chocolat. L'homme coupe les desserts en deux parts égales pour qu'ils puissent partager. C'est le fait qu'il ait retiré la petite poussière sur la manche de sa femme, tout à l'heure, qui perturbe le plus Mme Pritchett ; l'attention qu'il y a derrière ce geste, alors que la dame, avec sa mauvaise vue, n'aurait jamais remarqué qu'il y avait quelque chose sur la manche de son manteau.

Pendant toute la réunion du club de lecture, Mme Pritchett ne peut s'empêcher de penser au couple dans le snack. Elle est si distraite qu'elle en oublie de mettre en avant ses meilleurs commentaires pendant la discussion. Une fois rentrée à la maison, la musique de Satie lui donne envie de pleurer. Elle garde les yeux rivés sur le four pendant que l'agneau cuit, en essayant de comprendre pourquoi elle est tellement obsédée par le vieil homme et sa femme, et quand elle finit par comprendre, elle ne peut plus bouger. Le temps que M. Pritchett rentre du bureau, elle a déjà pris sa décision. Après le dîner, pendant que les hommes la complimentent sur son dessert et que leurs épouses en réclament la recette, qu'elle leur recopie sur des petites cartes monogrammées, Mme Pritchett dit à son mari qu'elle souffre d'un début de migraine. Serait-il d'accord pour qu'elle dorme dans la chambre d'amis ce soir ? Il accepte tout de suite, exactement comme elle l'avait prévu.

Dans cette chambre qui n'a que très rarement accueilli des amis, Mme Pritchett pense aux enfants qu'ils n'ont jamais eus. Toute sa vie, cette absence d'enfants est restée une douleur sourde au plus profond de son être, mais aujourd'hui, malgré une certaine amertume, elle est soulagée qu'ils n'en aient pas eu. S'il y avait des enfants, elle ne pourrait pas faire ce qu'elle va faire. Elle plonge la main dans la poche de sa robe de chambre, en sort une boîte de somnifères – ils appartiennent à M. Pritchett, qui souffre parfois d'insomnie – et prend tous les comprimés qu'elle fait glisser avec deux verres de vin.

Au début, tout se passe bien. Elle s'allonge sur le lit, les mains croisées sur le buste, comme une momie dans un sarcophage. Les draps sentent la lavande. Elle a le sentiment de flotter comme une méduse dans les eaux obscures de son esprit. De s'y enfoncer de plus en plus profond. Mais son corps, peut-être plus sage qu'elle, se rebelle et la force à se tordre, elle est prise de violentes crampes. Elle se met à vomir sans pouvoir s'arrêter. M. Pritchett, qui avait du travail à finir – il y en a toujours, même s'il a soixante-dix ans et aurait dû prendre sa retraite il y a des années – l'entend vomir et se précipite. Elle se retrouve à l'hôpital, on lui fait un lavage d'estomac.

Quelle est donc cette découverte terrible que j'ai faite et qui m'a poussée à accomplir ce geste désespéré ? La voilà : mon mari ne m'aime pas comme j'ai besoin qu'il m'aime.

Ne vous méprenez pas. M. Pritchett a toujours été un bon mari. Il m'a donné tout ce dont j'avais besoin et bien plus encore. Le soir au dîner, il m'écoutait lui raconter ma journée (d'une oreille distraite la plupart du temps, mais il m'écoutait quand même). De quoi aurais-je bien pu me plaindre ? Quand il me parlait de ses réussites – les nouveaux contrats qu'il avait signés, les clients fidèles à qui il avait habilement évité la faillite –, je faisais de mon mieux pour dissimuler mon ennui.

Nous partagions beaucoup d'autres choses. M. Pritchett était très fier de la grande et luxueuse maison dans laquelle nous vivions, et maintenant que j'ai entendu son histoire, je comprends mieux pourquoi. Il adorait la montrer aux gens qu'il connaissait et j'adorais montrer mes talents de cuisinière, alors nous recevions beaucoup. En retour, nous étions invités dans d'autres grandes maisons luxueuses pleines de gens agréables. (Mais au moment de me suicider, je n'ai pas réussi à trouver une seule personne parmi ces gens-là qui m'aurait manqué ou à qui j'aurais pu manquer.) Nous allions au théâtre, au restaurant italien sur Columbus, la nourriture y est excellente et le maître d'hôtel nous connaît par notre nom. Nous allions au cinéma, surtout pour voir des films d'action ou de science-fiction, ses préférés, et moi ça ne me dérangeait pas s'ils n'étaient pas trop violents. Au début de notre mariage, nous avons beaucoup voyagé. L'Europe, le Canada et même la Nouvelle-Zélande. Une année, nous avons fait une croisière en Alaska. Mais c'était compliqué pour M. Pritchett de s'éloigner du bureau. Il emmenait son ordinateur partout avec lui. Et quand j'ai vu comme il avait du mal après à rattraper le retard avec ses clients, je n'ai plus suggéré d'autres voyages. Ce que je préférais, c'était me mettre au lit après le dîner, avec un bon livre, pendant que lui lisait son journal d'affaires, blottis tous les deux sous la couverture que j'avais brodée.

Mais après avoir vu le couple dans le snack, je me suis sentie profondément lésée. Le vieil homme hochait la tête, attentif aux paroles de son épouse pendant qu'elle faisait son choix dans le menu. Ses yeux à elle brillaient derrière ses épais verres de lunettes tandis qu'elle le regardait couper les desserts en parts égales. Ce genre de tendresse était totalement absent de ma vie. Et sans cette tendresse, à quoi bon toutes ces choses autour desquelles j'avais construit ma vie ? Mon jardin, ma maison, mes activités et mes amitiés… même les moments que M. Pritchett et moi passions ensemble… tout ça ne valait rien, que des zéros alignés les uns à la suite des autres. Si le 1 de l'amour avait été devant, cela aurait valu des millions, mais là, j'étais ruinée, et il était trop tard pour tout recommencer.

Le premier jour à l'hôpital, j'ai flotté dans une sorte de brume, entre douleur et apathie. Le deuxième jour, j'ai commencé à avoir honte. J'ai refusé de parler aux gens qui voulaient me voir : mon médecin, les psychiatres de l'hôpital, l'assistante sociale, mon mari. J'ai passé la journée le visage enfoui dans mon oreiller, les bras douloureux à cause des cathéters, à réfléchir à ce que je devais faire pour ne pas rater mon coup la prochaine fois, quand on me laisserait sortir.

Je ne sais plus vraiment quand l'infirmière de nuit est entrée dans ma chambre. Je me suis réveillée et elle était là, debout au pied de mon lit. La lumière était éteinte et elle ne l'a pas allumée. A la lueur des machines, je ne pouvais voir qu'une silhouette, petite et menue. Ses cheveux étaient tirés en arrière et maintenus en un chignon net. Dans l'obscurité, son uniforme avait l'air gris. Quand elle m'a dit bonsoir, j'ai deviné à son accent qu'elle devait être indienne – M. Pritchett a beaucoup de clients qui viennent de ce pays. J'ai fait semblant de dormir. C'était une infirmière, elle s'est bien aperçue que je faisais semblant, mais ça ne l'a pas dérangée. Elle a doucement fredonné un air étranger. J'attendais qu'elle fasse ce que font les infirmières – vérifier les machines, prendre mon pouls, me faire une injection – mais elle est restée au pied de mon lit. Puis, d'une voix chuchotante, elle m'a dit que c'était sa dernière nuit à l'hôpital et que j'étais sa dernière patiente.

Je ne m'attendais pas à ça.

— Vous partez à la retraite ?

— On peut dire ça comme ça.

— Et qu'allez-vous faire ?

— Certaines personnes pensent que je devrais retourner dans mon village. Mais j'ai décidé d'aller là où personne ne me connaît. Je veux commencer une nouvelle vie.

S'installer quelque part où personne ne vous connaît, se débarrasser de son ancienne vie comme un serpent qui abandonne sa mue ! Cette idée m'a fait frissonner. Et même si je n'avais aucune intention de me laisser aller aux confidences dans ce lieu froid et triste, je me suis surprise à dire :

— C'est aussi ce que je veux. Une nouvelle vie. Celle-ci est trop douloureuse.

— Pourquoi ?

C'était peut-être son ton détendu. Ou la certitude que nous ne nous reverrions jamais. J'ai répondu :

— C'est comme dans le film *Matrix*. (Je n'étais pas sûre qu'elle connaisse ce film. J'étais allée le voir avec M. Pritchett, parce qu'il avait insisté, et au final, j'avais été captivée par l'histoire. En tout cas, elle a hoché la tête.) Pendant longtemps, j'ai cru que tout ce qui m'entourait était beau. Mais en réalité, j'étais coincée dans une prison sans amour. J'ai choisi la mort. Je ne voyais pas d'autre moyen de m'échapper.

— La mort est une échappatoire, a-t-elle dit, mais vous n'allez pas forcément vous retrouver dans un endroit plus agréable. Surtout si vous vous suicidez. C'est très mauvais pour le karma. Vous devrez forcément retraverser tout ce que vous avez déjà vécu, mais sous une forme différente. Quoi qu'il en soit, ce mari que vous considérez comme une malédiction, il est venu à vous parce que vous l'avez voulu. Vous ne le voyez donc pas ?

Ses paroles m'ont transpercée comme une décharge électrique, elles ont rechargé la batterie de mon cerveau et ont rendu la vie à un souvenir oublié. J'étais complètement abasourdie. Elle disait vrai.

C'est le lendemain de la remise des diplômes de fin du lycée. Vivienne est assise dans la cuisine en formica de sa mère (jaune citron, jaune poussin, jaune espoir), elle mange une part de la meilleure tarte aux pêches du monde, en compagnie de son amie Debbie. Debbie vient juste d'annoncer à Vivienne qu'elle a réussi à convaincre son père de leur confier la pâtisserie pendant six mois.

— Nous allons tout diriger ! conclut Debbie, un immense sourire sur son joli visage criblé de taches de rousseur.

Mais au lieu du cri de joie que Debbie attend, Vivienne se contente de dire, d'une voix éteinte :

— C'est formidable, Debbie, mais j'ai moi aussi une nouvelle à t'annoncer.

— Ne me dis pas, commence Debbie, tu vas…

Mais quelque chose dans l'expression de son amie la force à s'arrêter. Vivienne lui montre sa main gauche, qu'elle a jusque-là cachée sous sa cuisse. Elle porte une bague à l'annulaire.

— Lance m'a demandé ma main, et j'ai dit oui. On lui a proposé un boulot à Tulsa. Il veut qu'on se marie le mois prochain, avant son départ.

Elle parle vite, pour ne pas laisser le temps à Debbie de l'interrompre, de lui dire ce qu'elle ne veut pas entendre. Debbie pense que Lance n'est pas l'homme qu'il lui faut. Il est trop intense, trop sérieux, ses grands yeux noirs ont le pouvoir de plonger tous ceux qu'il regarde dans un ennui profond.

— Il en veut trop, a-t-elle dit un jour à Vivienne.

Debbie pense aussi que Lance et Vivienne ne se connaissent pas assez. (Il a commencé à travailler pour Pete Albright, dans la concession de voitures d'occasion, il y a deux mois à peine. Une semaine après son arrivée en ville, il est entré dans la boulangerie où travaillent Vivienne et Debbie après les cours, pour y acheter du pain noir. Et il a invité Vivienne à sortir.) Mais c'est justement ce qui plaît à Vivienne : Lance ne parle pas de toutes ces banalités dont se gargarisent les gens d'habitude – leur famille, l'endroit où ils ont grandi. Tout ça est derrière lui, ça n'a pas d'importance, c'est ce qu'il lui a dit un jour. Seul l'avenir compte, et sur ce sujet-là, il a beaucoup de choses à dire. Il est intarissable sur les emplois à responsabilité qu'il est bien décidé à décrocher un jour, par exemple, et sur la grande maison qu'il prévoit d'acheter pour sa future femme.

Et tout ça convient parfaitement à Vivienne, qui vit dans la même maison depuis sa naissance : trois chambres, deux salles de bains, parements en aluminium, robinets qui gouttent, moquettes usées qui gardent les odeurs. Elle a suivi toute sa scolarité avec les mêmes enfants. Les amis de ses parents, qu'ils retrouvent lors des pique-niques de la paroisse ou des parties de bridge, la connaissent depuis qu'elle babille. Elle est prête à prendre ce risque, à suivre le chemin qui la mènera jusqu'à une belle histoire d'amour et une maison sur la colline, avec de la moquette blanche dans toutes les pièces. (Tulsa, ils l'ont décidé ensemble, ne sera qu'une étape.) Elle est prête à en vouloir trop, tout comme Lance.

Alors elle parle à Debbie de leur nouvelle maison, des délicieux desserts qu'elle préparera pour Lance, de leurs futures vacances dans des pays exotiques, de leurs repas dans des restaurants où le menu est en français et les verres sont en cristal. Et ils auront des bébés, plein de bébés. Elle imagine déjà les gâteaux d'anniversaire qu'elle inventera, des pièces montées aussi extravagantes que le château de Disneyland, dont on parlera dans tout le voisinage.

— Tu te débrouilleras très bien sans moi, conclut-elle en évitant le regard abattu de Debbie.

(En effet, Debbie se débrouillera on ne peut mieux. Elle trouvera une autre amie pour s'associer avec elle et *Les Délices de Debbie* deviendront une adresse incontournable dans leur ville d'origine. Mais Vivienne ? Comment va-t-elle s'en sortir ? Dans quarante ans, quand elle fera les comptes de sa vie, que verra-t-elle dans les colonnes pertes et profits ?)

— Je veux que tu sois ma demoiselle d'honneur, annonce Vivienne. Tu veux bien ? S'il te plaît, s'il te plaît !

Et parce qu'une femme ne peut pas résister aux froufrous du mariage, au « ils vécurent heureux et eurent beaucoup d'enfants » pour lequel elle est programmée dès son plus jeune âge, Debbie regarde avec envie le minuscule diamant qui orne la bague de Vivienne, et accepte.

Le souvenir m'a semblé durer une éternité, mais cela n'a dû prendre que quelques instants. Quand j'en suis sortie, l'infirmière me tenait la main.

— Qu'est-ce que vous faites ? ai-je demandé.

— Je touche votre paume, m'a-t-elle répondu. Pour avoir une idée de ce qui vous attend.

La lueur de la machine donnait des reflets verts à ses cheveux, mais je ne distinguais pas son visage, plongé dans l'obscurité. Je sentais de la chaleur émaner du bout de ses doigts.

— Vous lisez dans les lignes de la main ?

— Pas exactement. Vous pouvez vous échapper de tout ça, si vous le voulez vraiment. Mais changer son karma n'est pas si simple. Vous devrez faire preuve d'intelligence et rester attentive à chaque pas.

Je voulais vraiment m'évader, mais je n'étais pas sûre de remplir les conditions. Changer de karma m'avait l'air bien compliqué, et mon être tout entier – mon corps, mes nerfs, mon cœur – se sentait terriblement stupide.

Pourtant, parce que j'aimais le son de sa voix, je lui demandai :

— Qu'est-ce que je dois faire ?

— Cessez d'accuser votre époux, dit-elle. De vous accuser vous-même. Acceptez. Pardonnez. Un chemin s'ouvrira à vous.

Je n'aimais pas ce conseil. Elle avait peut-être été envoyée par M. Pritchett. Ce n'était peut-être même pas une infirmière.

— Je n'ai pas été envoyée par votre mari, me dit-elle, à ma grande surprise. Je suis venue parce que vous avez besoin d'aide et que moi j'ai besoin de vous aider. Laissez-moi vous raconter quelque chose qui m'est arrivé. Il y a quelques années, j'avais un supérieur que je détestais vraiment. C'était une femme dure, qui passait son temps à chercher la petite bête. J'étais persuadée qu'elle me détestait aussi. J'aurais dû l'ignorer. Ou démissionner. Mais j'ai préféré ruminer ma haine, jusqu'à faire quelque chose de très mal – à la fois pour elle et pour moi.

Elle secoua la tête.

— Je n'aurais jamais dû dépenser autant d'énergie à la détester. J'aurais mieux fait de me concentrer sur les petites choses que j'aimais.

Je ronchonnais dans le noir, recroquevillée sur mon lit d'hôpital. N'avais-je pas passé ma vie à me concentrer sur des petites choses ? En laissant le plus important me glisser entre les doigts ?

— Ce que je veux, c'est aller dans un endroit où je ne suis jamais allée, lui dis-je. Comme vous, pour commencer une nouvelle vie.

— Vous ne voulez pas être comme moi, croyez-moi, me répondit-elle.

Je ne l'écoutais qu'à moitié.

— Je ne sais pas encore où aller, continuais-je. Pouvez-vous me dire ce qui me conviendrait le mieux ?

— Je ne crois pas que partir soit la meilleure solution, ça n'arrangera rien.

— Et pourquoi donc ? demandai-je avec colère.

— Vous traînerez votre fardeau avec vous, où que vous alliez. Même dans une autre vie, votre bonne vieille âme torturée sera toujours perchée sur votre dos. (Etait-ce mon imagination, ou ses doigts s'étaient-ils refroidis tandis qu'elle parlait ?) Restez où vous êtes et changez votre cœur. Une fois morte, c'est bien plus difficile.

Etait-ce une blague ? Elle avait pourtant l'air très sérieuse.

— Ce que j'essaie de vous dire, c'est qu'il ne faut pas refaire une tentative de suicide. Je dois m'en aller. N'oubliez pas, si vous changez à l'intérieur, les changements extérieurs suivront d'eux-mêmes.

Arrivée à la porte, elle m'adressa un petit signe de la main. Je voulais voir son visage, mais la lumière du couloir m'éblouit et je ne vis plus rien.

Quelques minutes plus tard, une autre infirmière est entrée. Celle-ci était charpentée et costaud, elle avait un dossier à la main. Elle a allumé la lumière, m'a auscultée rapidement et m'a forcée à prendre un cachet. Je lui ai marmonné qu'elle me dérangeait en venant juste après l'autre infirmière, elle a fait la moue et a noté quelque chose sur le tableau accroché au bout de mon lit. Je lui ai demandé de m'apporter une serviette humide pour me nettoyer le visage, et pendant qu'elle était partie la chercher, j'en ai profité pour jeter un œil au tableau. Dans la partie réservée aux commentaires, elle avait écrit *hallucinations*.

Quand je suis rentrée chez moi, j'ai essayé de sortir de ma léthargie et de suivre les conseils de l'infirmière. (Etait-ce vraiment une infirmière ? ou même une personne réelle ?) Mais ses paroles étaient devenues floues, comme un paysage dans la brume. Une brume qui s'infiltrait en moi. Etait-ce dû aux médicaments que le psychiatre m'avait prescrits, ou à un malaise plus profond ? Elle avait parlé de profiter des petites choses de la vie, et j'ai essayé. C'était un miracle que je sois en vie. Mais la brume avait envahi tous les recoins de mon être. J'avais du mal à me réjouir d'être en vie, alors que M. Pritchett errait dans la maison, les yeux cernés, rongé par l'inquiétude. Et j'avais encore plus de mal à admettre que c'était moi (une moi trop jeune et trop idiote, mais bien moi) qui m'étais mise dans cette situation en choisissant de me marier, contre l'avis de ma famille et de mes amis, avec un homme que je ne comprenais pas. Une chose avait changé : je ne voulais plus me suicider.

Mais j'ai discrètement augmenté ma dose de médicaments. L'abrutissement me soulageait un peu. Je continuais néanmoins à traîner ma vieille âme malheureuse, sans savoir comment m'en débarrasser, et je me sentais d'autant plus coupable. Alors, quand M. Pritchett m'a montré la photo de ce palais indien, de ces rideaux aussi délicats que des toiles d'araignées qui flottaient, portés par une brise exotique, et qu'il m'a demandé si je voulais aller là-bas, je suis restée abasourdie par la joie.

C'était comme si l'univers m'avait ouvert une porte.

Je sais maintenant que je n'irai probablement plus nulle part, et j'ai une confession à vous faire. Voilà pourquoi j'étais si excitée par l'idée d'aller en Inde. J'avais prévu de quitter M. Pritchett une fois arrivée là-bas. Je voulais plonger dans cet océan de milliards de gens, que tous nos karmas s'emboîtent les uns dans les autres comme les pièces d'un puzzle, et tout recommencer à zéro.

La confession de Mme Pritchett emplit Uma d'une tristesse primitive. Ils allaient mourir. Tout le groupe en était conscient désormais. La tristesse s'infiltra dans ses poumons. *Ramon !* cria-t-elle dans sa tête. En réponse, un souvenir refit surface, une promenade qu'elle avait faite avec Ramon dans les collines. Ils avaient grimpé un sentier en graviers, les bras chargés d'affaires de pique-nique.

Arrivés au sommet, ils avaient admiré le sourire de la baie à leurs pieds. Ils avaient déplié une couverture sur la saillie rocheuse et mangé des sandwichs au chutney, des oranges et des gâteaux au chocolat très sucrés. Puis Ramon avait pris la main d'Uma dans la sienne, et ils avaient regardé le ciel jusqu'à ce que les nuages prennent une teinte violette.

Uma posa les yeux sur leurs doigts entrelacés et fut surprise de constater que ceux de Ramon étaient plus foncés que les siens. Ce n'était pas normal. Ramon avait la peau plus claire. Ce n'était pas vraiment un souvenir. Les yeux d'Uma remontèrent le long de son bras, son épaule, son cou, jusqu'à ce qu'ils atteignent son visage. Elle cessa de respirer. Ce n'était pas Ramon. C'était un Indien. Ses traits changeaient sous son regard – une moustache, puis des fossettes plus prononcées, puis des lunettes à monture carrée sur de grands yeux – mais c'était toujours un Indien. En l'observant, Uma comprit enfin ce qu'elle aurait dû deviner quand sa mère s'était interrompue pendant leur conversation téléphonique. « Ça devrait nous laisser assez de temps… » avait dit sa mère. Uma pouvait maintenant terminer sa phrase : « … pour te présenter à un gentil Indien ». Etait-ce à cause de ça qu'elle n'avait pas dit à Ramon où elle allait aujourd'hui ? Est-ce qu'elle *voulait* rencontrer les gentils Indiens que ses parents avaient sélectionnés pour elle ?

Avait-elle vraiment été amoureuse de Ramon ? Ou avait-elle joué à l'être ? Etait-elle ce genre de personne ?

Lily essaya de chuchoter, mais tout le monde l'entendit.

— Grand-mère, tu crois que cette femme était un fantôme ?

Le mot resta suspendu dans les airs, léger comme une feuille de papier. Uma eut l'impression de sentir des présences autour d'elle… ni malveillantes, ni lugubres, mais simplement décontenancées par leur soudain état vaporeux.

— Je crois, oui, répondit Jiang. Quand j'étais jeune, j'ai entendu des histoires. Les esprits de ceux qui sont morts à l'endroit où vous êtes reviennent pour vous mettre en garde.

Lily lança alors :

— Tellement de gens ont dû mourir dans ce tremblement de terre ! Ils peuvent peut-être nous sauver ?

M. Pritchett était assis, tête baissée. Il ne voulait croiser le regard de personne. Si seulement il avait pu s'en aller et se réfugier dans un endroit où il ne reverrait plus jamais un seul membre de ce groupe, il l'aurait fait. Mais leur monde s'était réduit à ces trois tables. *L'enfer c'est les autres*, se dit Uma en le regardant.

Ils étaient dans le noir total désormais. Cameron dut rallumer la lampe torche. L'espace d'une seconde, elle refusa de s'allumer. Est-ce qu'elle avait pris l'eau ?

Abandonne Seva, lui siffla la voix dans sa tête, *et je réparerai la lampe*. Cameron ignora la voix. Il secoua brutalement la lampe jusqu'à ce qu'elle s'allume enfin. Il promena le faisceau dans toute la pièce pour vérifier qu'il n'y avait pas de nouveaux problèmes. Il laissa traîner un instant le rond de lumière sur le mur du guichet, derrière lequel un cadavre était étendu dans l'eau. Cameron sentit une pointe de douleur dans sa poitrine. Mais il ne pouvait pas repousser son histoire plus longtemps.

15

Quand Cameron rencontra le saint homme pour la première fois, il ne le reconnut pas tout de suite comme tel. En partie parce qu'il ne correspondait pas à l'image que Cameron se faisait des saints hommes : ni chapelet, ni robe, ni expression béate sur le visage, ni barbe. Mais aussi parce que Cameron était distrait ce jour-là. C'était le trentième anniversaire – ou du moins ce devait être assez proche, d'après ses souvenirs – de la mort de son enfant, et à chaque année qui passait, l'événement lui pesait de plus en plus.

Ils voyageaient dans un bus bondé. Cameron était en route pour l'hospice où il travaillait comme bénévole un après-midi par semaine. Tout comme le saint homme, mais Cameron ne le savait pas encore. L'homme en question, un prénommé Jeff, se tenait debout, la main posée sur une des barres du bus, ballotté dans les virages. Il était blanc, avec un visage agréable, et il portait des jeans et une chemise fraîchement repassée. Il avait la tête rasée, mais comme c'était la mode à cette époque, Cameron le remarqua à peine.

Cameron regardait par la fenêtre, il essayait de s'occuper l'esprit. Le paysage qu'il voyait lui était douloureusement familier, il ressemblait à celui de son enfance, ces rues sinistres qu'il avait tout fait pour quitter : des devantures grillagées, des tas d'ordures, des hommes avachis, inconscients, sous les porches. Des dealers qui traînent aux coins des rues, à guetter le client, ou la police. Il n'avait pas besoin d'ouvrir la vitre pour savoir ce que ça sentait : la nourriture pourrie, la transpiration, l'urine, la marijuana, et l'hilarité désespérée des jeunes hommes qui attendent que la nuit tombe. Mais quand les portes s'ouvrirent en sifflant, ce fut pour laisser Cameron – et Jeff – sortir en plein soleil, au son d'une musique joyeuse, et dans l'odeur plutôt agréable du poulet frit au sésame de chez *Tang Traiteur*. Traversant les années, la voix d'Imani résonna aux oreilles de Cameron, si claire qu'il s'assit à l'arrêt de bus et prit sa tête dans ses mains.

Maintenant que tu as décidé de partir, tu ne vois plus rien de bon ici, même si ça te saute au visage.

Jeff s'arrêta pour regarder Cameron d'un air inquiet.

— Ça va ? Vous voulez un peu d'eau ?

Cameron hésita à dire à l'étranger de s'occuper de ses affaires, mais il se contenta de lever la main pour signifier qu'il allait bien. Quand Jeff s'en alla,

Cameron se remit à penser à Inami, sans le vouloir. C'était comme une croûte qu'il ne pouvait pas s'empêcher d'arracher.

Ils étaient tous les deux en dernière année de lycée quand il l'avait rencontrée à une soirée. En général, Cameron évitait ce genre de fêtes organisées par ses amis, avec de l'alcool, de la musique à plein volume, des pelotages dans les cages d'escaliers, des bagarres ou pire encore dans les ruelles derrière les immeubles. Ce n'était même pas ses amis – seulement des types qu'il connaissait parce qu'ils fréquentaient le même lycée ou habitaient le même quartier. Mais ce jour-là, il venait d'envoyer ses dernières candidatures universitaires et se sentait d'humeur festive. Et peut-être un peu nostalgique. Tout ça serait bientôt derrière lui. Il était sûr d'être admis dans une bonne université. Ses notes étaient excellentes ; ses lettres de recommandations enthousiastes ; il faisait partie de l'équipe d'athlétisme ; et toutes ces dernières années, il avait évité les problèmes. Il avait suivi les conseils de son professeur de biologie, devenu son mentor, et faisait régulièrement du bénévolat à l'hôpital de son quartier. Le conseiller d'orientation avait déclaré que toutes ces références, ajoutées au passé difficile de Cameron – pauvre, orphelin, premier de sa famille à tenter des études universitaires –, lui permettraient sûrement d'obtenir une bourse. Au début, Cameron avait mal pris le ton condescendant du conseiller. Cet homme, tel un magicien de seconde zone, transformait la dure réalité de sa vie en atout. Cameron aurait aimé sortir une repartie cinglante et quitter le bureau en claquant la porte derrière lui. Mais il s'était contenu. Si cela lui permettait d'atteindre son but, il pouvait bien supporter un peu de condescendance.

Cameron voulait devenir médecin. Il n'avait parlé à personne de cette ambition secrète, sauf à son professeur de biologie. Ses amis se seraient moqués de lui s'ils l'avaient appris, et sa tante, une vieille bigote pleine de bonne volonté avec qui il vivait depuis la mort de ses parents, aurait secoué la tête en disant : « Tu vises trop haut, mon garçon. » Aveuglé par son béguin pour Imani, il avait pris le risque de lui confier son secret, et ç'avait été une terrible erreur.

A la soirée, il avait bu quelques bières. Quand il avait vu Imani pour la première fois, poussée au milieu de la pièce par un groupe d'autres filles, il ne connaissait même pas son nom. Ils ne fréquentaient pas le même lycée, il ne l'avait jamais vue. La jeune fille avait un peu résisté à l'insistance de ses amies, puis quelqu'un avait arrêté la musique ; elle avait alors redressé les épaules et s'était mise à chanter, bien droite. Elle était douée, c'est sûr, mais n'avait rien d'exceptionnel ; dans le quartier, presque toutes les familles comptaient un de leurs membres dans la chorale de l'église. Qu'est-ce que cette fille avait de plus que les autres pour qu'il se sente ainsi attiré par elle, au point d'en avoir le souffle coupé ? Elle avait les cheveux raides et la peau mate. Elle était jolie, dans son pull rouge et sa jupe noire, mais il y avait des filles bien plus jolies qu'elle à cette soirée. C'était peut-être la passion avec laquelle elle chantait, les yeux fermés, portée par la mélodie. Ou peut-être la chanson, les notes entêtantes et ensorcelantes de *My Man Don't Love Me* [1]. Cameron n'avait encore jamais entendu cette chanson. Elle allait s'insinuer en lui, s'y tapir comme un ténia pour refaire surface à sa guise. Elle allait le pousser à traverser la pièce jusqu'à Imani, à se présenter à elle, à lui proposer un verre et à l'écouter parler, fasciné, mais sans retenir un traître mot de ce qu'elle disait. A la fin de la soirée, contrairement à ses habitudes, il lui donna son numéro de téléphone, nota le sien et organisa un rendez-vous au cinéma pour le lendemain. C'était peut-être pour ça que leur relation était condamnée dès le début : la personne dont Imani était tombée amoureuse n'était pas le vrai Cameron.

Leur histoire traversa l'hiver, jusqu'aux prémices du printemps. Cameron se dépêchait de faire ses devoirs avant d'aller travailler au supermarché, où il occupait un poste de manutentionnaire, pour aller ensuite chercher Imani à la fin de son service chez *Burger King*. Parfois, le vendredi soir, ils allaient en discothèque ou au cinéma. Mais ils passaient

---

1. Chanson de Billie Holiday.

la plupart de leur temps dans la vieille Chevrolet de Cameron, garée dans une rue calme où ils ne seraient dérangés ni par les gangs ni par la police. Ils discutaient, écoutaient de la musique, chantaient… ou se pelotaient. Les soirs où la mère d'Imani ne rentrait pas à la maison, ils allaient dans l'appartement de Cameron. Il lui faisait des sandwichs au fromage fondu et l'écoutait chanter ; elle l'initiait aux mystères du corps féminin. Après ça, ils restaient enlacés au lit et Cameron se sentait détendu, un sentiment qui jusque-là lui avait été totalement étranger. D'habitude, il était tout le temps en train de s'activer, se mettre à l'épreuve, se lancer des défis. Mais dans ces moments-là, il avait l'impression de pouvoir rester allongé là pour toujours.

Puis les lauriers roses commencèrent à fleurir, les loriots repartirent vers le nord, les universités envoyèrent leurs lettres d'admission, et la relation entre Cameron et Imani s'essouffla. Imani avait prévu, après la remise des diplômes, de faire plus d'heures chez *Burger King* (sa mère disait qu'il était temps qu'elle participe au loyer) et de suivre des cours à temps partiel à l'université du coin. Elle ne comprenait pas pourquoi Cameron ne voulait pas faire la même chose. Le gérant du supermarché l'aimait bien. Son amie Latisha, qui travaillait comme caissière dans le même supermarché, lui avait dit qu'il avait proposé un poste d'assistant à Cameron – avec des avantages intéressants.

— Dans quelques années, avait dit Imani à Cameron, on pourra économiser un peu. Prendre un appartement tous les deux. Nous marier… avait-elle proposé avec un sourire timide.

Cameron avait répliqué qu'il trouvait ce genre de vie étouffant et elle avait écarquillé les yeux comme s'il venait de la gifler. Les rares fois où elle chantait désormais, les blues qu'il avait autrefois adorés, *Crazy He Calls Me, Lonely Grief*[1], lui semblaient lourds de reproches.

Ils se disputaient presque chaque fois qu'ils se voyaient. Imani pleurait et invoquait des prédictions de sa grand-mère, une sorte de chamane jamaïcaine ; Cameron se sentait coupable et faisait de son mieux pour essayer de la consoler. S'ils étaient dans son appartement, ça se terminait toujours au lit. Le jour où il apprit qu'il était admis dans une prestigieuse université et pouvait bénéficier d'une bourse grâce au sport, elle passa justement le voir au supermarché. Volubile et excité, il lui annonça la nouvelle. Elle se moqua de lui, l'accusant de parler fort pour que ses collègues l'entendent et le jalousent. Ce fut la goutte qui fit déborder le vase, elle voulait gâcher ce moment, gâcher sa réussite. Il l'emmena au parking pour lui dire que c'était terminé entre eux, et là, elle lui annonça qu'elle était enceinte. Il voyait bien

---

1. « Il dit que je suis folle », « Tristesse solitaire », chansons de Billie Holiday.

qu'elle avait peur, mais que derrière cette peur perçait une sorte de triomphe : il allait devoir rester avec elle et prendre ses responsabilités.

Cameron était furieux... et terrifié. Il avait l'impression que le ghetto se refermait sur lui. Il dit à Imani qu'il refusait de se laisser manipuler. Il irait à l'université. Si elle pensait pouvoir l'en empêcher, elle se trompait. Il lui conseilla d'avorter. Il trouverait l'argent nécessaire. Il ne pouvait pas faire plus.

Lorsqu'elle entendit le mot « avorter », Imani cessa de pleurer et se montra étrangement calme.

— Tu veux tuer notre enfant ? demanda-t-elle. Tu es donc prêt à tout pour t'éloigner des tiens ?

Cameron lui dit que ceux qu'il voyait autour de lui tous les jours, ce n'étaient pas les siens, et qu'il n'était pas le seul à vouloir s'échapper du ghetto. Dans le quartier, beaucoup de jeunes s'enrôlaient dans l'armée et se retrouvaient à combattre dans les jungles vietnamiennes. Imani se tordait les mains. Non, elle faisait plutôt des gestes étranges avec ses doigts, elle dessinait de curieux motifs dans les airs. Etait-elle en train de lui jeter un sort vaudou ? Il repoussa cette idée ridicule.

— Fuir ne t'apportera rien, assena-t-elle. Où que tu ailles, tu auras toujours des cendres dans la bouche.

Elle traversa le parking. Il hésita à lui courir après, la rattraper par la main, lui dire qu'il était désolé. Mais leur relation était dans une impasse, et il n'avait pas la force de retraverser les hauts et les bas des derniers mois. Elle reviendrait sûrement vers lui très bientôt, au moins pour l'argent.

Les semaines suivantes, il attendit – d'abord avec impatience, puis avec inquiétude, enfin avec une étrange déception – qu'elle lui fasse signe. En vain. Un jour, Latisha le coinça dans l'allée des boîtes de conserve et lui annonça qu'Imani s'était fait avorter la semaine précédente. Il ne put se résoudre à demander à Latisha, qu'il n'aimait pas beaucoup, comment allait Imani. Il se contenta de lui demander si elle voulait bien demander à Imani si elle avait besoin d'argent. Latisha lui lança un regard noir et tourna les talons. Cameron se sentit très mal, mais en pleins préparatifs pour son départ à l'université, il n'avait pas de temps à consacrer à tout ça.

Cameron avait perdu du temps à ressasser ces souvenirs, assis sur le banc. Il s'était mis en retard et ça l'agaçait. Il courut pour parcourir les dernières rues (même si courir dans cet air chargé de gaz d'échappement avait tendance à lui déclencher des crises d'asthme) et arriva à l'hospice dégoulinant de sueur. La sueur n'était pas vraiment un problème, puisqu'il allait travailler au jardin.

Quand Cameron avait commencé à faire du bénévolat, ils avaient essayé de le mettre en contact avec les prisonniers – c'est ainsi que Cameron voyait les patients, des prisonniers condamnés à perpétuité. Il devait s'asseoir avec eux, leur faire la lecture, remettre leurs oreillers en place. Mais la contemplation du processus inexorable de la mort le rendait nerveux et agressif, alors, suite à plusieurs incidents, la direction de l'hospice lui avait demandé de s'occuper plutôt de transformer le terrain vague qui jouxtait l'hospice en jardin fleuri. L'hospice *Pacifica* pouvait désormais s'enorgueillir d'un magnifique jardin de lavandes et de lis, où les aides-soignants pouvaient promener les patients en fauteuil roulant pour qu'ils profitent de la quiétude et admirent les oiseaux qui virevoltaient autour des mangeoires peintes de couleurs vives.

Tandis qu'il se dépêchait de rejoindre l'arrière du bâtiment où étaient stockés les outils de jardinage, Cameron fut surpris de voir Jeff sortir de la chambre d'un patient. Jeff essaya d'entamer la conversation avec lui, mais Cameron fit un pas de côté pour éviter de se retrouver face à lui et se contenta de lui adresser un bonjour courtois. Lorsque, une demi-heure plus tard, Cameron vit Jeff déambuler dans son jardin (car pour lui c'était le sien), il sentit un frisson de colère le parcourir. Cet homme l'avait-il suivi ? Cameron tourna le dos à l'intrus et continua à planter des alysses. Jeff s'installa sur un banc, mangea un sandwich et contempla les nuages. Après avoir terminé son repas, il ferma les yeux, toujours assis sur le banc. Une heure plus tard, il s'en alla. Cameron, intrigué par cette sérénité, se renseigna un peu et apprit que Jeff était un prêtre bouddhiste séculier. La direction de l'hospice lui avait demandé de venir assister les patients bouddhistes.

Les semaines suivantes, Cameron vit Jeff chaque fois qu'il venait à l'hospice. Jeff mangeait son déjeuner dans le jardin et y méditait. Il adressait toujours un signe de tête très courtois à Cameron, mais n'essaya plus de lui parler. (Cameron fut surpris de s'apercevoir qu'il en était un peu déçu.) Un jour, Jeff ne mangea pas et resta seulement assis sur le banc à frotter ses yeux rougis jusqu'à ce que Cameron, curieux de savoir ce qui n'allait pas, aille le lui demander.

— Louie est mort.

Cameron avança que c'était peut-être une bonne chose. Louie, un jeune homme squelettique atteint du sida, souffrait depuis des mois.

— Il avait tellement peur de la mort, dit Jeff.

Il donna un coup de poing dans le banc.

— Rien de ce que j'ai pu dire ne l'a réconforté.

Cameron abandonna son désherbage et s'assit à côté de Jeff sur le banc. Ce fut le début de leur amitié.

A sa grande déception, Cameron eut de mauvais résultats à l'université. Il développa d'abord plusieurs allergies qui se transformèrent en asthme. C'était peut-être dû au changement de climat, mais il ne pouvait s'empêcher de penser que c'était une punition. Le Bricanyl l'aida à mieux respirer, au début, mais il lui fallut bientôt augmenter les doses pour que le médicament fasse effet. Il avait l'impression d'être sous l'eau en permanence. En athlétisme, il n'arrivait pas à atteindre les performances qu'on attendait de lui. Les paroles d'Imani résonnaient jusque dans ses os : *Où que tu ailles*… L'entraîneur le garda un an dans l'équipe, mais sa bourse ne fut pas renouvelée. Son cerveau aussi était submergé. Il restait assis à son bureau pendant des heures, devant des cahiers et des livres qui lui semblaient avoir été écrits dans une langue étrangère. En cours, où il était souvent le seul étudiant noir, il ne se sentait pas à la hauteur. Les étudiants de bonne famille, avec leurs interventions pertinentes, l'intimidaient au point de le réduire au silence, un silence que les professeurs prenaient pour de l'apathie. En dehors des cours, sa susceptibilité repoussa les quelques étudiants qui essayaient de se lier d'amitié avec lui. Le temps qu'il comprenne qu'il aurait mieux fait d'aller dans une université d'Etat où il aurait été plus proche des *siens*, ses notes avaient chuté et il n'avait plus un sou. Trop honteux pour écrire à son professeur de biologie, qui aurait pourtant pu lui être de bon conseil, il quitta la fac. Il fit l'impasse sur ses problèmes de santé et s'enrôla dans l'armée – pour se retrouver largué au Vietnam, dans les derniers jours d'une guerre désespérée.

Cameron passait de plus en plus de temps en compagnie de Jeff. Jeff avait un petit appartement dans Mission District et enseignait l'étude comparée des religions à l'université locale. Il était également bénévole dans un petit monastère tibétain ; il apportait son aide un peu dans tous les domaines, des papiers administratifs aux problèmes de plomberie en passant par le transport des moines, qui avaient fui le Tibet pour un petit village de l'Himalaya avant d'arriver ici. Certains jours, il cuisinait. Il préparait des plats étranges à base de nouilles plates, de tofu et d'algues, ou même de champignons qui reprenaient forme quand on les plongeait dans l'eau, des plats que Cameron regarda d'abord d'un œil suspicieux, mais qu'il apprit à aimer. Jeff n'était pas un saint. Il se montrait souvent impatient et avait du mal à accepter que les choses ne se passent pas comme il le voulait. Mais Cameron admirait comme il retrouvait le sourire en un clin d'œil.

Jeff savait écouter sans vous interrompre ni donner de conseils, et Cameron appréciait énormément cela. Assis sur le balcon de Jeff, à siroter un café brûlant, il se surprit à partager avec lui des secrets qu'il n'avait jamais confiés à personne. Il commença par son emploi actuel. Il était chef de la sécurité dans une grande banque du centre-ville, et le revolver qu'il portait à la ceinture lui pesait un peu plus chaque jour. Il vivait dans un minuscule studio, dans un quartier trop cher, mais il avait vue sur l'océan. Tous les matins, il mettait son inhalateur dans sa poche et allait courir. Quand le vent lui sifflait dans les oreilles, il oubliait tout, surtout les décisions qu'il regrettait aujourd'hui. Il prenait des somnifères pour dormir. Il souffrait d'insomnie et détestait ça, mais il avait peur de s'endormir, à cause des cauchemars. Depuis qu'il avait quitté l'armée, aucune de ses activités – aider à l'hospice, servir la soupe aux sans-abri, donner de l'argent aux associations d'aide aux enfants battus – n'avait mis fin aux cauchemars. Le pire de tous, c'était celui du tout petit enfant qui flottait dans une pièce ovale. Le garçon ouvrait ses grands yeux noirs et regardait Cameron sans une once de reproche, et c'était ce qu'il y avait de plus difficile à supporter.

Cameron raconta à Jeff ses missions dans des pays chauds infestés de moustiques et prétendument de communisme, où son uniforme inspirait la peur et la haine. Il décrivit les hommes qu'il avait tués – parfois avec indifférence, parce que leur vie ne lui semblait pas aussi réelle que la sienne. Jeff devint livide, mais posa une main sur l'épaule de Cameron et la laissa là.

Après que Cameron eut raconté à Jeff tout ce dont il se souvenait, jusqu'à la mort de ses parents dans un accident de voiture quand il avait douze ans, il lui parla de la malédiction d'Imani. Jeff ne croyait pas aux malédictions, mais il croyait aux conséquences. Il sentait que Cameron avait fait de son mieux pour expier ses actes de guerre, mais qu'il n'en avait pas fini avec l'avortement.

Cameron savait très bien qu'il ne pouvait pas partir à la recherche d'Imani pour lui demander pardon. Elle était sûrement mariée. En réapparaissant ainsi dans sa vie, il risquait de faire plus de mal que de bien. Il était trop vieux et trop englué dans ses habitudes pour adopter un enfant et devenir parent à temps plein. Puis Jeff se souvint que les moines lui avaient parlé d'orphelinats dans les montagnes indiennes. Et si Cameron en contactait un pour parrainer un enfant ? Quand le temps serait venu, il pourrait lui rendre visite. Peut-être qu'au moment où il verrait l'enfant, prendrait sa petite main dans la sienne et sentirait la force de l'univers circuler entre eux, il serait enfin guéri.

Poussé par ce nouvel espoir, Cameron contacta l'orphelinat, qui mit un certain temps à lui répondre. Cameron dut plusieurs fois réprimer son envie d'envoyer de nouvelles demandes, de prendre un avion pour la ville la plus proche et d'aller à pied jusqu'au portail de l'orphelinat. Pour obtenir une réponse favorable, sa demande devait passer pour un geste philanthropique, et non pas désespéré (les autorités se montraient d'une extrême prudence ; Jeff lui avait raconté des histoires de trafic d'enfants qui justifiaient toutes ces précautions). L'orphelinat finit par envoyer une photo, avec quelques informations. Ce n'était pas un garçon, comme l'avait demandé Cameron, mais une fillette maigrichonne qui avait été abandonnée devant les portes quelques années plus tôt. Peu importait. Dès qu'il vit la photo floue en noir et blanc de cette enfant dans sa robe trop grande, les yeux plissés à cause du soleil, Cameron sut que c'était elle.

Il envoya l'argent nécessaire pour devenir son parrain et demanda l'autorisation de lui rendre visite. Mais l'orphelinat l'informa qu'il valait mieux ne rien précipiter. Les gens se lassaient parfois de ce genre de parrainage, et si les enfants les avaient déjà rencontrés, c'était pour eux comme un deuxième abandon. Cameron pourrait écrire à Seva – c'était le nom de la fillette. Ses lettres seraient traduites, et on les lui lirait. Dans un an ou deux, quand elle aurait appris à écrire, elle lui enverrait des petits mots en hindi. Mais pour l'instant, est-ce qu'il voulait bien remplir les documents ci-joints pour une vérification de ses antécédents et faire envoyer les lettres de recommandations directement à l'orphelinat ?

Cameron sentait l'impatience – et cette bonne vieille colère – bouillonner en lui, mais il suivit les instructions à la lettre. Tous les mois, il écrivait à Seva. Tous les ans, l'orphelinat lui envoyait deux photos d'elle prises pendant les activités, comme le déjeuner ou les jeux, et il passait des heures à les contempler. Depuis l'année dernière, il avait commencé à recevoir, de temps à autre, des feuilles lignées couvertes d'une écriture enfantine que le gérant de l'épicerie indienne de son quartier déchiffrait pour lui. Cameron s'était vite rendu compte que Seva avait un caractère bien trempé. En plus des phrases habituelles de remerciement et des vœux de bonne santé, elle l'informait de ce qui se passait dans sa vie : les petits du chat de l'orphelinat avaient été dévorés pendant la nuit, sûrement par un coyote, c'est ce qu'avait dit le cuisinier; son ami Bijli s'était aventuré dans les buissons au bout du terrain de jeux, malgré l'interdiction, et il avait maintenant des démangeaisons terribles; elle avait eu d'assez bons résultats à ses contrôles, sauf en maths, qu'elle avait du mal à comprendre; Anil l'avait poussée dans la boue pendant le cours de sport, alors elle l'avait poussé aussi, et le prof de sport, M. Ahuja, les avait fait rester debout dans la cour tout l'après-midi pour les punir; M. Ahuja avait un gros grain de beauté poilu sur la joue gauche.

Cameron fut un peu inquiet à cause de cette histoire de punition, mais Jeff consulta les moines et expliqua à Cameron que ce genre de discipline était assez souple en comparaison de ce qui se pratiquait dans beaucoup d'autres écoles. Cameron se dit qu'il était temps pour lui d'aller rencontrer Seva. Il en profiterait peut-être pour avoir une petite conversation avec M. Ahuja pendant son séjour là-bas. Il écrivit une lettre à l'orphelinat, laissant entendre qu'il pourrait retirer son soutien pour l'apporter à une association plus accueillante, si on lui refusait l'autorisation de rendre visite à Seva. L'orphelinat envoya une réponse immédiate : M. Grant était le bienvenu s'il le souhaitait. Cameron informa Seva de sa visite, et il reçut une lettre extatique où elle faisait la liste de tous les endroits qu'elle lui montrerait quand il serait là. Il gardait cette lettre avec lui dans son portefeuille. Il demanda un congé sans solde à son employeur et un visa d'un an auprès du gouvernement indien. Cameron pensait qu'en tant que célibataire, afro-américain qui plus est, il n'obtiendrait jamais la garde de Seva. Mais en parcourant les allées de Toys'R'Us, tandis qu'il remplissait sa valise de cadeaux susceptibles de plaire à une enfant de huit ans, il se demandait s'il n'allait pas tout simplement rester dans les montagnes. Il pourrait peut-être convaincre l'orphelinat de renvoyer M. Ahuja et de l'embaucher à sa place comme professeur de sport.

Puis le tremblement de terre avait frappé, et…

16

Ce fut comme si le géant qui s'était rendormi au plus profond de la terre avait entendu Cameron prononcer son nom. Avant que le soldat n'ait pu terminer sa phrase, avant que les autres, comparant leur histoire à la sienne, n'aient pu éprouver de l'admiration, de l'affliction ou de la gratitude, le bâtiment se mit à trembler et émit une sorte de grognement. Quelque chose s'écrasa au-dessus de leurs têtes et une ondulation parcourut le plafond, qui leur sembla soudain aussi fin qu'une feuille de papier.

— La réplique ! cria une voix.

Quelqu'un se mit à hurler. Un autre pleurait. Un homme se lança dans une prière : « Mon Dieu, faites que ça finisse vite, faites que ça finisse vite ! »

Uma se jeta avec les autres dans l'eau glacée pour rejoindre l'encadrement d'une porte, et ce faisant, se demanda ce que signifiait la prière de l'homme. Que voulait-il voir finir si vite : le tremblement de terre, leur emprisonnement ou leur vie ?

Attendez un peu, voulait-elle protester. *Je n'ai pas encore raconté mon histoire.*

Il n'y avait qu'une seule personne avec elle sous l'encadrement : M. Pritchett, qui avait abandonné le châle que Tariq lui avait prêté et frissonnait en sous-vêtements. Dévêtu, il était beaucoup plus frêle qu'Uma ne l'aurait pensé. Il se tenait aux deux côtés du chambranle, ses bras maigres et noueux tendus en croix comme ceux des martyrs chrétiens sur les peintures du Moyen Age. Uma dut se réfugier sous son aisselle pour se mettre à l'abri. L'eau leur arrivait à mi-cuisses et quand le bâtiment cessa de trembler, Uma se rendit compte que le froid lui engourdissait les jambes alors que son bras blessé palpitait beaucoup. Elle hésita à le plonger dans l'eau glacée. Puis elle s'aperçut qu'il manquait une troisième personne dans l'encadrement de la porte. Elle scruta l'obscurité, elle savait qui manquait à l'appel. Elle cria son nom. *Cameron ! Cameron !*

Le soldat était recroquevillé sur une table, en position fœtale. Uma se dit qu'il ressemblait à l'enfant qu'il voyait dans ses rêves. A l'appel de son nom, il ouvrit les yeux et lui lança le même regard que l'enfant, vide de reproches. Il tenait la lampe torche dans sa main, ils avaient mis les dernières piles dedans quelques minutes plus tôt. Cameron leva légèrement le poignet pour signifier à Uma qu'il garderait la lampe avec lui, en sécurité, jusqu'à ce qu'il puisse la lui donner. Des miettes de plâtre jonchaient la table, son visage et ses bras, mais il n'avait pas l'air blessé.

Uma avança jusqu'à la table en traversant l'eau noire, leur Mnémosyne, étang de mémoire, qui parvenait à extraire du fin fond de leur être leurs secrets les plus sombres. Le plafond avait l'air de tenir, mais même s'il ne tenait pas, elle ne pouvait pas se résoudre à laisser Cameron seul. De toute façon, ils allaient tous mourir, à moins qu'un miracle ne se produise très vite. Uma passa son bras autour du corps de Cameron, il lui sembla plus froid que la normale… mais qu'est-ce qu'on pouvait qualifier de normal dans une situation comme la leur ? Son cœur palpitait comme un oiseau piégé. Elle entendait ses poumons siffler à chacune de ses inspirations. Il lui adressa un faible sourire. Face à son silence, les mots d'espoir et de pardon qu'elle avait prévu de lui dire semblaient d'une terrible platitude. Et puis, qui était-elle pour prétendre apporter du réconfort ? N'avait-elle pas fait du mal à tous ses proches ? A Ramon, car elle ne l'avait pas aimé comme il l'avait aimée ; à sa mère, car elle n'avait pas écouté ses leçons de prudence ; à son père, car quand il avait eu besoin de parler à quelqu'un, elle s'était détournée de lui. *Pardonnez-moi*, leur dit-elle dans sa tête. Mais ces mots ne lui procurèrent pas la même consolation que de serrer dans ses bras un corps maternel tout dodu, ou de frotter sa paume contre une joue grisée par une barbe d'une nuit, ou de s'appuyer contre un torse frêle et respirer le parfum familier de son enfance, l'eau de cologne Old Spice.

La réplique semblait terminée. Les autres s'aventurèrent hors des encadrements de porte pour évaluer les dégâts, en levant des yeux inquiets vers le plafond. Jiang, dont le visage était maintenant fiévreux et empourpré, conseilla à Uma de faire asseoir Cameron, pour lui faciliter la respiration. Lily les aida à le redresser. L'odeur de gaz était bien plus forte maintenant, mais personne ne fit de commentaire à ce sujet. Ils remontèrent sur les tables, les genoux serrés contre leur poitrine, après avoir essayé de s'essuyer un peu les jambes avec les restes d'un sari autrefois teinté aux couleurs de l'espoir. Mangalam évalua le niveau de l'eau et déclara qu'à ce rythme, les tables seraient recouvertes dans une heure environ ; il leur faudrait alors récupérer les chaises réunies dans un coin de la pièce, pour les mettre sur les tables et s'asseoir dessus. Les tables pouvaient accueillir deux chaises chacune, ce qui voulait dire que trois d'entre eux devraient emmener leurs chaises dans le bureau de Mangalam, où la table était plus grande. Mais il restait assez de temps pour une dernière histoire avant que le groupe ne se sépare.

— Mes parents ne m'ont pas du tout manqué, commença Uma. Quand je suis partie pour l'université, j'étais sans doute une jeune fille égocentrique et sans cœur, comme la plupart des adolescents. Ma mère l'a mal pris, mais mon père...

Elle fut interrompue dans sa chronique des perfidies filiales par un bruit au-dessus de leurs têtes. Tout le monde se recroquevilla, mais ce n'étaient pas les grondements d'une nouvelle secousse. Ils entendaient des battements, des raclements, des craquements, comme si on entassait des meubles. Ils crurent entendre des moteurs tourner, une porte claquer.

— Ce sont des gens ! s'écria Tariq. Des sauveteurs !

Tout le monde leva les yeux. L'enthousiasme se mêlait à l'incrédulité sur leurs visages. Ils s'agrippèrent les uns aux autres. Mme Pritchett et Lily mirent leurs mains en porte-voix pour crier à l'aide et les autres se joignirent à elles. Mais aucune réponse ne leur arriva d'en haut. Les bruits se firent plus faibles, comme s'ils s'éloignaient. Un gros morceau de plâtre tomba dans l'eau, ils cessèrent alors de crier, effrayés.

Tariq se mit debout sur la table, le cou tendu. Il voulait voir à travers le trou dans le plafond, mais ce n'était pas le bon angle.

— Je vais aller de l'autre côté du guichet, annonça-t-il, et grimper sur une chaise ou autre chose, pour essayer de voir ce qui se passe.

Il sauta dans l'eau en éclaboussant tout autour de lui.

— Je viens avec vous, dit Mangalam en prenant la lampe torche. On pourrait attacher un morceau de tissu au bout d'un bâton et l'agiter à travers le trou.

M. Pritchett, qui avait non sans peine enfilé son pantalon encore mouillé, se précipita à leur suite. Uma aurait aimé les accompagner, elle aussi, mais Cameron était appuyé contre son bras valide et elle ne voulait pas le déranger.

— Prévenez-les, chuchota Cameron. Il y a un cadavre dans l'eau… Il est tombé d'en haut quand le plafond s'est effondré.

Elle le fixa, choquée par cette annonce. Jusqu'à cet instant, Uma avait essayé d'accepter sa propre mort et pensait avoir compris ce que cela signifiait, mais c'était encore une notion abstraite. Ce corps, à moins de deux mètres de l'endroit où elle se trouvait, gonflé, caoutchouteux et qui commençait à se décomposer, était une preuve tangible de ce qu'était l'horreur de la mort.

Cameron lui donna un léger coup de coude.

— Ne criez pas… Cela pourrait faire paniquer les autres. Allez leur dire. Ne vous inquiétez pas pour moi, ça va aller.

— Allez-y, je vais m'occuper de lui, ajouta Malathi, assise de l'autre côté de Cameron.

Uma sentit le bras ferme de Malathi, avec son bracelet en or, entourer le torse de Cameron. Le calme de Malathi face à ce qu'elles venaient d'entendre la mortifia un peu.

L'idée de sauter dans une eau où flottait un cadavre révulsait la jeune fille, mais Cameron attendait. Elle descendit de la table avec précaution, sans pouvoir réprimer un frisson de dégoût. Elle contourna le guichet et s'arrêta à l'entrée de la salle d'attente. M. Pritchett était penché en avant, il enlevait les débris entassés juste en dessous du trou béant dans le plafond. Ce devait être l'endroit où le cadavre était tombé, pensa Uma. Elle imagina la lourde chute. Elle espérait que l'homme était mort avant de tomber et qu'il ne s'était pas noyé dans cette eau obscure. Tariq et Mangalam étaient occupés à tirer un canapé. Ils voulaient le poser sur la tranche. L'un d'eux grimperait dessus pendant que les autres tiendraient le canapé pour qu'il ne tombe pas.

— Quand j'aurai fait un peu de place, il faudra qu'on trouve un bâton auquel attacher le morceau de tissu, lança M. Pritchett. Vous voulez bien me donner un coup de main ?

Il plongea le bras dans l'eau.

— Non ! s'écria Uma. Reculez !

Mais il était déjà trop tard. Dans le rayon de la lampe que Mangalam braquait sur eux, Uma vit le choc sur le visage de M. Pritchett. Il lâcha quelque chose de lourd, qui répandit de grosses éclaboussures d'eau tout autour, et recula. Elle l'entendit trébucher dans le noir, il était pris de haut-le-cœur. Il y eut un autre bruit d'eau. Uma grinça des dents et passa rapidement à côté du cadavre pour rejoindre M. Pritchett.

— Je l'ai touché, souffla-t-il à Uma entre deux nausées, pendant qu'elle l'aidait à se relever.

— Chut, ça va aller, lui dit-elle en lui frottant le dos.

— Qu'est-ce qui ne va pas ? demanda Tariq depuis l'autre bout de la pièce.

Uma lui expliqua, et il laissa tomber son côté du canapé en poussant un juron.

Mangalam semblait être moins affecté par la nouvelle. Il avait presque l'air plus calme qu'avant. L'affaiblissement de Cameron l'avait forcé à prendre des responsabilités dont il aurait dû se charger depuis le début.

— Nous pouvons éviter cette zone, dit-il. Mettons le canapé par là. Nous ne serons pas aussi visibles, mais ça fera l'affaire. Nous devons nous dépêcher. S'il y a bien des gens là-haut, il faut leur faire signe et leur dire que nous sommes coincés ici, sinon ils vont finir par s'en aller. Monsieur Pritchett, tenez ce côté du canapé. Uma, attrapez ce bâton, là, juste à côté du mur.

Ils firent ce que Mangalam leur demandait. Uma s'aperçut qu'elle pouvait faire marcher son corps et son cerveau normalement si elle se concentrait sur sa tâche et ne pensait pas au cadavre qui flottait à quelques mètres d'elle et contaminait son esprit. Il ne leur fallut que quelques minutes pour mettre le canapé sur la tranche. Tariq grimpa dessus, leva le bâton le plus haut possible à travers le trou et agita vigoureusement son drapeau de fortune. Uma braqua la lampe sur le morceau de tissu bleu. Ils crièrent à l'aide et le reste du groupe réuni dans l'autre pièce se joignit à eux, comme un chœur stygien. Du plâtre tombait du plafond, mais ils continuèrent. Qu'avaient-ils à perdre ? Il y eut un énorme bruit au-dessus de leurs têtes, une sorte d'explosion. Puis plus rien. Ils commençaient à avoir mal à la gorge et les bruits avaient cessé, alors ils abandonnèrent, un par un. Certains d'entre eux sanglotèrent un moment. D'autres restèrent immobiles, totalement abattus. Leur accorder ces quelques minutes d'espoir avant de les leur arracher était la plaisanterie la plus cruelle qu'ils aient jamais vécue, l'ultime insulte.

Les piles de la lampe faiblissaient. Dans la lumière vacillante, Uma vit ses compagnons roulés en boule, évitant le regard des autres, les mains serrées contre leur corps ou posées sur leurs visages. Mangalam apporta une bouteille de bourbon où il restait un fond d'alcool et la fit passer. Quelques-uns en avalèrent une ou deux gorgées, mais même cela ne leur procura pas le moindre réconfort. Il devenait de plus en plus difficile de respirer. Uma se souvint d'une leçon de sciences, quand elle était au collège. Le gaz tue les gens en prenant la place de l'oxygène, qui est plus léger. Quand le gaz aurait totalement envahi la pièce, ils suffoqueraient et mourraient.

Trop de problèmes, tous impossibles à résoudre. Autant continuer son histoire.

Quand j'ai eu l'âge d'aller à l'université, j'en ai choisi une loin de la maison, malgré mes parents qui souhaitaient le contraire. Je n'étais pas en mauvais termes avec eux, ce n'étaient pas des parents tyranniques, contrairement à bon nombre d'Indiens émigrés. Mais je voulais me débrouiller seule, sans leur protection. L'idée ne m'a pas traversée que ma présence était aussi une sorte de protection pour eux. L'université que j'ai choisie se trouvait au Texas : chère, privée, avec une réputation qui permettait aux parents de se vanter d'avoir envoyé leur progéniture là-bas. Mais son plus grand atout, pour moi, c'est qu'elle était loin de chez mes parents.

Ma mère a eu du mal à se faire à mon absence. C'était une excellente cadre dans son entreprise, mais elle se définissait principalement par son rôle de mère et de maîtresse de maison. Elle était beaucoup plus fière d'avoir réussi à cuisiner un repas indien avec des restes que d'avoir décroché un nouveau client. Pendant mon premier mois à l'université, chaque fois que ma mère m'appelait, elle éclatait en sanglots et insistait pour que je lui raconte ma journée dans les moindres détails. Mon père l'exhortait à se ressaisir. De son côté, il réduisait ses questions au strict minimum – comment allait ma santé, est-ce que j'arrivais à faire face à tout ce travail, est-ce que j'avais besoin d'argent – et se satisfaisait de mes réponses monosyllabiques. Il terminait toujours la conversation par une blague sur d'hypothétiques petits amis – la même blague à chaque fois – pendant que ma mère lui faisait des reproches depuis l'autre téléphone. J'étais heureuse de constater que mon père prenait plutôt bien mon départ. J'admirais son sang-froid. Jusque-là, j'avais été plus proche de ma mère, mais je sentais un changement subtil s'opérer.

La population estudiantine était différente de celle du lycée, mais pas tant que ça. J'adorais le campus luxuriant, avec sa flore tropicale et son élégance typique du Sud des Etats-Unis ; la chambre individuelle que je pouvais décorer à ma guise ; les petits symposiums de littérature où les professeurs me traitaient en adulte, alors que je n'étais même pas sûre d'en être une ; les cafés ouverts jusqu'à deux heures du matin, où les étudiants avaient des discussions intellectuelles agitées ; et les fêtes que l'on pouvait choisir parmi trois saveurs : modérées, relevées et très épicées. Les mises en garde de ma mère avaient dû s'inscrire en moi contre mon gré ; les plaisirs que je m'octroyais étaient inoffensifs.

Un soir, quelques mois après le début du semestre, mon père m'a téléphoné. C'était inhabituel à bien des niveaux, mais je ne m'en suis rendu compte que plus tard. Nos appels familiaux se faisaient en général le week-end, quand les appels sur les portables étaient gratuits. C'était presque toujours ma mère qui prenait l'initiative. Et il était à peine dix-sept heures en Californie, ce qui signifiait que mon père, qui travaillait tard, appelait du bureau.

Mon père n'a jamais perdu de temps en bavardages.

— Maintenant que tu as pris tes marques à l'université et que tu as eu de si bons résultats au premier trimestre, je peux te l'annoncer, me dit-il. J'ai décidé de demander le divorce. Ta mère et moi n'avons plus rien en commun en dehors de toi… et maintenant que tu n'as plus besoin de nous, que tu voles de tes propres ailes…

Il a marqué une pause, et je me suis demandé (comme s'il s'agissait d'un étranger) ce qu'il pouvait bien ressentir. Est-ce qu'il était nerveux ?

— Toute ma vie, j'ai fait ce que les autres attendaient de moi, a-t-il continué. J'aimerais vivre le temps qu'il me reste comme bon me semble. Tu as des questions ?

J'ai été frappée par le ridicule de sa dernière phrase. J'ai voulu rire, mais j'avais peur de ne pas pouvoir m'arrêter si je commençais. Il a dû déduire de mon silence que je n'avais pas de questions, parce qu'il a enchaîné :

— Je ne l'ai pas encore dit à ta mère. Je te suggère de ne pas l'appeler avant. Je vais le faire cette semaine.

Il s'est aperçu que je n'avais pas prononcé un seul mot depuis le début de la conversation et a ajouté :

— Je sais que c'est difficile pour toi, mais essaie de te mettre à ma place. Est-ce que ce serait juste de me demander de continuer une relation qui me détruit ?

Tandis que je méditais sur le choix de ses termes, il m'a dit au revoir et m'a promis de me rappeler pour me tenir au courant.

Je me suis allongée sur mon lit et j'ai tenté de comprendre ce qui venait de se passer. Je me suis même demandé, l'espace d'un instant, si je n'avais pas rêvé ce coup de téléphone. Pendant toutes ces années, j'avais été persuadée, de cette façon inconsciente dont nous effleurons les aspects absolus de nos vies, que mes parents vivaient un mariage heureux. Ils partageaient leurs activités communes – l'éducation de leurs enfants, les loisirs, les voyages, les sorties au cinéma, le jardinage – avec un grand enthousiasme. Dans les limites imposées par leur culture d'origine, ils exprimaient leur affection l'un pour l'autre ; ils s'embrassaient le matin avant de partir au travail, s'enlaçaient sur les photos de famille, admiraient les nouveaux vêtements de l'un ou de l'autre, s'asseyaient côte à côte sur le canapé pour écouter des disques de Rabindra Sangeet. Ils passaient beaucoup de temps ensemble au salon, mon père feuilletant le *Times*, la tête posée sur les genoux de ma mère, pendant qu'elle lisait un roman bengali en lui caressant les cheveux.

Ce n'était donc pas de l'amour ? Et si c'en était – et j'aurais parié ma vie que c'était bien de l'amour –, comment avait-il pu s'évanouir du jour au lendemain ? Est-ce que tout ce qui existait en ce bas monde se volatilisait de la sorte ? Alors, à quoi bon mettre tout son cœur dans des choses qui, de toute façon, étaient condamnées à disparaître ?

Parmi toutes ces questions métaphysiques, quelques questions pratiques jaillissaient de temps à autre : y avait-il une autre femme ? Et comment réagirait ma mère quand mon père lui annoncerait sa décision ? Cette dernière question était rhétorique. Je savais déjà qu'elle n'y survivrait pas.

J'ai passé la journée suivante, et celle d'après, dans mon lit, à réfléchir à tout ça. J'avais une chambre individuelle, et donc pas de colocataire susceptible de s'inquiéter de mon état. Pendant ces journées, je ne me suis pas lavé les dents, je ne me suis pas douchée, je n'ai pas mangé, mais j'ai bu les trois canettes de coca qui traînaient dans mon mini-frigo. Je n'ai pas assisté aux cours. C'était une première, et au fin fond de mon être, l'ancien moi s'inquiétait des conséquences que cela pourrait avoir. Mais le nouveau moi s'est contenté de hausser les épaules et d'allumer la télé. Mon téléphone a sonné. J'ai regardé le numéro affiché. C'était mon père. J'ai éteint mon téléphone.

Le troisième jour, j'ai résisté à l'envie d'aller voir mes professeurs pour leur dire que j'avais été malade et pour récupérer les cours. J'ai préféré prendre ma voiture et rouler sans but à travers la ville, puis j'ai déjeuné dans un restaurant italien que je lorgnais depuis des semaines. La nourriture était aussi bonne que je l'avais espéré. J'ai commandé trop de plats et du vin, mais au lieu de leur demander de m'emballer les restes, j'ai tout mangé. De retour dans ma chambre, j'ai dormi une bonne partie de l'après-midi, aussi repue et décadente qu'un patricien romain. Je me suis réveillée avec une migraine et souvenue que mon cours hebdomadaire de kick-boxing avait lieu ce soir-là. J'ai hésité à sécher aussi ce cours-là, mais après m'être aspergée d'eau glacée et avoir pris une double dose d'aspirine, j'étais prête à y aller.

La salle de kick-boxing se trouvait dans un quartier que mes parents auraient qualifié de miteux, entre les salons de tatouage et les sex-shops. (Mais ça suffit avec mes parents, j'étais censée arrêter de penser à eux.) J'avais appris l'existence de ce cours par un tract qu'on m'avait donné dans un café où j'étais entrée un jour, par simple curiosité. Je ne sais pas vraiment ce qui m'avait poussée à m'y inscrire et à y retourner. C'était peut-être parce que les autres élèves étaient si différents de moi.

Je me retrouvais presque chaque fois à côté de Jeri, une femme maigre comme un clou, avec les cheveux d'un roux que je n'avais jamais vu auparavant. On voyait ses côtes saillir sous son débardeur aux motifs léopard, le même toutes les semaines. Elle travaillait dans un magasin de fripes, *Very Vintage*. Elle était toujours très maquillée et poussait un grand cri chaque fois qu'elle donnait un coup, mais il émanait d'elle un charme de gamine. Selon l'angle et la lumière, on lui aurait donné la trentaine, mais quand elle souriait, on aurait dit une adolescente. Je ne résistais pas à l'envie de lui rendre ses sourires et de l'écouter, après les cours, me raconter par le menu les dernières trahisons de son petit ami, qu'elle était toujours sur le point de quitter.

Ce soir-là, le sourire de Jeri était particulièrement joyeux, et au beau milieu du cours, pendant que tout le monde faisait une pause pour aller boire, elle s'est penchée vers moi et m'a chuchoté :

— Tu sais quoi ? J'ai plaqué ce crétin !

Plus tard, alors que nous étions en train de nous changer dans les vestiaires, elle m'a dit :

— Je suis prête à quitter ce trou à rats. J'ai une copine qui vit à New York, elle m'a dit qu'elle pourrait m'aider à trouver un boulot et m'héberger le temps que je trouve un appart. Si j'avais une voiture, je serais déjà partie.

— J'ai une voiture, me suis-je entendue lui répondre. Et je suis prête à partir moi aussi.

— C'est pas vrai ! s'est-elle exclamée. Mais tu vas pas à la fac, ou un truc comme ça ?

— Plus maintenant.

Il ne nous a pas fallu plus de quelques minutes pour régler les détails. Elle irait à *Very Vintage* le lendemain après-midi, pour récupérer sa dernière paye. Je viendrais avec la voiture à seize heures, à l'adresse qu'elle m'avait donnée. D'ici là, elle aurait fait ses valises et serait prête à partir. Nous allions tracer la route. Et elle payerait la moitié de l'essence.

J'ai passé la nuit à me tourner et me retourner dans mon lit, dans une excitation proche de la fièvre. Est-ce que c'était le frisson d'interdit, ou l'impression d'accomplir une vengeance bien choisie ? A l'aube, j'ai sombré dans un profond sommeil et je n'ai pas entendu le réveil. J'ai à peine eu le temps de jeter quelques vêtements dans une valise et de mettre une boîte à chaussures pleine de CD dans la voiture. J'ai eu un pincement au cœur en regardant ma chambre ; je l'avais décorée à peine deux mois plus tôt, avec des affiches de peintres impressionnistes, une tenture en batik et trois plantes en pot. Mais j'étais une autre fille à l'époque. Sur le chemin pour aller chez Jeri, je me suis arrêtée à la banque et j'ai retiré tout ce qu'il y avait sur mon compte – un peu plus de mille dollars – en petites coupures. J'ai divisé l'argent en petites liasses et je les ai cachées dans différents endroits : dans la boîte à gants, sous le tapis de sol côté conducteur, dans ma trousse de toilette. A ce moment-là, je n'étais prête à faire confiance à personne.

Je m'étais dépêchée pour rien. Quand je suis arrivée à la maison délabrée où Jeri louait une chambre, elle n'était pas là. Je me suis garée à l'ombre d'un mimosa et je me suis assoupie. J'ai fait quelques rêves, par intermittence. Des images d'anniversaires me sont revenues, toujours avec le gâteau rose que ma mère décorait avec des fraises (alors que mon anniversaire tombait en hiver), qui trônait fièrement sur la table de la cuisine. Les tables ont changé au fil des déménagements. Il y a eu de plus en plus de bougies sur le gâteau. Mais les fraises étaient toujours là, ces fraises que ma mère dénichait au prix de recherches insensées dans tous les marchés de la ville, parce que c'était mon fruit préféré. Puis il y avait le rituel de la photo de famille. Mon père installait le pied, appuyait sur le retardateur, courait pour être sur la photo. Plus tard, nous nous serrions les uns contre les autres pour regarder les photos et rire des imperfections qui les rendaient plus vivantes : une bouche restée entrouverte, la tache de glaçage sur la joue d'un autre, une tête coupée par un cadrage approximatif. Mais dans mon souvenir rêvé, l'expression du visage de mon père n'était plus celle d'autrefois. Il attendait, avec une hâte stoïque, que je parte pour l'université et réussisse mes premiers examens, pour pouvoir s'en aller.

Je me suis réveillée en sursaut quand Jeri a tapé à la vitre de la voiture. Elle était indignée. Le gérant de *Very Vintage* avait refusé de la payer, il lui avait même crié dessus parce qu'elle démissionnait sans préavis, alors qu'elle lui avait bien précisé que c'était une urgence. Elle avait crié aussi fort que lui. Finalement, il lui avait donné la moitié de ce qu'il lui devait, ce misérable, et avait menacé d'appeler la police si elle ne quittait pas immédiatement son magasin. Elle n'avait qu'un sac à prendre – c'était tout ce dont elle avait besoin – et des provisions pour la route, du liquide et du solide. Mais elle n'aurait sûrement pas les moyens de payer sa part d'essence, m'a-t-elle dit en plissant le nez d'un air désolé.

Je lui ai dit que ce n'était pas grave. Qu'on se débrouillerait. J'ai cru voir une étincelle dans son regard pendant qu'elle méditait sur les sous-entendus possibles de cette phrase (est-ce que j'étais riche ?). Elle a disparu dans la maison pour aller chercher ses affaires. Le temps qu'elle revienne, le soleil se couchait. Elle a jeté une valise dans le coffre et posé un sac en papier marron à ses pieds, devant le siège passager. J'ai vu le goulot de deux bouteilles dépasser du sac, j'ai supposé que c'était du whisky ou du rhum. Jeri m'a guidée jusqu'à l'épicerie du quartier où, comme promis, elle a acheté de quoi nous sustenter : des chips et de la sauce, des biscuits, du coca et du Seven Up, des glaçons dans un bac en polystyrène et des gobelets en plastique.

Dix minutes plus tard, nous étions arrêtées à un feu rouge un peu avant l'entrée de l'autoroute quand Jeri s'est écriée :

— Oh, regarde !

Un jeune homme avec un sac marin était debout au bord de la route, il avait les cheveux coiffés en crête et teints en bleu. Il tenait une pancarte annonçant : EN ROUTE VERS LE NORD, PARTAGE FRAIS D'ESSENCE. Je n'ai pas eu le temps d'ouvrir la bouche, Jeri avait déjà baissé la vitre.

— Tu vas où ? lui a-t-elle demandé.

— Et vous, vous allez où ?

— New York.

— Ça me va, a-t-il répondu.

— Attends un peu, ai-je dit, mollement.

J'étais fascinée par ses cheveux et sa chemise noire, usée, qui proclamaient haut et fort qu'il était jeune, pauvre et révolté. Il arborait un anneau à la lèvre et était aussi maigre que Jeri. Je n'avais encore jamais voyagé avec quelqu'un comme lui. J'imaginais la tête qu'aurait fait mon père s'il avait su ce qui se passait. Jeri s'est retournée sur son siège et a ouvert la porte arrière. J'ai cru les voir échanger un regard complice et je me suis demandé si Jeri n'avait pas déjà tout planifié. J'ai été traversée par un malaise, en imaginant mon cadavre abandonné dans un fossé, la gorge tranchée. Mais le feu est passé au vert, les gens derrière se sont mis à klaxonner. Mon portable a sonné. J'ai regardé le numéro affiché. C'était mon père.

Le jeune homme est monté dans la voiture et nous sommes partis.

Ils ont commencé à boire avant même que nous soyons sortis de la ville, du whisky-coca avec beaucoup plus de whisky que de coca, mais qu'ils buvaient avec élégance, lentement, en faisant tinter les glaçons dans les gobelets en plastique. Jeri m'a servi un verre que j'ai coincé entre mes jambes, je buvais de petites gorgées de temps à autre. Je me suis sentie saoule presque immédiatement. Je n'avais rien mangé de la journée.

Nous avons suivi l'autoroute en direction de l'est. Les lumières de la ville se sont faites plus rares, jusqu'à disparaître complètement. Nous longions des champs de plants très hauts, peut-être du maïs. Il n'y avait pas de lune et le monde qui nous entourait semblait ancien, mystérieux, inchangé depuis des siècles. Nous n'avons presque pas croisé de voitures. Jeri a dit :

— J'ai bien l'impression qu'on n'est plus au Texas.

Et elle s'est faufilée sur le siège arrière pour tenir compagnie à Ripley.

C'est comme ça que le garçon s'était présenté : « Moi, c'est Ripley… que vous le croyiez ou non. » Ils ont mangé des chips en discutant des gens et des endroits qu'ils détestaient dans la ville que nous avions quittée. Jeri m'a fait passer un paquet de chips et un autre gobelet plein, mais les chips étaient trop grasses, elles m'ont donné envie de vomir. Ou c'était peut-être l'alcool, je ne bois pas souvent. Plus tard, j'ai entendu des bruits de frottements de peau. Mes yeux étaient attirés par le rétroviseur, mais il faisait trop sombre pour voir autre chose que des formes entrelacées qui bougeaient maladroitement. J'ai senti la voiture tirer vers le milieu de la route. Une fois. Deux fois. Je me suis demandé ce que ça ferait si je la laissais rouler seule, jusque de l'autre côté, dans le fossé qui longeait la route, est-ce que le choc de la tragédie réconcilierait mes parents ? J'ai rangé cette idée dans ma tête, dans la catégorie *possibilités envisageables*, puis je me suis rabattue sur la droite pour m'arrêter. J'avais besoin d'une pause.

Nous sommes sortis de la voiture pour soulager nos vessies. J'ai insisté pour qu'on respecte une séparation des sexes : les garçons à droite du champ, les filles à gauche. Jeri et Ripley se sont moqués de moi. Ce n'étaient pas des champs de maïs… autre erreur de ma part. Les épis nous arrivaient au niveau des épaules, ils étaient lourds de grains, ce devait être du blé ou des graminées sauvages. Ripley a passé la main sur les tiges et a dit que c'était sûrement de l'orge, mais je ne trouvais pas ce garçon très fiable.

Plus tard, nous nous sommes assis sur le capot de la voiture, Ripley a roulé des joints. J'avais déjà fumé de l'herbe dans des soirées, mais pas plus d'une ou deux bouffées, et jamais combinée à l'alcool. J'ai pris de grosses bouffées, ça m'a fait tousser. Jeri m'a montré comment retenir le souffle dans mes poumons pour augmenter l'effet. Au bout d'un moment, nous nous sommes allongés contre le pare-brise pour contempler le ciel. Les étoiles étaient particulièrement brillantes. En quelques minutes, elles se sont mises à palpiter. J'ai posé la main sur ma poitrine. Ça pulsait au même rythme. Il y avait la main de quelqu'un d'autre sur ma poitrine, mais je ne l'ai pas repoussée. J'ai fermé les yeux. Derrière mes paupières, j'ai vu des couleurs virevolter, j'avais un kaléidoscope vivant dans la tête.

Soudain, Jeri s'est écriée :

— Putain, vous avez vu ça !

J'ai ouvert les yeux, le ciel était plein de ces mêmes couleurs que j'avais vues derrière mes paupières. Des éclats de rouge surtout, mais aussi du vert et du jaune. J'en ai oublié de respirer. Des rideaux de lumière poudreuse flottaient à l'horizon, parsemés d'explosions de couleurs, on se serait cru dans *Le Seigneur des Anneaux*.

Ripley voulait dire quelque chose, mais apparemment, sa langue refusait de coopérer. Finalement, privé de vocabulaire par la beauté du ciel, il a lâché : « C'est une putain d'aurore boréale. » Ça semblait plausible. Il y a bien plus de choses dans le monde que ce qu'on nous en dit dans les livres de géographie. Nous avons admiré l'aurore.

Pendant plusieurs minutes, ou plusieurs heures. Le spectacle a fini par rendre mes compagnons d'humeur amoureuse et ils sont allés s'installer sur le siège arrière. Ils m'ont invitée à me joindre à eux. J'ai refusé. Jeri m'a regardée, les yeux plissés, essayant de deviner si mon refus était une insulte ou une invitation à insister. Mais Ripley a dit : « Laisse tomber » et il a claqué la portière.

L'aurore a un peu tremblé, puis elle a continué à répandre ses splendeurs. J'ai marché dans les champs. Les tiges d'orge me griffaient le dos. Les barbes des épis me chatouillaient les joues. J'ai écrasé des tiges sur une surface assez grande pour pouvoir m'allonger par terre et contempler l'aurore. Tout autour de moi flottait une odeur de moisi, de boue, de taupe ou de raton laveur, ou quelque chose de plus secret peut-être. Je ne m'étais encore jamais allongée sur le sol en pleine nuit. J'ai appuyé mes mains contre la terre. Les humains étaient vraiment fous de parcourir le monde pour essayer de comprendre l'histoire. Les plus anciennes histoires de l'univers étaient là, sous mes omoplates, et au-dessus de ma tête, c'étaient le ciel et la terre. Des traînées de lumière – non pas les rouges et les verts que j'avais vus plus tôt, mais des nuances que je n'aurais su nommer – leur donnaient vie, révélaient leurs mystères. J'ai sombré dans un sommeil de plomb.

Quand je me suis réveillée, l'aurore avait disparu, il n'y avait plus qu'une trace rougeâtre dans le ciel, qui scintillait comme des braises dans une cheminée après un grand feu de joie. Mes vêtements étaient trempés de rosée. J'avais l'esprit étrangement clair. Je suis retournée à la voiture et je me suis aspergé le visage d'eau froide récupérée dans le bac à glaçons. Jeri et Ripley dormaient sur le siège arrière, entrelacés, la bouche ouverte. Ils m'avaient impressionnée, la veille, parce qu'ils connaissaient la vie tellement mieux que moi... mais c'était terminé. Il s'était passé quelque chose pendant que j'étais restée allongée dans le champ, à regarder le ciel, j'avais enfin compris que je ne pouvais pas contrôler la vie des autres... et qu'ils ne pouvaient pas décider de la mienne.

J'ai fait demi-tour avec la voiture et je suis repartie vers la ville. Mes CD étaient à l'arrière, alors j'ai allumé la radio, le volume au minimum, pour me maintenir éveillée. J'ai entendu un bulletin d'informations. Ils racontaient qu'il y avait eu une énorme explosion dans une usine de produits chimiques, à l'est de la ville. Vingt-cinq camions de pompiers avaient été envoyés pour maîtriser l'incendie. La situation était désormais sous contrôle, mais les gens qui habitaient près de l'usine avaient reçu pour recommandations de garder leurs portes et leurs fenêtres bien fermées, et de ne pas boire l'eau du robinet jusqu'à nouvel ordre.

Cette information, qui expliquait mon aurore, était très décevante, mais quelle que soit son origine, le ballet de lumière dont j'avais été témoin cette nuit-là, allongée dans ce champ, m'avait fait un don que la réalité ne pourrait pas me reprendre.

J'étais presque arrivée à l'entrée de la ville quand Jeri et Ripley se sont réveillés. Ils ont protesté bruyamment, ont tapé du poing dans les portières, m'ont traitée de folle. J'ai tout encaissé sans broncher. C'était moi qui tenais le volant, après tout. J'ai pris la sortie à l'endroit où nous avions fait monter Ripley, je me suis arrêtée à une station-service et je leur ai demandé de descendre de la voiture. Quelque chose avait dû changer dans ma manière d'être, parce qu'ils ont obéi sans un mot. Avec tout ça, personne n'avait parlé de l'aurore.

Je suis retournée à ma résidence, j'ai pris une douche, mangé des céréales, et je suis arrivée pile à l'heure en cours. Je n'avais pas raté beaucoup de cours ; je n'aurais aucun mal à rattraper le retard. Mes amis ont vu mes cernes et en ont conclu que j'avais été malade ; je ne les ai pas contredits. J'ai rassemblé l'argent – je n'avais même pas dépensé un dollar – et j'ai tout remis à la banque.

Plus tard, j'ai écouté les messages qui s'étaient amassés sur mon répondeur. Il y en avait vingt-deux, dont dix-huit de mon père, de plus en plus paniqué, persuadé qu'il m'était arrivé quelque chose. J'ai repensé à la façon dont il avait failli gâcher ma vie. Puis je me suis dit, non, c'est moi qui suis allée frôler les limites, et c'est moi aussi qui ai fait demi-tour.

Quand il m'a appelée, ce soir-là, j'ai décroché. Il m'a demandé où j'avais disparu pendant tout ce temps, je lui ai répondu par un silence glacial. Il a dû sentir ce changement qui s'était opéré en moi et qui avait fait sortir Jeri et Ripley de la voiture sans un mot de révolte.

— Ce que je t'ai dit, l'autre jour, a-t-il ajouté, oublie-le. Je ne sais pas ce qui m'a pris.

Il aurait sûrement voulu que je lui exprime ma gratitude, mais je ne lui ai pas fait ce plaisir.

— Une lubie, c'est tout, a-t-il commenté.

Je n'ai pas répondu.

— Ce que je veux dire, c'est que…

Il parlait trop vite, les mots se heurtaient les uns aux autres.

— Je ne vais pas demander le divorce. Je voudrais même que tu oublies la conversation que nous avons eue.

Il a dû se rendre compte de l'absurdité de ce qu'il me demandait, car il s'est tout de suite corrigé :

— Je te serais reconnaissant de ne jamais en parler à ta mère.

Sa voix s'était faite suppliante.

J'ai accepté. Rassuré, il m'a posé les questions habituelles sur ma santé, mes cours, ma situation financière, et je lui ai répondu par les monosyllabes habituels. Puis il a raccroché, soulagé que le *statu quo* ait été restauré.

Mais plus rien n'était pareil. La relation que j'avais avec mes parents n'était plus la même. Je conduisais, et je voyais leur reflet dans le rétroviseur : ils étaient plus petits, plus rabougris. Ma mère n'avait pas conscience de la fragilité de la relation sur laquelle reposait sa vie. Mon père n'avait pas le courage de suivre ce que son désir – égoïste, interdit, mais réel – lui dictait. Plus tard, je pardonnerais. Pour l'instant, je devais me détacher d'eux. Peut-être que je me serais, de toute façon, éloignée au fil du temps. Mais je n'avais plus le choix ; j'avais arraché la croûte avant que la blessure n'ait cicatrisé, et il restait un petit point rose, d'où perlaient quelques gouttes de sang. Le jour où j'ai commencé à avoir moi aussi des relations de couple, j'ai pris soin de garder l'essentiel au fond de moi, cette partie qui se serait écroulée chez ma mère si elle avait appris la trahison de mon père.

Je n'avais pas compris, jusqu'à ce séisme, jusqu'à aujourd'hui, que cette retenue à la source était la pire des trahisons, puisque je me trahissais moi-même. Il est temps pour moi de changer.

Il y eut de nouveau du bruit au-dessus de leurs têtes, une succession de claquements, comme si un géant – un géant chaussé de souliers en métal –

avait décidé d'aller se promener. Ce pouvaient être des sauveteurs, ou des parties du bâtiment en train de s'écrouler. Personne ne se leva. C'était bien trop douloureux d'espérer à chaque fois. Mais tous gardaient les yeux grands ouverts. Ils jaugeaient les possibilités, prêts à les accepter. Pendant qu'Uma racontait son histoire, les autres s'étaient un peu déplacés. Tariq était assis entre Jiang et Lily, elles avaient chacune la tête posée sur une de ses épaules. Mangalam était venu à la table d'Uma et avait passé son bras autour de Malathi. Mme Pritchett avait enveloppé M. Pritchett dans le châle noir, il l'avait laissée faire sans protester. Cameron, qui s'était retrouvé appuyé contre Uma à cause de tous ces changements, lui tapota le genou comme pour lui dire, *bon boulot*.

Mais ce qu'ils ne savaient pas, c'est que l'histoire n'était pas terminée.

Une pluie de plâtre se mit à tomber, elle recouvrit le petit groupe de poussière grisâtre, jusqu'à ce qu'ils ressemblent tous à des statues sculptées dans le même matériau. Uma savait qu'il ne lui restait plus que quelques minutes pour trouver les bons mots et décrire comment, longtemps après qu'elle avait reçu son diplôme et était retournée en Californie pour continuer ses études, le passé avait refait surface, sous la forme d'un coup de téléphone. C'était Jeri au bout du fil, elle avait la voix aussi râpeuse que du papier de verre. Uma ne l'avait pas reconnue, il avait fallu qu'elle se présente.

Jeri lui avait annoncé qu'elle était mourante. Elle ne lui avait pas donné de détails. Et ne lui avait pas non plus demandé d'argent, contrairement à ce qu'Uma avait d'abord pensé.

— Hé, lui a-t-elle dit, tu te souviens de cette aurore qu'on a vue la nuit où on a failli aller à New York ? C'était un truc de fou, hein ?

Uma a acquiescé.

— Tu te souviens, a continué Jeri, c'est moi qui vous l'ai montrée. Vous autres, vous l'auriez même pas vue si je vous l'avais pas fait remarquer, vous étiez tellement défoncés.

— Oui, c'est vrai, a admis Uma.

— Les gens ne me croient pas quand je leur raconte. Ils disent que je devais être dans les vapes et que j'ai dû rêver. Ou que ça devait être autre chose, un truc ordinaire. Mais c'était bien une aurore, hein ? Parce que si ça n'en était pas une, j'aimerais que tu me le dises.

Sans une hésitation, Uma a répondu :

— C'était une aurore.

— Tu dis la vérité ? Parce que les gens me mentent tout le temps. J'en ai marre. Je veux au moins savoir la vérité là-dessus avant de mourir.

— Je te le dis. C'était bien une aurore.

Jeri a ri, puis toussé, d'une toux horrible, douloureuse, qui ne s'arrêtait plus. Quand elle a enfin pu parler, elle s'est écriée :

— Je le savais ! Tous ces connards ont essayé de m'avoir. Ça fait du bien de t'entendre parler. J'ai foutu ma vie en l'air. J'ai vraiment fait n'importe quoi. Tout un tas de conneries. Mais j'aurai au moins vu ça, ce truc exceptionnel.

Puis elle a raccroché. Uma n'a plus jamais eu de ses nouvelles. Mais elle n'a pas cessé de repenser à cette nuit irréelle qu'elles avaient partagée et qu'elle n'aurait jamais vécue sans le coup de téléphone de son père. Elle s'est demandé si elle avait fait le bon choix en mentant à cette femme qui n'attendait qu'une chose de sa part : qu'elle lui dise la vérité avant qu'elle meure. Peut-être que ça n'avait pas vraiment été un mensonge. Ces lumières n'avaient-elles pas la magie d'une aurore qui avait transformé Uma, lui avait donné le courage de changer sa vie, parce qu'elle y avait cru ?

Uma sentit soudain le besoin de demander leur avis aux autres.

Les claquements se firent plus proches. Le géant descendait vers eux. Tandis qu'ils attendaient de voir ce qui allait se passer, Uma commença à raconter la fin de son histoire.

Achevé d'imprimer en Espagne par

Dépôt légal : mai 2013